LE CANON DU CAMPUS

JENNIFER SUCEVIC

AUTRES TITRES DE JENNIFER SUCEVIC

Le Coureur du campus

L'Idole du campus

L'Idylle du campus

Le Dieu du campus

CHAPITRE PREMIER

ELLE

*L*e chargé de cours évita de croiser mon regard lorsqu'il posa ma copie retournée sur la table avant de passer à la rangée suivante.

Merde.

Je sentis mon estomac se nouer alors que je me rendais compte que ce n'était sûrement pas bon signe. Je ne pouvais pas me permettre des résultats juste passables à un autre examen. Je préférerais abandonner l'université plutôt que de devoir aller au rattrapage pour cette matière. Et que les choses soient claires, ma mère me tuerait si je le faisais.

Il allait falloir que quelqu'un m'explique le rapport entre les statistiques et mes études d'art dramatique. En quoi était-ce censé m'aider à poursuivre la carrière de mes rêves, celle de comédienne ? Pour faire court, je savais que ça ne m'aiderait pas et c'était bien pour ça que, le troisième jour de classe, j'avais essayé de convaincre mon conseiller pédagogique qu'il allait me falloir une dérogation dans les conditions d'obtention de mon diplôme à l'université de Western. Pour toute réponse, il avait longuement soupiré, enlevé ses lunettes à monture d'écaille et avait eu l'air de lutter pour garder son calme avant de me dire que je devais grandir un peu et que je n'avais pas le choix.

Alors j'étais obligée de faire avec. Je soufflai et sentis mes épaules s'affaisser. Ne pas valider cette matière n'était pas envisageable.

— Tu ne vas pas regarder ? me demanda Mike, installé à côté de moi.

Je grimaçai et secouai violemment la tête pour dire que non.

— Si c'est pas bon, ça va me gâcher toute ma journée, répondis-je.

C'était bien la dernière chose dont j'avais besoin. Il leva au ciel ses yeux noisette avant de repousser ses cheveux blond roux.

— Bon dieu, tu es *tellement* dramatique…

J'esquissai malgré moi un petit sourire.

— C'est pour ça que tu m'aimes…

Il fit mine de réfléchir sérieusement à ce que je venais de dire.

— Hmm, vraiment ?

Je lui fis mon sourire et mon regard les plus charmeurs en battant des cils.

— Oui, j'en suis sûre !

— Peut-être bien… Mais si tu ne veux pas, je m'en charge, répondit-il en pointant du doigt la feuille.

La boule de nerfs qui s'était logée dans mon ventre était devenue douloureuse.

— Arrête de vouloir me forcer à faire quelque chose que je ne suis pas prête à faire, insistai-je.

Son regard pétilla et il me donna un coup de coude.

— Allez, tu le fais ou je suis plus ton ami, tenta-t-il de m'amadouer.

En faisant la grimace, je lui tapai l'épaule et me trémoussai sur ma chaise.

— Tu es vraiment un connard !

Il haussa les épaules et n'eut pas l'air affecté par l'insulte.

— Je n'ai jamais dit que je ne l'étais pas.

Après quelques secondes, il haussa les sourcils, dans l'expectative.

Argh ! Je savais déjà qu'il n'allait pas lâcher l'affaire tant que je ne lui aurais pas montré.

— Bien, bougonnai-je.

Je sentis l'air se bloquer dans ma gorge et mon cœur s'affoler. Je fis un décompte silencieux avant de retourner d'un coup la feuille pour regarder le chiffre entouré en rouge dans le coin supérieur droit.

9.

Merde. C'était pire que ce à quoi je m'étais attendue. Je grimaçai et écarquillai les yeux. C'était officiel, ce vendredi était vraiment plus que pourri.

— Désolé, marmonna-t-il, je pensais vraiment que tu aurais une meilleure note, on a passé des heures à réviser la semaine dernière.

Ma main alla se poser sur ma tempe droite alors qu'un mal de crâne se profilait. Ce cours aurait ma mort, je le savais. Tous les autres se passaient pour le mieux, mais depuis le premier jour, les statistiques étaient une véritable plaie. Peu importe le temps que je passais à réviser ou péniblement faire mes devoirs, je ne semblais pas capable de comprendre les concepts. Je faisais une sorte de blocage mental quand on en venait aux maths et j'avais toujours eu du mal, mais d'habitude, je m'en tirais au moins avec un 11. Ce qui me ravissait au plus haut point ; on parle là de danse de la joie et tout le tralala. Toutes les marques rouges qui ornaient ma copie commençaient à devenir floues, me donnant l'impression que la feuille saignait et qu'il fallait rapidement l'achever.

— Bonjour tout le monde, nous salua monsieur Holloway avec un sourire ravi alors qu'il montait sur l'estrade à l'avant de la salle. Nous sommes vendredi, alors je vais essayer de faire en sorte que ce soit le moins pénible possible, ça vous va ?

Ah ! Il était bien trop tard pour ça. Sa remarque fut accueillie par quelques grognements qui se répercutèrent sur les murs. À en juger par les expressions hagardes de la majorité des étudiants dans l'amphi bondé, certains avaient décidé de commencer leur week-end avant l'heure. S'ils s'attendaient à ce que cette matière les ramène à la vie, ce ne serait pas le cas. Même si notre professeur faisait de son mieux pour dynamiser les statistiques, elles restaient fastidieuses et ennuyeuses.

Ne se laissant pas décourager par le manque d'enthousiasme, il frappa dans ses mains.

— Excellent. Entrons dans le vif du sujet, si vous le voulez bien.

Précisément quarante-huit minutes plus tard, mon cerveau était sur le point d'exploser sous la surcharge d'information. Les intervalles de confiance statistiques et la différence entre les populations flottaient dans mon esprit et, si je ne faisais pas gaffe, ce que j'avais appris allait se déverser hors de mes oreilles et se répandre sur le sol en une masse visqueuse.

Dès qu'il eut jeté un coup d'œil de sa montre-bracelet en argent, il déclara le cours terminé et tout le monde releva la tête, revenant à la vie comme si on venait d'appuyer sur un interrupteur.

— Oh, je vois, maintenant vous avez tous quelque chose à dire, pas vrai ? Peut-être que je devrais vous donner quelques lectures à faire pour le week-end… dit le professeur en secouant la tête d'un air désapprobateur comme s'il était déçu par les étudiants qui venaient à ses cours.

Des protestations bruyantes éclatèrent de toute part.

— Oui, c'est bien ce que je pensais, fit-il en agitant la main d'un air faussement fâché, sortez tous de là avant que je change d'avis.

Il balaya des yeux la mer d'étudiants faisant leur sac avant de river son regard sur moi.

— Sauf vous, mademoiselle Kendricks, si cela ne vous dérange pas de rester quelques minutes ?

Génial.

— Pas de soucis, dis-je en me forçant à sourire.

Mike se pencha vers moi.

— Oh oh ! Le professeur sexy veut discuter seul à seule avec toi. Chanceuse !

Lorsque je le fusillai du regard, il haussa les sourcils d'un air suggestif.

— Arrête ça ! On sait tous les deux qu'il veut parler de ma note abyssale.

Mike regarda notre professeur qui s'affairait à ranger de la paperasse alors que les étudiants désertaient sa classe comme des rats quittant un bateau en train de couler.

— Je serais plus que ravi si un type comme lui pouvait me donner quelques cours particuliers…

Je souris malgré moi. Ce n'était pas la première fois que Mike faisait ce genre de remarque.

— Quelque chose me dit que ce n'est pas en maths que tu cherches à prendre des cours…

En particulier quand ce con venait juste d'avoir 18,5. *18,5.* Le genre de notes que je n'aurais jamais que dans mes rêves. Il appuya son menton sur ses mains jointes d'un air songeur, les coudes appuyés sur le bureau en formica.

— Je prendrai tout ce que cet homme voudra bien me donner.

Un petit rire m'échappa alors que je regardais notre enseignant. Je comprenais tout à fait ce que Mike voulait dire. Holloway était canon, brun aux yeux bleus, et s'il avait fallu lui donner un âge, j'aurais dit trente, trente-cinq ans tout au plus. Il était évident qu'il prenait soin de son apparence. Sous son blazer et son pantalon chino, on devinait qu'il était mince et musclé. Une fois que j'eus fini de ranger mes affaires, nous nous levâmes et rejoignîmes l'allée centrale de l'amphi.

— Bon, eh bien, ma belle, faut que j'y aille, on se retrouve à quinze heures pour les répétitions…

— Oui, je serai là…

Les répétions de la pièce étaient ma raison de vivre. C'était ce qui rendait le quotidien supportable. Même les statistiques. J'avais toujours fait du théâtre et je m'étais jetée corps et âme dedans pour surmonter ma peine après la mort de mon père quatre ans auparavant. Je n'aurais sûrement pas pu me remettre de sa perte sans ça. Au lieu d'être constamment plongée dans mon chagrin, j'avais pu m'échapper, au moins pendant de courtes périodes, en prétendant être quelqu'un d'autre.

Mike me salua une dernière fois avant de partir et je descendis l'escalier qui rejoignait l'estrade où m'attendait monsieur Holloway. Lorsque le dernier étudiant fut sorti, un silence de plomb s'abattit sur la pièce. Je m'éclaircis la gorge et relevai mon sac à dos sur mon épaule.

— Vous souhaitiez me voir ? dis-je.

Il releva la tête et détourna le regard de la pile de papiers qu'il était en train de remettre en ordre.

— Oui, merci d'avoir pris le temps. Je souhaitais faire le point avec vous, j'ai remarqué que vous aviez rencontré quelques difficultés lors du dernier examen.

C'était un euphémisme, nous le savions tous les deux, et je ne pus m'empêcher de grimacer, ce qui le fit sourire et dévoiler par la même occasion des dents bien droites d'un blanc éclatant qui brillèrent dans la lumière artificielle qui baignait l'amphi. Son changement de position fit s'ouvrir son blazer bleu, révélant une chemise blanche parfaitement repassée.

— Oh, allons ! C'est vraiment si terrible ? fit-il.

Je soupirai et mes épaules retombèrent.

— Je sais qu'on ne dirait pas, mais j'essaie vraiment de faire de mon mieux. J'ai révisé avec Mike pour cet examen et il a eu 18,5, plaidai-je.

Il acquiesça d'un air pensif.

— Mike s'en sort bien dans ma matière, il semble qu'il maîtrise bien le sujet.

Je le regardai d'un air renfrogné.

— Malheureusement, il semble que ses capacités ne déteignent pas sur les autres…

— Dans ce cas particulier, je dois dire que je suis d'accord, dit-il sur un ton nonchalant. Je voulais aussi vous dire que j'ai une permanence ouverte aux étudiants tous les mardis et jeudis de 16 h à 18 h. Vous pourriez passer assez tôt la semaine prochaine pour passer en revue votre examen et retravailler les problèmes avec lesquels vous avez eu du mal.

— Eh bien, ce serait tous alors, admis-je.

— Vous avec de la chance, mademoiselle Kendricks, il se trouve que j'ai un doctorat en statistiques appliquées et avec un petit peu d'aide individualisée, je pense que nous pourrions vous aider à remonter vos notes avant la fin du semestre. Pour l'instant, vous avez 8 de moyenne, et pas sur 10… Et je crois bien que ni vous ni moi ne voulons vous voir descendre plus bas encore.

Je pris une profonde inspiration et expirai ensuite longuement, acquiesçant péniblement. Comme la pièce approchait, mon emploi du temps était absolument blindé, mais il n'y avait pas d'autre solution. J'avais besoin d'aide et monsieur Holloway m'offrait la sienne.

— Merci, je passerai mardi, confirmai-je.

— Excellent, vous verrez qu'avec un petit peu d'aide, nous devrions pouvoir trouver une solution.

Il était vraiment très sympa, et même si je détestais farouchement les statistiques, je savais apprécier la bouée qu'il me lançait. Et puis j'allais pouvoir me vanter devant Mike en disant que j'allais passer un peu de temps seule à seul avec celui qu'il qualifiait de « prof sexy ».

— Clairement, vous ne comprenez pas à quel point je suis mauvaise dans votre matière, plaisantai-je.

— Croyez un peu en vous, Elle ! Avec suffisamment de travail, il n'y a rien d'impossible.

Je m'empêchai péniblement de pouffer de rire. J'espérais seulement qu'il avait raison. Sinon, j'allais devoir endurer encore une année de cours de statistiques.

CHAPITRE 2

CARSON

— D'accord, mec, faut que je décolle, on se voit tout à l'heure à l'entraînement, me lança Rowan Michaels alors que nous traversions le campus.

— Oui, à tout à l'heure, dis-je en le saluant.

Rowan partit d'un côté et moi de l'autre alors que je me dirigeais vers le département de lettres pour mon cours de communication. Comme je détestais les discours, j'avais repoussé l'échéance durant mes deux premières années, et ce à la grande exaspération de mon conseiller pédagogique. À présent, je n'avais plus le choix et j'étais condamné à suivre les cours avec une bande de gamins impatients. Si j'avais été malin, j'aurais fait ça en première année pour en être ensuite débarrassé pour de bon...

Je balayai du regard la foule se déplaçant d'une extrémité à l'autre du campus. La plupart des étudiants avaient l'air de se remettre de ce qu'ils avaient fait la veille. Ici, le jeudi soir marquait le début du week-end, et même si l'université de Western était particulièrement exigeante, la majorité des étudiants savaient se détendre et prendre du bon temps. Je n'étais pas contre faire la fête, mais contrairement à la majorité de mes amis et coéquipiers, je n'avais pas l'habitude de me bourrer la gueule. Même en première année, ça n'avait jamais été dans mes façons de faire.

À chaque fois que je voyais passer une fille brune aux cheveux longs, mon attention déviait vers elle. Alors oui, j'aurais pu mentir et essayer de me convaincre que je ne cherchais pas à voir Elle Kendricks, mais à quoi bon ? Je le faisais depuis son arrivée sur le campus l'année précédente. Si je calculais bien le moment de ma traversée du campus, nous avions une chance de nous croiser. *Bien* calculer le moment impliquait que je parte de chez moi une heure plus tôt que nécessaire, et les quelques minutes que je passais en sa présence satisfaisaient mon besoin de la voir pour le reste de la journée.

Absolument pathétique.

Je devais arrêter de me torturer en essayant de la croiser en toute occasion et je ne me rendais certainement pas service en faisant ça. Mais du coin de l'œil, je vis des cheveux bruns qui attirèrent mon attention et je braquai mon regard sur le département de maths. Inconsciemment, je m'arrêtais sur place et je la détaillai du regard. La tête penchée en avant, ses longs cheveux dissimulaient son visage comme un rideau brillant. Je sentis un creux se former dans mon ventre, le même genre que lorsque l'on vous privait constamment de quelque chose dont vous aviez besoin pour votre survie.

De son pull à col roulé rose qui épousait ses courbes élancées à sa jupe en jean noir, en passant par les bottes qui lui montaient jusqu'aux genoux et qui adhéraient à ses mollets, elle était toujours impeccablement vêtue.

Canon.

Attirante.

Je ne devrais pas penser à elle comme ça, mais je ne pouvais pas m'en empêcher et c'était bien pour cela que je faisais tant d'efforts pour garder mes distances. Être à proximité d'elle était dangereux et tous les jours mon self control s'effritait davantage et manquait de se volatiliser complètement. J'avais très peur de ce qui se passerait à ce moment-là. Dans l'immédiat, Elle ignorait complètement mes sentiments et il valait mieux que ça reste comme ça.

Elle releva la tête, et même de là où je me trouvais, je remarquai son air tendu comme si quelque chose dans son monde allait de travers.

Retourne-toi, connard. Ne t'avise pas de lui dire un seul mot, m'admonestai-je intérieurement.

Au lieu de ça, je l'interpellai.

— Elle !

Je grimaçai immédiatement. Merde. Est-ce que je cherchais à tout prix à être puni ? Tournant immédiatement la tête, elle balaya la foule du regard et ses yeux se posèrent sur moi. Je dus refouler l'électricité qui menaçait d'embraser mes terminaisons nerveuses. C'était comme ça depuis aussi longtemps que je me souvienne. C'était vraiment moche de désirer autant la seule personne que l'on ne pourrait jamais avoir, mais il n'y avait rien à faire.

Brayden était mon frère. Mon coéquipier. Et rien n'allait changer ça.

Pas même sa petite sœur.

Enfant, j'étais toujours fourré chez les Kendricks. Dès notre rencontre, les parents de Bray m'avaient accueilli à bras ouverts et donné l'impression que je faisais partie de la famille. J'avais toujours eu un petit faible pour Elle. J'avais toujours veillé sur elle, en primaire, au collège, au lycée, et à un moment donné, mes sentiments avaient changé. Ils étaient devenus plus intenses et j'avais commencé à remarquer chez elle des choses que je n'aurais certainement pas dû.

Avais-je parlé de mon coup de cœur à Brayden ?

Laissez-moi rire ! Vous avez perdu la tête…

Ce type était incroyablement protecteur. Quand elle était arrivée en première année à Western l'an passé, il avait fait passer le mot que si quelqu'un jetait ne serait-ce qu'un coup d'œil dans sa direction, il lui botterait le cul. Et ce n'était pas une menace en l'air. Nous avions beau nous connaître depuis longtemps, l'avertissement me concernait aussi.

Alors que Brayden était en terminale, Jake, leur père avait été renversé et tué par un chauffard ivre. Sa mort avait creusé un trou béant dans leur vie à tous. Brayden n'avait jamais demandé à être l'homme de la maison, mais il avait eu à assumer ce rôle bien trop tôt.

Au lieu de se défiler, il avait accepté cette responsabilité et la prenait très au sérieux.

Je m'efforçai de penser à autre chose alors que l'expression d'Elle se métamorphosait en un sourire et qu'elle me saluait de la main avant de traverser le passage piéton à quelques mètres de moi.

— Salut !

Je tempérai le désir que j'avais de tendre les bras et de la serrer contre mon cœur. Cette même pulsion me donnait envie d'enfouir mon visage dans ses cheveux et d'inspirer son odeur délicieuse.

Au lieu de céder, j'essayai de déchiffrer son expression en quête d'indices sur ce qui se passait.

— Salut ! Tout va bien ? demandai-je.

Elle me regarda d'un air perplexe. Elle resta silencieuse, et je pointais alors du doigt le département de maths.

— Tu avais l'air contrarié en sortant de statistiques…

Est-ce que c'était pathétique de connaître par cœur son emploi du temps ?

Ne dites rien.

— Ah… marmonna-t-elle en mordillant sa lèvre inférieure pulpeuse.

Mon regard s'arrêta sur sa bouche et il me fallut me maîtriser considérablement pour empêcher ma queue de se réveiller et de faire connaître sa présence. Nous avions à peine échangé quelques mots que je savais déjà que cette conversation était une mauvaise idée. La dernière chose que je souhaitais, c'était qu'Elle se rende compte de l'effet qu'elle avait sur moi. Il fallait qu'elle continue d'ignorer mes sentiments pour elle, la fin de mon cursus universitaire en dépendait.

À ce stade, c'était mon petit secret coupable que je gardais enfoui au plus profond de mon cœur. Je m'éclaircis la gorge et détournai le regard de sa bouche en cœur rosée. Je ne pouvais qu'imaginer ce que ce serait de titiller ses lèvres avec mes dents. Ou de les voir autour de ma queue.

Bordel.

C'était vraiment une mauvaise idée. Il fallait que je file d'ici avant de complètement péter les plombs, mais je n'irai nulle part tant que je ne savais pas ce qui la tracassait.

— Est-ce qu'il y a un problème ?

Ses épaules retombèrent et elle s'empourpra.

— J'ai raté mon dernier examen de statistiques…

— Oh. Je suis désolé…

Merde. Je me dandinai sur place alors que la culpabilité m'envahissait. Nous nous étions déjà retrouvés plusieurs fois à la bibliothèque depuis le début du semestre. Passer du temps seul avec Elle était autant l'enfer que le paradis, et c'était à ce moment-là que je m'étais aperçu que je ne tenais plus le coup et que j'avais arrêté de lui proposer mon aide. À présent, j'avais l'impression d'être un connard fini parce qu'il était évident qu'elle avait besoin d'un coup de main.

Elle grimaça et haussa les épaules.

— Je suis un cas désespéré en maths, et peu importe si je bosse à fond ou pas du tout, ça n'a pas l'air de faire la différence. Je viens juste de parler à Holloway, mon prof, et il a proposé que je vienne le voir durant sa permanence la semaine prochaine pour qu'on passe en revue le dernier examen…

— Ça m'a l'air d'être une bonne idée. J'aurais bien proposé de t'aider, mais… fis-je.

— Ne t'inquiète pas, dit-elle, je sais à quel point tu es occupé entre les entraînements, les matchs et les cours…

Oui…

— Si tu as toujours besoin d'aide, fais-le-moi savoir et je réorganiserai mon emploi du temps. Je trouverai bien un moyen, d'accord ? bredouillai-je comme l'idiot masochiste que j'étais.

Son sourire radieux me donna l'impression que je venais d'être touché par un rayon de soleil à l'état pur. Il fallait vraiment que je file de là avant de perdre encore davantage le contrôle de la situation.

— Merci, Carson, je t'en suis vraiment reconnaissante.

Et alors que j'allais battre en retraite, elle posa sa main sur mon avant-bras, ses doigts sur ma peau nue. Des petites impulsions électriques envahirent chacune de mes terminaisons nerveuses, et si je ne m'éloignais pas d'elle immédiatement, j'allais finir par faire quelque chose que je regretterai.

Elle écarquilla les yeux lorsque je me dégageai de sa prise, et son bras retomba le long de sa jambe.

— Pas de problème, dis-je du bout des lèvres.

Même s'il me restait quarante bonnes minutes avant le début de mon prochain cours, je marmonnai qu'il fallait que j'y aille. Inconsciente de l'effet qu'elle avait sur moi, Elle sortit son téléphone de son sac pour consulter ses messages.

— Pas de soucis ! Je dois retrouver Madison, Sierra et Kari pour chercher des costumes pour la soirée Sig Ep de samedi.

Je me figeai à l'idée qu'elle aille à une soirée étudiante aussi tapageuse que celle de la fraternité Sigma Epsilon.

— Tu y vas ? demandai-je.

— Oui ! J'y vais avec les filles. Et toi, tu y vas ? s'enquit-elle en retour.

Jusqu'à quelques instants auparavant, je n'avais aucune intention d'y aller. Sig Ep avait la réputation d'organiser les soirées les plus fracassées du campus, où l'alcool coulait à flots et où il y avait de quoi satisfaire les goûts de tout le monde.

— Je n'en avais pas l'intention.

A priori, ma décision venait de changer.

— Brayden est au courant ? demandai-je avant de pouvoir m'en empêcher.

Je me dandinai et la regardai, l'air interrogateur. Sitôt que j'eus posé ma question, je la vis changer d'expression et elle se redressa.

— Non, et j'apprécierais que tu n'en parles pas. Tu sais à quel point il peut être beaucoup trop protecteur. Si j'avais su qu'il allait se mêler de mes affaires chaque seconde de la journée, je serais allée dans une autre université, dit-elle en faisant la moue.

Quoi qu'elle en dise, Brayden n'aurait jamais permis que cela se produise.

— Il y a de grandes chances qu'il vienne. Je crois bien avoir entendu Sydney et Demi en parler en début de semaine.

Avec un peu de chance, je pouvais encore la faire changer d'avis.

— Merci, j'apprécie que tu m'aies prévenue. Je ferai attention, répondit-elle avec un sourire de connivence.

Génial.

Avant que je ne puisse avancer d'autres arguments pour la décourager, elle me salua et remonta l'allée.

Bordel.

Apparemment, j'avais besoin d'un costume pour le lendemain soir.

CHAPITRE 3

ELLE

— *M*euf, tu es vraiment canon ! lança Sierra alors que nous quittions notre résidence pour nous diriger vers Fraternity and Sorority Row, qui se trouvait un peu à l'écart du campus.

Je triturai mon short à paillettes qui couvrait péniblement mes fesses. Heureusement la météo était coopérative ce soir-là ou je me serais gelée sur place. Des bas résille et une paire de bottes lacées assorties au short me couvraient les jambes. Mon haut consistait en un crop-top où on lisait *Daddy's Lil Monster*, petit monstre à son papa, et une veste rouge et bleue complétait ma tenue.

Madison tira sur l'une des couettes bariolées de ma perruque blonde.

— Si je ne savais pas que c'était toi sous tous ces vêtements, je n'aurais jamais deviné.

— Merci du compliment. Enfin, je crois… ricanai-je.

Elle sourit en retour et cogna son épaule contre la mienne.

— Tu sais ce que je veux dire… Tu as l'air toujours si foutrement sage avec tes vêtements de bonne sœur bien assortis, c'est bon de voir qu'il arrive que toi aussi tu t'encanailles comme nous autres.…

Je levai les yeux au ciel et lui donnai un coup de coude.

— C'est pas des vêtements de bonne sœur, bougonnai-je dans ma barbe.

Je n'allais pas admettre que j'appréciais assortir mes vêtements, mais en quoi était-ce un crime ?

— Quoi ? C'est vrai... Y a pas de raison de craquer ton string à paillettes, je t'aime toujours. Même avec les vêtements de bonne sœur et le reste.

Je la gratifiai d'un doigt d'honneur, ce qui ne fit que la faire rire de plus belle.

— Tu vois ? Maintenant ta personnalité est plus en phase avec ton déguisement...

Je souris aimablement.

— Il vaudrait mieux pour toi que je ne déchaîne pas tous les pouvoirs d'Harley Quinn sur toi...

— Garde tes répliques pour les gars, ils seront nombreux et on espère bien que la majorité ne sera pas une bande de connards bourrés, rétorqua-t-elle.

J'avais rencontré suffisamment de membres de la fraternité Sigma Epsilon pour savoir que tout était possible. Après avoir tourné au coin de la rue, la maison de la fraternité fut en vue. Même en vivant sur une autre planète et en ignorant totalement qu'une fête avait lieu ce soir-là, il était impossible de manquer la maison. On entendait la musique de l'extérieur et les étudiants traînaient en masse sur la pelouse avec le gobelet en plastique rouge de rigueur pour les fêtes étudiantes à la main. Tout le monde était déguisé, c'était la seule condition d'admission pour la soirée.

Notre petit groupe remonta l'allée de ciment bondée et nous arrivâmes au perron aux marches bancales. À la porte se trouvait un *pledge*[1] qui avait l'air à peine assez âgé pour entrer à l'université. Il jeta un rapide coup d'œil à chacune d'entre nous et nous laissa entrer dans la pièce sombre. Des lumières stroboscopiques clignotaient rapidement, il fallait espérer que personne ne fasse de crise d'épilepsie... ou on serait tous dans la panade.

— Tu es canon, Harley ! lança-t-il en me laissant entrer.

Je lui fis un signe de la main avant d'être rapidement emportée par le flot des fêtards.

— On va rester groupées, cria Sierra de façon à ce que l'on puisse l'entendre par-dessus la musique assourdissante qui se répercutait jusque dans mes os.

— Bonne idée ! Il y a encore plus de monde que l'an dernier, répondit Madison sur le même ton alors qu'elle balayait la foule du regard.

Sierra, déguisée en infirmière sexy en référence à ses études, mena la charge, poussant et bousculant la foule pour les écarter de son chemin. Elle n'était pas bien grande, plutôt frêle, mais elle avait une forte personnalité et ne se laissait pas marcher sur les pieds. Elle n'avait pas peur non plus de défendre ses amis lorsque l'occasion l'exigeait.

J'admirai tous les superbes costumes jusqu'à ce que mon regard atterrisse sur une tête blonde familière et que mon cœur se serre sans le vouloir dans ma poitrine. Après notre conversation de la veille, je ne m'étais pas attendue à voir Carson ce soir-là. Son déguisement, enfin si on pouvait appeler ça comme ça, consistait en un maillot de football américain avec son nom et son numéro dans le dos.

Je n'étais même surprise de le voir ainsi habillé. Il avait toujours détesté se déguiser. Même pour Halloween. Ce qui, honnêtement, était franchement bizarre. Parce que qui n'aimait pas se déguiser pour Halloween ? Ce n'était pas la première fois qu'il se contentait d'enfiler son maillot de football américain en disant que c'était son déguisement.

En revanche, j'adorais me déguiser. Et on parle là de la perruque, du maquillage et de se glisser dans la peau du personnage. C'était très amusant et libérateur, et ça vous permettait de vous mettre à la place de quelqu'un d'autre pendant quelques heures et de vous perdre dans votre imaginaire.

Madison me donna un coup de coude.

— On dirait bien que tu as trouvé ton homme…

Je levai les yeux au ciel.

Carson Roberts ne m'appartenait pas. Il était même plutôt un de mes gardiens. Il aimait jouer les grands frères protecteurs avec moi et c'était tout à fait inutile parce que Brayden semblait déjà prendre un malin plaisir à me rendre la vie difficile avec les garçons. Quiconque exprimant le moindre intérêt pour moi se voyait chassé sans ménagement avant que quoi que ce soit puisse avoir lieu. Je ne plaisantais pas quand j'avais dit que j'aurais dû choisir une autre université. Loin d'ici. Peut-être à New York. Rien que d'y penser, mon cœur fit des saltos dans ma poitrine. Après la mort de mon père, je n'aurais jamais pu déménager si loin de ma mère ou de Brayden. Du moins pas à 18 ans. Mais c'était mon projet, après mes études.

Je clignai des yeux et me concentrai de nouveau sur Carson alors qu'une meuf foutrement sexy venait de l'aborder et passait ses mains sur son torse large. Il n'en fallut pas plus pour que la jalousie allume son brasier au creux de mon ventre. Après toutes ces années, on pourrait croire que je me serais habituée à ce que les filles l'assaillent et espèrent avoir son attention, ce qui était le cas depuis que nous étions au collège, mais ça n'avait jamais été bien agréable à voir.

Si j'avais eu un minimum de bon sens, j'aurais détourné le regard et je ne me serais pas infligé plus longtemps cette torture. Au lieu de ça, je gardai les yeux rivés sur eux. Même si j'étais trop loin pour entendre ce qu'ils disaient, la conversation devait être hilarante à la façon qu'elle avait de rejeter la tête en arrière en riant tout en continuant de lui caresser le torse.

Tout ce que j'avais mangé ce jour-là menaçait de remonter. Incapable d'en supporter davantage, je me forçai à regarder ailleurs, m'apercevant en même temps que j'avais perdu mes amies de vue. J'avançai, les cherchant dans la foule. Une vingtaine de personnes vivaient ici, la maison était donc immense et il me fallut du temps pour parvenir à la salle à manger, où les étudiants s'étaient rassemblés pour former une piste de danse improvisée. Je me dressai sur la pointe des pieds et tendis le cou, cherchant du regard Kari, Madison et Sierra, mais ne les vis nulle part.

Quelqu'un m'interpella et m'attrapa par le bras, et je pivotai immédiatement sur moi-même pour me retrouver face à un Batman dont le masque ne dissimulait pas le sourire jusqu'aux oreilles.

— Hé ! Ton costume est fantastique, dis-je en regardant attentivement tous les détails de sa tenue.

— Merde, tu savais que c'était moi ? me demanda Mike.

— C'est pas comme si je ne t'avais jamais vu en costume… fis-je remarquer.

Mike et moi nous étions rencontrés dès la première année au cours de théâtre, et nous étions immédiatement devenus amis. Cette année, nous avions tous les deux été retenus pour la production de notre université de la comédie musicale *Heathers*[2]. Nous avions passé de longues nuits à répéter le texte mais ç'avait été incroyable. La générale allait avoir lieu dans moins de deux semaines et nous avions eu tous les deux des rôles plus conséquents que l'année précédente.

— C'est vrai… Où est la bande ? Dis-moi que tu n'es pas venue toute seule ? s'inquiéta Mike en regardant aux alentours.

— Elles sont venues avec moi, elles doivent être dans le coin, probablement à la cuisine pour chercher du ravitaillement liquide. Elles devraient bientôt revenir, le rassurai-je.

Heureusement, je pouvais toujours attendre leur retour en compagnie de Mike. Il passa un bras autour de mon épaule et me serra contre lui.

— Je suppose qu'il n'y a plus que toi et moi, Harley, dit-il.

Je lui adressai un sourire radieux et essayai de sortir Carson de mes pensées.

— Oui ! acquiesçai-je.

Mais les choses n'étaient pas aussi simples que je le souhaiterais.

CHAPITRE 4

CARSON

Monica continuait de jacasser alors que je balayais du regard la foule d'étudiants ivres frénétiquement occupés à faire la fête. Il faisait assez sombre, il n'était donc pas facile de la retrouver, et le fait que tout le monde était déguisé me compliquait d'autant plus la tâche. Je ne savais pas en quoi Elle avait choisi de se déguiser, mais j'aurais sûrement dû lui demander. Merde, pour tout ce que j'en savais, elle avait très bien pu changer d'avis et décider d'aller à une autre soirée. Même si c'était assez peu probable parce que les soirées Sigma Epsilon étaient devenues des événements réguliers et prenaient chaque année des proportions de plus en plus démentes. Tout le campus venait et aucune sororité ou fraternité n'aurait osé organiser une soirée le même jour.

— Carson ? entendis-je et je sortis de ma rêverie alors que ses ongles pointus s'enfonçaient dans ma chair.

— Tu disais ? fis-je.

— Je disais juste qu'on devrait sortir ensemble un de ces jours. Bientôt… proposa-t-elle, son regard rivé sur le mien, plein d'espoir.

Et merde. Lorsque quelques minutes auparavant je l'écoutais encore, je ne m'étais pas attendu à ce que la conversation prenne ce chemin. À dire vrai, elle déblatérait sur sa sororité et… Dieu seul sait quoi parce que j'avais arrêté de l'écouter vingt secondes après qu'elle soit arrivée devant moi.

Honte à moi. Embarrassé, je peinai à trouver une réponse.

— Euh… oui, pourquoi pas ?

Elle se redressa, ravie, comme si elle venait de gagner au loto.

— Ça me plairait bien, tu sais, mais c'est juste qu'avec le football… c'est pas vraiment le bon moment.

Son expression ravie retomba aussitôt, elle était déçue.

— Tu vois, entre les qualifications et la finale ensuite, on est bien occupés… essayai-je de me disculper vaguement.

Avant que je ne puisse me sortir de ce pétrin, elle se rapprocha de moi et darda sa langue entre ses dents pour humecter ses lèvres.

— Je suis tout à fait prête à attendre que tu aies fini ta saison, dit-elle.

Re-merde.

Je m'éclaircis la gorge. Je n'avais qu'une envie : m'éloigner d'elle.

— Ça ne te dirait pas qu'on voit le moment venu ? Bien sûr, je te tiendrai au courant d'ici là…

Elle avait l'air aussi contente que si j'avais accepté d'être son copain.

— Ça me paraît bien, dit-elle.

— Euh… Je vais chercher quelque chose à boire, on se retrouve plus tard, m'esquivai-je en montrant la cuisine et en filant avant qu'elle n'ait l'idée de me coller pour tout le reste de la soirée.

— Pas de problème, je t'attends ici, fit-elle.

Et c'était bien ça qui me faisait peur. L'instant d'après, je jouai des coudes dans la marée humaine. J'avais l'intention de passer une dernière fois la maison au peigne fin, et si je ne pouvais pas trouver Elle, je m'en tiendrais là et je rentrerais chez moi. Je ne pouvais pas faire face à cette foule. Plus les filles ingurgitaient d'alcool, plus elles devenaient pots de colle. La plupart des mecs n'avaient pas de problème avec ça, mais comme je n'étais pas particulièrement intéressé par l'idée de ramener un coup d'un soir chez moi, c'était plus une emmerde pour moi qu'autre chose.

Crosby me mit une claque monumentale dans le dos au moment

où je rejoignis le reste du groupe avec lequel j'étais venu. Comme moi, il n'avait fait que mettre un maillot de football, mais Brayden, Rowan et Easton étaient tous là avec leurs copines et étaient déguisés, qu'ils le veuillent ou non.

Je retins un air désapprobateur. On savait qui portait la culotte…

Demi et Rowan étaient habillés à la mode disco des années 70, Sydney et Brayden étaient déguisés en Barbie et Ken, c'était hilarant, et Easton et Sasha étaient les Daenerys et Jon Snow d'un soir. Il n'y avait qu'à espérer que leur relation ne se terminerait pas aussi mal que celle des personnages de Game of Thrones.

— On dirait bien qu'il n'y a que toi et moi qui n'avions pas de meufs pour nous aider à trouver un costume pour ce soir, dit-il.

— Probablement parce qu'on n'a pas de copines…

Il leva sa bière comme pour porter un toast et la but d'une longue gorgée.

— Tu as raison…

Crosby n'avait jamais été le genre de mec à vouloir se fourrer dans le guêpier d'une relation. Le mec pouvait coucher avec autant de meufs qu'il voulait et semblait tout à fait heureux du défilé de croqueuses de maillots qui se relayaient dans son lit. Même au bout de trois ans, il s'en sortait encore bien. Plutôt que d'admettre la vérité, je détournai la conversation.

— Je vais me chercher une bouteille d'eau, je reviens.

Alors que je me dirigeais vers la salle à manger, je percutai une fille, ses yeux s'écarquillant alors que, juchée sur des talons terriblement hauts, elle manqua de tomber. Tendant les bras, je la rattrapai au vol avant qu'elle n'atterrisse par terre.

— Hé, ça va ? lui demandai-je, voyant mieux son visage.

Lorsqu'elle sourit, je me rendis compte que c'était Brooke, l'amie de Sasha.

— Je vais bien, merci de m'avoir rattrapée comme ça !

— Pas de soucis, ton costume est sympa, répondis-je après avoir regardé sa tenue.

Elle portait une robe à paillettes argentée qui lui arrivait à mi-cuisse et qui épousait son corps comme une seconde peau. Des plumes délicates ornaient son dos et un halo en duvet surplombait sa tête.

— Merci, fit-elle, son sourire retombant lorsqu'elle observa ma tenue. Euh, toi aussi… ton costume est… sympa.

— Oui, Crosby et moi, on a tout donné cette année, répondis-je avec un rictus.

Son attention se tourna avec réticence vers le gars juste derrière moi et elle se figea. Son sourire disparut complètement et elle pinça les lèvres, l'air figé sur place. Merde, j'avais pratiquement oublié à quel point ces deux-là ne pouvaient pas se supporter. Pour des raisons que je n'avais pas réussi à comprendre, Crosby l'avait détestée dès leur première rencontre, et même lorsqu'elle était sortie avec Andrew, son coloc, il avait été un connard tout du long.

Je regardai mon ami à la dérobée en espérant qu'il ne remarquerait pas notre conversation.

Loupé.

Au lieu de ça, son regard incisif la balaya lentement du regard, et lorsque ses yeux croisèrent les siens, il la gratifia d'un sourire de merdeux.

— Attends, attends, laisse-moi deviner… Je sais ! Tu es la reine de la pipe ! lança-t-il en se tapotant le menton du bout du doigt pour faire comme s'il réfléchissait.

Elle plissa les yeux et lui retourna un doigt parfaitement manucuré.

— Va te faire foutre, Rhodes.

Il ricana, l'air très content de la direction que leur échange prenait. À savoir celle du caniveau.

— Avec grand plaisir !

Et sur ces paroles, il se retourna, nous donnant à voir son dos. Et même sous les spots colorés, je pouvais voir que Brooke s'était légèrement empourprée. Le malaise commença à s'installer et je me dandinai sur place, ne sachant pas comment arranger les choses après leur échange. À ce moment-là, tout ce dont j'avais envie, c'était botter le cul de Crosby.

— Désolé, parfois, c'est vraiment un connard, m'excusai-je même si je n'avais rien fait de mal personnellement.

— Seulement parfois ? reprit-elle en haussant un sourcil épilé avec soin.

Je laissai échapper un petit sourire, soulagé qu'elle n'ait pas laissé le commentaire gâcher sa bonne humeur.

— Eh bien sûrement plus souvent que ça, mais j'essayais d'être sympa.

Elle le fusilla à nouveau du regard même s'il avait à présent tourné le dos.

— C'est pas la peine d'essayer avec lui, c'est vraiment un connard fini.

Je connaissais Crosby depuis notre première année et nous étions devenus de bons amis, j'aurais dû le défendre, mais je n'arrivais pas à trouver les mots pour le faire. En particulier quand il traitait Brooke aussi mal. Alors oui, je comprenais pourquoi elle le détestait.

Ce qui était absolument insensé, c'était que son ex couchait avec d'autres meufs dans son dos. Il était un de ces mecs qui appréciait avoir une copine canon à ses côtés, mais qui voulait aussi s'envoyer en l'air avec toutes les croqueuses de maillots qu'il pouvait. Malheureusement, Brooke avait été la dernière au courant de ses « suppléments », et à en croire la rumeur, c'était parce qu'il avait attrapé la chaude-pisse que ça avait fini par lui mettre la puce à l'oreille. Je ne savais pas si c'était avéré ou si c'étaient des ragots sordides, mais dans tous les cas, elle avait fini par le larguer et ne lui parlait plus du tout. Au lieu de lui trouver une remplaçante parmi le harem qui se disputait son attention, Andrew était décidé à la reconquérir. Il rampait tellement que c'en était pratiquement gênant.

— C'était chouette de tomber sur toi, Carson, fit-elle avec un petit sourire, mais il faut que j'y aille, je dois trouver Sasha, elle doit bien être quelque part !

— Oui, la dernière fois que je l'ai vue, elle était par-là, dis-je en pointant du doigt un groupe non loin de nous.

J'hésitai, ne sachant pas vraiment si je devais poser la question.

Mais avant que je ne puisse penser aux conséquences de ma décision, les mots m'échappèrent malgré moi :

— Et toi, tu n'aurais pas vu la sœur de Brayden ?

— Je viens juste de la croiser.

Elle me lança un sourire radieux qui me rassura complètement. Le commentaire déplacé de Crosby appartenait désormais au passé.

— Elle était absolument incroyable dans son costume d'Harley Quinn.

Harley Quinn ? Bordel...

Je ne pouvais qu'imaginer.

Et ce n'était pas une bonne chose.

— À plus tard, lança Brooke avant de se fondre dans la foule.

— Oui, à plus tard, marmonnai-je, partant à la recherche d'Elle dans la masse de corps se trémoussant.

Même si je cherchais un costume spécifique, il y avait de nombreuses filles qui avaient choisi le même. Autant chercher une aiguille dans une botte de foin. Après un quart d'heure, j'étais prêt à jeter l'éponge lorsque je la vis enfin, de l'autre côté de la pièce. Elle souriait largement à un gars qui portait un costume de Batman. Son costume à elle me fit l'effet d'un coup de poing dans le ventre. D'habitude, elle portait des T-shirts ou des pulls qui ne laissaient rien voir de son décolleté, et des jupes assez courtes pour mettre en valeur ses longues jambes. Son goût pour les bottes hautes ne manquait jamais de mettre ma queue dans tous ses états.

Ce soir-là, c'était tout le contraire : elle portait une perruque blonde avec des couettes aux mèches rouges et bleues, et un T-shirt pratiquement transparent moulait sa poitrine. Heureusement qu'elle avait une veste ou j'aurais probablement tué quelqu'un. Très sûrement, Batman. Je continuai de la balayer du regard. Et bordel... où était donc son bas ? Était-ce un short minimaliste ? Ou carrément un shorty ? Croyez-moi, il valait mieux que ce ne soit pas un sous-vêtement...

Le gars qui l'accompagnait avait passé son bras sur ses épaules et la serrait contre lui. La jalousie embruma mon regard alors que je fendais la foule en quatrième vitesse pour me précipiter vers elle. Une fois devant le couple, je passais mon bras autour de sa taille, la serrant contre moi, et les bras de Batman retombèrent alors qu'ils me dévisageaient, tous deux passablement surpris.

— Carson, m'interpella-t-elle.

— Hé ! dis-je en fusillant le mec du regard, l'incitant mentalement à partir avant qu'il ne soit nécessaire d'en venir aux mains.

Quel que soit le plan foireux qu'il avait eu en tête avant que j'arrive, je venais de l'anéantir. À votre service.

— Je ne pensais pas que tu viendrais, déclara Elle.

Tous mes muscles se tendirent alors que j'essayais de garder l'air détendu en haussant les épaules.

— J'ai changé d'avis.

— Je vois ça. Tu te souviens de mon ami, Mike ? s'enquit-elle alors que son regard se portait sur le justicier masqué à ses côtés.

Oh… Mike… un gars qu'elle connaissait du théâtre. D'un coup, je me détendis et le saluai d'un hochement de tête.

— Oui, bien sûr ! Je ne t'avais pas reconnu…

— Merci, acquiesça-t-il en jouant des muscles, je n'étais pas certain d'être à la hauteur du costume !

— Oh si, c'est réussi, dis-je.

Il sourit à l'intention de son amie.

— Et qu'est-ce que tu penses de notre petite Harley Quinn ? Elle a l'air incroyable, pas vrai ?

Oui. Un peu trop incroyable. Je n'aimais pas sa façon de s'habiller. Bon à dire vrai, pas tout à fait. J'adorais, mais je ne voulais pas que d'autres gars puissent la mater et je savais que certains ne se privaient pas. Mike me fit la conversation pendant bien cinq minutes avant de disparaître à la cuisine pour se chercher à boire. Et durant tout le temps qu'il avait parlé, je n'avais pu détacher mon regard d'Elle. Ce T-shirt transparent et ce short, ou plutôt ce shorty, à paillettes allaient être ma mort. Tout ce que je voulais, c'était la toucher.

Au lieu de ça, je m'éclaircis la gorge.

— Intéressant choix de costume, dis-je alors que je la regardais de haut en bas, dévorant chaque centimètre carré de peau nue offerte.

Elle me remercia et fit une petite pirouette satisfaite. Je sifflai lorsque mon attention retomba sur ses fesses. C'était terrible. Je luttai pour garder ma queue sous contrôle. Il fallait que je file de là avant que ça ne soit l'enfer. Dans mon jean.

— Alors, dis-je en regardant les alentours, est-ce que tu es venue avec des amies ?

Et il valait mieux pour elle qu'elle ne soit pas venue seule ou je la sortirais d'ici moi-même par la peau des fesses. Et je ne lui demanderais aucune explication. Elle fronça les sourcils et tendit le cou.

— Oui, mais on a fini par être séparées. Je suis certaine qu'on va se retrouver.

Au milieu de cette foutue foule ? Bonne chance... Son expression se transforma, devenant d'un coup plus sérieuse, et elle pencha la tête.

— Pas besoin de jouer les nounous avec moi, Carson. Je suis parfaitement capable de prendre soin de moi.

Peut-être.

— Hors de question que je te laisse seule, dis-je avant d'ajouter la première chose qui me venait à l'esprit. Ton frère me tuerait.

Elle grimaça et je la vis se crisper.

— Brayden devrait se calmer et me laisser profiter de la vie de temps en temps...

Oui, ça n'allait pas se passer comme ça et nous le savions tous les deux. Si son frère avait pu l'enfermer dans une tour, il l'aurait fait. Et je ne pouvais pas lui en vouloir. Elle était foutrement belle et je voyais bien la façon dont les gars la mataient. Sans Brayden pour les repousser, elle serait assaillie de toute part, et ça, je n'étais pas certain de pouvoir le supporter.

La conversation fut brusquement interrompue au moment où un gars tituba jusqu'à nous.

— Hé, Harley, ça ne te dirait pas de monter avec moi, que je te fasse voir les étoiles ?

J'assimilais à peine ce qu'il venait de dire que je vis son regard salace se poser sur elle. C'était bien pour cette raison que je ne comptais pas laisser Elle seule tant que je n'avais pas retrouvé ses amies ou que je l'avais convaincue de foutre le camp de cet enfer. La dernière option étant préférable.

Au lieu de répondre au type bourré parce qu'il y avait de grandes chances que j'abatte mon poing dans sa gueule, je pris Elle par la main et l'entraînai dans la foule jusqu'à parvenir à nous créer un petit recoin bien à nous. Je la serrai contre moi. Elle ouvrit grand les yeux, me dévisageant.

— Je me suis dit que tu aurais peut-être envie de danser, marmonnai-je en ayant l'impression d'être un abruti fini.

— Euh, oui… j'adore ça, répondit-elle en posant ses mains sur mes épaules.

J'en étais bien conscient. Je savais tout ce qu'il y avait à savoir sur cette fille.

Au milieu de cette masse, dans la lumière tamisée, je la serrai encore plus fort contre moi. Nous avions dansé ensemble quelques fois au lycée, mais cette fois-ci, c'était bien différent et je ne manquais pas de remarquer à quel point nos corps s'ajustaient à la perfection. Presque comme si elle était faite pour moi. Mes mains se posèrent sur ses côtes, puis sur sa chute de reins, tandis que les siennes s'installaient sur ma nuque. Nous regardant droit dans les yeux, nous étions coupés du reste du monde et je perdis toute notion du temps alors que nous restions collés l'un à l'autre chanson après chanson.

À un moment donné, elle s'extirpa de mon étreinte et se retourna, collant son dos contre mon torse, et même si j'aurais dû mettre un terme à cette folie avant de perdre encore davantage le contrôle, je me trouvais dans l'incapacité de la repousser. Au lieu de ça, je posais mes mains sur sa taille nue, le bout de mes doigts effleurant la peau douce de son ventre ferme.

Bordel. C'était vraiment de la torture.

Et pourtant, j'aurais voulu que ce moment dure éternellement. Je voulais la tenir contre moi et ne jamais la laisser repartir. La foule qui nous poussait l'un contre l'autre, la musique se répercutant autour de nous alors que mes mains remontaient sous son T-shirt en coton, s'installant sur ses côtes jusqu'à ce que mes pouces se posent sur le tissu soyeux de son soutien-gorge. Quelques centimètres plus haut et je pourrais prendre ses seins dans mes paumes.

Combien de fois avais-je fantasmé la toucher de la sorte ?

Bien trop pour pouvoir compter.

Sa nuque contre mon torse, elle rejeta la tête en arrière et croisa mon regard, ses paupières mi-closes. Ma queue palpita plus fort que jamais. Je savais reconnaître le désir dans un regard. Si ça avait été n'importe quelle autre fille, je l'aurais traînée à l'étage et nous aurions trouvé une chambre pour nous envoyer en l'air sans que j'en ai quelque chose à faire de baiser dans une maison de fraternité quelconque.

J'étais excité à ce point.

— Carson, murmura-t-elle en me sortant de la torpeur qui m'embrumait l'esprit et m'empêchait de penser de façon cohérente.

Lorsque sa langue passa entre ses lèvres rouges et luisantes, mon regard retomba sur sa bouche et, malgré moi, je me penchai en avant.

Puis je reculai d'un coup, comme si on m'avait ébouillanté.

Bordel !

Je ne pouvais pas croire ce qui avait failli se passer. Ce qu'il fallait, c'était que je m'éloigne et que j'aille prendre l'air. Je l'avais trop dans la peau. Au lieu de ça, j'agrippai son poignet et la tirai hors de la salle à manger, l'entraînant le long d'un couloir sombre moins envahi. Essoufflée, elle chancela, essayant de garder le rythme.

Même si je savais que ça allait mal se finir, je ne pouvais pas m'empêcher de me précipiter tête la première vers cette décision désastreuse.

CHAPITRE 5

ELLE

Je clignai des yeux, essayant de reprendre mes esprits alors que Carson me traînait à travers la foule compacte des corps pressés les uns contre les autres. Ses doigts restèrent agrippés à mon poignet alors que nous serpentions à travers les pièces bondées. Je n'étais pas certaine de savoir ce qui venait se passer, tout avait été si rapide. Nous étions en train de danser et, sans aucune explication, tout d'un coup, nous quittions la piste de danse. L'espace d'un instant, j'avais pratiquement eu l'impression qu'il éprouvait la même chose que moi, qu'il pouvait me désirer comme je l'avais toujours désiré. J'étais certaine que c'était moi qui me faisais des idées, que c'était mon esprit qui projetait ce qu'il voulait voir et croire.

Je me sentis frissonner alors que j'essayais d'attirer son attention en l'interpellant.

— Carson ?

Il ne s'arrêta pas. S'il m'avait entendu, il n'en montra rien. Avant que je ne puisse me forcer à répéter son prénom, plus fort cette fois-ci, il ouvrit une porte à la volée et le couple qui était en train de se peloter sur le lit s'écarta brusquement avant de détaler.

— Foutez le camp ! cria Carson.

Il paraissait avoir du mal à se maîtriser, ce qui était absolument insensé. Qu'est-ce qui pouvait bien le rendre aussi furieux ?

— Hé ! On était là les premiers ! Trouvez-vous une chambre pour vous, y en a largement assez ici, protesta le gars, que notre interruption importune avait fâché.

— Foutez le camp d'ici ou je vous vire par la peau du cul, tempêta Carson.

Je regardai, incrédule, le couple plus ou moins dévêtu et le gars qui m'avait amené ici.

— Très bien, on va y aller. Détends-toi, mec, c'est la fête, bougonna le premier occupant de la chambre alors que la fille reboutonnait sa chemise et se relevait, chancelante.

Carson attendit, les muscles bandés comme s'il se préparait à se battre jusqu'à ce que les deux autres nous passent devant d'un pas chaloupé.

Dès qu'ils eurent franchi la porte, il la claqua et la ferma à clef. Comme la fenêtre n'avait pas de rideaux, il y avait juste assez de lumière extérieure pour que je puisse discerner son visage. Ma bouche devint pâteuse et je sentis la tension crépiter dans l'air. Je ne comprenais pas ce qui était en train de se passer. Carson était un type décontracté qui avait le rire facile, et cela faisait partie des choses chez lui que je trouvais attirantes. Mais ce Carson-là, absolument furieux et prompt à s'emporter… c'était pratiquement un étranger pour moi.

À présent que nous étions seuls, il relâcha sa prise sur mon poignet. Je sentis le besoin de prendre mes distances et reculai jusqu'à ce que je bute contre le mur. J'avais la gorge nouée et je sentis son regard sur moi. Il semblait que tout l'oxygène de la pièce avait disparu et je ne parvenais pas à respirer. Je passai ma langue sur mes lèvres pour les humidifier.

— Carson, murmurai-je, parce que j'avais besoin de mettre au clair ce qui se passait entre nous alors que nous partions à la dérive.

Lorsqu'il secoua brusquement la tête, je peinai à trouver mes mots. Toutes mes terminaisons nerveuses se mirent en alerte alors qu'il réduisait à néant la distance entre nous et que je sentis son souffle contre mes lèvres entrouvertes. Les battements de mon cœur s'emballèrent, battant douloureusement contre ma cage thoracique. Il n'était plus qu'une question de temps avant qu'il ne sorte de ma poitrine. Je m'aplatis contre le mur alors qu'il posait ses bras musclés de part et d'autre de ma tête, m'enfermant au point que je sois entourée de sa force brute et qu'il n'y ait que lui dont je puisse être consciente.

Ses lèvres étaient pincées et il cherchait à croiser mon regard. Et avant que j'aie pu envisager les conséquences de ce que j'allais faire, je me dressai sur la pointe des pieds et pressai mes lèvres contre les siennes. Il resta comme figé sur place, impossiblement immobile. Comme il ne réagissait pas, je reculai pour essayer de croiser son regard, et au moment où je détournai le mien, j'entendis un grognement guttural lui échapper et il passa ses bras autour de moi, me tirant contre lui jusqu'à ce que toutes mes courbes soient plaquées contre son corps ferme. Mes bras passèrent autour de sa nuque et nous étions si près l'un de l'autre que je pouvais sentir la chaleur qui irradiait de lui. C'était exactement comme lorsque nous dansions quelques minutes auparavant, mais c'était bien mieux encore. J'avais l'impression d'avoir attendu la moitié de mon existence pour qu'il ouvre enfin les yeux et me voie autrement que comme la petite sœur de Brayden.

Et voilà que ce moment était arrivé.

Lorsqu'il lécha la commissure de mes lèvres, j'ouvris la bouche et nos langues s'entremêlèrent. Une vague de chaleur m'envahit, m'ébranlant au plus profond de moi alors que nos bouches fusionnaient. À ce moment-là, je me rendis compte que ma vie ne serait plus jamais la même.

Il n'y avait aucun moyen de revenir en arrière et de ne pas savoir combien la sensation de la bouche de Carson sur la mienne était incroyable, m'emmenant dans un endroit dont je n'avais pu jusqu'à ce moment-là que rêver. Il se pressa contre moi, coinçant mon corps contre le mur pendant qu'il m'explorait. Nos dents s'entrechoquèrent alors qu'il penchait la tête d'un côté puis de l'autre, me dévorant peu à peu. Jamais dans ma vie on ne m'avait embrassée aussi méticuleusement. C'était un baiser brutal et, sans que je m'y sois attendue, particulièrement violent. J'eus à peine le temps de reprendre mon souffle que ses lèvres s'emparèrent des miennes. Et lorsque je sentis son érection frotter entre mes jambes, je sentis mes genoux faiblir et je fus incapable de contenir plus longtemps l'envie désespérée en moi.

Je laissai échapper un gémissement, ébranlant le silence de la pièce. Carson se redressa aussitôt, coupant court à tout contact entre nous, et recula rapidement. Je ressentis rapidement son absence et luttai sur mes jambes flageolantes pour ne pas glisser par terre en un amas d'émotions bouillonnantes. Il me regarda, ses yeux noisette grand ouverts, incrédules, choqués alors qu'il passait ses doigts sur ses lèvres.

Mon regard s'arrêta sur elles, et je ne voulais qu'une chose : qu'il me dévore à nouveau, m'entraînant dans les profondeurs d'un océan où il n'était plus possible de penser.

— Mais qu'est-ce que tu fous ? protesta-t-il d'une voix rauque.

Ce ton ne fit que susciter une nouvelle explosion de désir en moi. Je réalisai soudain à quel point nous respirions fort, comme si nous venions de courir un marathon. Ma tête continuait de tourner alors que je n'étais pas certaine de comment répondre à sa question.

— Je croyais que… commençai-je sans réussir à finir ma phrase alors que je tentais de réprimer l'angoisse qui m'envahissait peu à peu.

Au lieu de céder à la peur qui se frayait un chemin au fond de moi, je redressai les épaules. J'en avais assez de garder tous ces sentiments refoulés là où ils ne pouvaient pas voir la lumière du jour. Je le faisais depuis des années et c'était épuisant.

Les mots coulèrent soudain à flots.

— J'ai envie de toi depuis longtemps et je suis fatiguée de faire comme si ces sentiments n'existaient pas et que tu n'étais pour moi que le meilleur ami de mon frère.

Même si j'étais absolument terrifiée qu'il me rejette, je fis un pas hésitant dans sa direction. À peine trente centimètres nous séparaient, mais il semblait que la distance n'avait de cesse de croître, m'éloignant de lui.

— Je n'ai jamais désiré un autre garçon que toi, et c'est pour ça que j'ai décidé de me préserver pour toi, finis-je par admettre après avoir pris une grande inspiration pour me donner du courage.

Il ouvrit des yeux si exorbités que c'en était pratiquement drôle. Jusqu'au moment où il parut très probable qu'ils lui sortent de la tête. Comme il ne répondait rien, le désespoir se mit à griffer mes entrailles et s'immisça dans mon ton.

— Tu as entendu ? Je suis vierge… insistai-je.

CHAPITRE 6

CARSON

*B*ordel !

Qu'étais-je censé répondre à ça exactement ?

Je ne parvins qu'à la dévisager, ouvrant et refermant la bouche comme un poisson échoué essayant de prendre son dernier souffle. Ces trois mots enflèrent dans mon esprit jusqu'à devenir un rugissement comparable à celui de l'océan, m'assourdissant complètement.

Je suis vierge.

Je suis vierge.

Je suis vierge.

Est-ce que je suspectais qu'Elle n'avait probablement aucune expérience avec le sexe opposé ? Évidemment. Brayden montait la garde et n'autorisait aucun mec à l'approcher de trop près. D'une certaine façon, son comportement surprotecteur avait été un soulagement parce que je n'avais pas eu à m'inquiéter qu'elle fréquente d'autres personnes. Qu'elle sorte avec des connards. Ou qu'elle tombe amoureuse d'un mec qui ne l'aime pas autant qu'elle le méritait.

L'entendre non seulement me confirmer ça, mais aussi que c'était pour moi qu'elle était restée vierge, qu'elle me *voulait*, porta un coup à ma maîtrise de moi-même et me fit incroyablement bander. Tout ce que je voulais, c'était la prendre dans mes bras et réclamer ce qui me revenait de droit, ce dont je rêvais depuis des années. Un grognement s'échappa de ma gorge alors que je me battais pour garder contenance. J'étais si près de tout perdre. De me déchaîner complètement. De tout envoyer balader.

Bordel.

Une guerre silencieuse faisait rage dans mon esprit. Je désirais Elle depuis bien plus longtemps que je n'aurais voulu l'admettre, et la seule chose qui me permettait de garder le contrôle de mon désir était mon amitié pour Brayden. Comment pouvais-je le trahir ?

Ce gars était un frère pour moi. Quoiqu'il me soit arrivé, il avait toujours été à mes côtés, fiable. Et ma seule certitude, c'était qu'il n'allait jamais accepter que je sorte avec sa sœur. Jamais. Parce qu'à terme ça détruirait notre amitié. Et je ne pouvais pas me permettre de risquer ça.

Même pas pour Elle.

Il me fallut fournir des efforts surhumains pour lutter contre mes inclinations naturelles et faire taire les émotions sourdes qui formaient une boule dans ma gorge.

— Je suis désolé, Elle, ce n'est pas réciproque. Pour moi, tu seras toujours une petite sœur, m'excusai-je, non sans difficulté.

Le mensonge avait un goût amer sur ma langue. Il me fallut m'efforcer de reprendre une contenance pour qu'elle ne voie pas à travers le mensonge la vérité enfouie sous celui-ci. Je ne savais pas ce que je ferais si elle la découvrait.

Elle écarquilla les yeux.

— Mais... Tu m'as embrassée. Je pouvais sentir ton érection... bafouilla-t-elle sur un ton qui ressemblait à un croassement laborieux alors que son regard s'attardait sur mon entrejambe. Même maintenant, tu as une érection.

Je n'avais pas besoin de baisser la tête pour savoir qu'elle disait vrai.

Je le sentais.

J'étais ridiculement dur.

Impossiblement dur.

Douloureusement dur.

À tout moment, j'allais exploser, et tout ça parce que cette beauté brune venait de me dire tout ce que j'avais toujours rêvé d'entendre. Avant que je ne puisse élaborer un autre mensonge, elle s'avança et je sifflai lorsque ses doigts se posèrent sur ma longueur ferme. Il me fallut tout mon courage pour repousser sa main plutôt que la faire se rapprocher de moi.

— Je suis un mec de vingt-deux ans, je bande en permanence, ne le prends pas personnellement, grognai-je.

Elle prit une profonde inspiration et sembla se décomposer.

— Mais je croyais que...

Je secouai la tête et m'efforçai de bougonner :

— Désolé, tu t'es trompée...

— Oh, mon Dieu...

J'avais beau vouloir la réconforter, je m'en abstins. Au lieu de ça, je serrai les poings le long de mon corps pour m'empêcher de le faire.

— Je me sens vraiment bête, fit-elle d'un ton contrit qui se reflétait sur son visage.

C'était douloureux à voir. Un gargouillis désespéré lui échappa avant qu'elle ne me bouscule et se précipite vers la porte, qu'elle ouvrit à la volée. Après avoir trituré la poignée, elle sortit en coup de vent dans le couloir. Le besoin de courir à sa suite se répandit dans mes veines, me poussant à agir. Je fis un pas rapide vers la porte avant de finalement m'arrêter. J'avais beau vouloir la poursuivre et lui dire la vérité, je ne pouvais pas.

L'entraîner loin de la fête avait été une erreur qui n'aurait jamais dû se produire. J'avais perdu le contrôle et à cause de cela, elle était à présent blessée. Il fallait que je rentre dans mon crâne épais qu'Elle Kendricks ne m'appartiendrait jamais. Peu importe à quel point j'avais envie d'elle.

Je passai une main frustrée dans mes cheveux et me forçai à rester dans la chambre. Il me fallut quelques minutes pour parvenir à lutter contre mes émotions les plus féroces. Je passai ma langue sur ma lèvre inférieure et son goût sucré me submergea à nouveau. Je sortis péniblement de la chambre et remontai à grandes enjambées le couloir sombre, balayant du regard la foule costumée. Durant la quinzaine de minutes qu'avait duré mon absence, le nombre d'étudiants s'entassant dans la maison avait encore augmenté. Où que je regarde, il y avait des gens qui se pelotaient, qui riaient, buvaient et dansaient comme si cette soirée était la dernière avant la fin du monde.

Il fallait que je foute le camp de cet enfer avant que je me foire encore davantage. Mais c'était impossible. Parce qu'il fallait que je m'assure qu'Elle était en sécurité. Qu'elle avait retrouvé ses amies ou, au moins, Brayden. Je me frayai péniblement un chemin à travers la masse de gens, balayant du regard tous les visages que je croisais. De nombreuses filles étaient déguisées en Harley Quinn, mais aucune n'était Elle. Je passai en revue tout le rez-de-chaussée.

Deux fois.

En vain.

Au moment où je retrouvai mes coéquipiers, j'avais un creux de la taille du Texas au fond de mon ventre et j'avais l'impression que je venais de faire la plus grosse erreur de ma vie.

CHAPITRE 7

ELLE

*L*a honte brûlant mes joues, je me frayai un passage à travers les corps se trémoussant les uns contre les autres qui envahissaient le rez-de-chaussée. Même si mon costume était très léger, je brûlais intérieurement. À tout moment, je risquais de m'embraser spontanément. Peut-être que ce serait mieux ainsi.

Je ne savais pas comment j'allais pouvoir regarder Carson dans les yeux à nouveau. Ce n'était pas comme si c'était un gars quelconque rencontré à une soirée, dont je pourrais prétendre qu'il n'existe pas. Non, nous parlions du meilleur ami de Brayden. Celui que ma mère considérait comme un second fils. Il venait chez nous pour les fêtes et les anniversaires. Je ne pouvais pas m'arrêter à la maison que mon frère louait hors du campus sans le croiser. Avant, c'était une bonne chose parce que j'espérais toujours le voir. Mais ce n'était plus le cas à présent. Un gémissement m'échappa.

Je ne pouvais même prétendre que ça n'avait pas été un désastre complet. Non seulement j'avais craché le morceau et je lui avais dit que j'étais restée vierge pour lui, mais ensuite, je l'avais tripoté. Mes doigts fourmillaient encore alors que je me souvenais de la sensation procurée par sa longueur sous mes doigts. Ce n'était pas un incident dont on ressortait indemne. C'était plutôt le genre d'incident qui impliquait de changer de nom et de déménager en espérant pouvoir recommencer sa vie ailleurs.

Si seulement il était possible de dire que cette erreur de jugement momentanée était due à l'alcool, mais le problème avec cette excuse était que tout le monde savait que je ne buvais pas. Pas après que mon père nous avait été arraché quatre ans plutôt par un conducteur en état d'ivresse. Dans mon esprit, la mort de mon père et l'alcool étaient irrémédiablement liés, et ce à tout jamais.

Plus je m'efforçais d'arriver jusqu'à la porte, plus la pression montait dans ma poitrine et plus il me semblait impossible de respirer. D'un moment à l'autre, ce pouvait être mon dernier souffle. Il ne me vint pas un seul instant à l'esprit de chercher mes amies parmi les fêtards. Tout ce que je savais, c'était qu'il fallait que je parte avant de m'évanouir parce que je manquais d'oxygène.

Lorsque j'arrivai enfin dehors, je commençais à voir flou et la tête me tournait. Je descendis les escaliers en mauvais état de la terrasse couverte d'un pas chancelant, et l'air froid de la nuit picota mes joues échauffées. Mes mains agrippées à mes genoux, je fermai les yeux et pris une profonde inspiration purificatrice avant d'expirer longuement.

— Hé, Harley ! Si tu dois dégueuler, tu fais ça par-dessus la rambarde, je ne veux pas avoir à passer le Karcher demain matin ! m'interpella-t-on d'une voix tonitruante.

J'ouvris grand les yeux, tournai la tête et croisai le regard d'une capote d'un mètre quatre-vingts. Lorsque je ne dis rien, son ton devint plus incisif :

— Tu as entendu ?

Au prix de gros efforts, je parvins à me redresser de toute ma hauteur.

— Je ne suis pas malade.

Il me regarda d'un air dubitatif, comme si je racontais des conneries. Je n'avais aucune envie d'être jugée par une capote géante, donc je m'efforçai à marcher, descendant les marches branlantes de la terrasse. Je m'agrippai avec force à la rambarde comme si ma vie en dépendait. Tomber dans les escaliers et me blesser aurait été la cerise sur le gâteau, une humiliation de plus après toutes celles qui l'avaient précédée. Et ç'aurait été celle de trop, je n'aurais pas pu y survivre.

Une fois arrivée au chemin bétonné qui traversait la pelouse, je me précipitai jusqu'au trottoir avant de tourner à gauche pour rejoindre le chemin que nous avions emprunté pour venir. Tout ce que je voulais, c'était retourner à la résidence, enlever ce fichu costume et panser mon orgueil blessé en privé.

La rue grouillait d'étudiants, verre à la main, qui riaient et parlaient. Quelques-uns d'entre eux chantaient même à tue-tête. Une fille était pliée en deux, vomissant dans l'herbe non loin de la rue, et son amie lui retenait les cheveux. Avec un rapide coup d'œil jeté au tas de vomi, je me fis la réflexion que ça ressemblait bien à la soirée que je venais de passer.

La fille grogna et un second round des festivités de ce soir-là atterrit sur la pelouse. J'accordai à son amie un regard compatissant avant de presser le pas. Après avoir remonté une rue, la foule commençait à se disperser. Je me sentais désormais plus calme et une partie de ma honte s'était dissipée. Je sentis que mon cuir chevelu me démangeait. J'arrachai la perruque, récupérai les épingles et l'élastique qui retenaient le tout en place. Une fois que toutes les attaches furent enlevées, je secouai la tête et mes cheveux épais retombèrent sur mes épaules, me faisant soupirer d'aise. Mon Dieu, c'était beaucoup plus confortable. La brise nocturne s'immisçant à travers les mèches sécha la sueur qui perlait.

À deux rues de là, il y avait vraiment nettement moins de monde. Même si les lampadaires étaient allumés et éclairaient les rues, je sentis un frisson de malaise remonter le long de mon échine alors que je me rendais compte que ce n'était pas une très bonne idée d'avoir quitté la fête seule. J'aurais dû essayer de retrouver mes amies ou commander un Uber. J'aurais aussi pu essayer de retrouver mon frère, même si après ce qui venait de se passer, je ne voulais pas le voir. Je pouvais me contenter d'espérer que Carson garderait pour lui ce qui venait de se passer et ne lui en parlerait jamais. Mon frère deviendrait probablement fou s'il apprenait que je m'étais jetée dans les bras de son ami.

La faible vibration d'une voiture qui passait m'arracha à mes pensées. Je jetai un coup d'œil au véhicule, ralentissant lorsque le conducteur tourna la tête et me regarda fixement. Il était trop loin pour que je puisse clairement distinguer son visage. Il me dépassa de quelques mètres avant de s'arrêter, ses feux rouges brillant dans l'obscurité.

Oh, merde.

Je sentis mon cœur s'emballer, battre plus fort que jamais alors que je m'immobilisai. Je scrutai la berline élégante. À cette distance, je ne pouvais pas identifier la marque, le modèle ou même la couleur. Mon pouls s'affola alors que j'attendais de voir ce qui allait suivre. Si je devais piquer un sprint, je n'irais pas bien loin avec les bottes que je portais ce soir-là. C'étaient des bottes décoratives, pour être jolie, pas pour marcher.

Mais pourquoi donc avais-je quitté la soirée ?

Humiliée ou pas, j'aurais dû rester sur place. Avec le recul, ça me semblait être une décision impulsive qui allait tôt ou tard se retourner contre moi. Est-ce qu'avoir honte était vraiment un problème ? Il valait mieux avoir honte que finir violée et laissée pour morte sur un bord de route désert, pas vrai ? Merde, j'étais trop jeune pour mourir. Je m'efforçai de reprendre contenance alors que le conducteur baissait sa vitre. S'il y avait bien une chose que j'avais apprise durant mes cours de théâtre, c'était comment projeter ma voix pour qu'on m'entende de loin, et j'allais crier à en perdre la voix si c'était nécessaire. Je n'allais pas me laisser tuer sans lutter. Je sentis le cri naître dans ma gorge.

— Elle, est-ce que c'est toi ? me demanda-t-on.

Tous mes membres tremblaient et je fus tout d'un coup perplexe. Attendez une minute… Cette voix me semblait familière, mais je n'étais pas certaine d'où je la connaissais. C'était une voix rauque. Une voix d'homme mûr, davantage celle d'un adulte que celle d'un étudiant sur le campus. Je restai silencieuse alors que je passais en revue mes souvenirs pour essayer de remettre cette voix dans son contexte et je ne répondis rien ni ne fis mine de me rapprocher de la voiture.

Vous avez cru quoi ? Bien sûr que je n'allais pas me rapprocher…

J'avais regardé suffisamment d'épisodes de *Faites entrer l'accusé* pour savoir que ce n'était pas une bonne idée. Quoique... Peut-être bien que non, sinon je ne serais pas partie seule de cette soirée stupide, pas vrai ?

— Elle, c'est monsieur Holloway, ton professeur de statistiques...

— Monsieur Holloway ? répétai-je.

D'un coup, mes muscles se ramollirent et je sentis mes genoux se dérober sous moi sous le coup du soulagement. J'eus du mal à rester debout.

— Oui, fit-il avant de se taire un instant. Qu'est-ce que tu fais seule à cette heure de la nuit ? Tu ne sais pas à quel point c'est dangereux ?

Mes joues s'empourprèrent. Je le savais désormais. Je me souviendrai très certainement de ce moment pour le reste de ma vie.

— Oh, euh... balbutiai-je, me sentant vraiment très bête. J'étais à une fête et j'ai voulu partir plus tôt.

— Où sont tes amies ? demanda-t-il.

Avant que je puisse répondre, il me lança une seconde question, incisif :

— Tu n'y es pas allée toute seule, j'espère ?

Je passai d'un pied à l'autre avant d'admettre à contrecœur que j'y étais allée avec mes colocataires. Et même de là où je me tenais, je pus voir son expression s'assombrir et ses traits se durcir.

— Je te croyais vraiment plus maline que ça...

Son ton empli de reproches me fit grimacer, et ce que j'avais appris ce soir-là, c'était que non seulement j'étais très mauvaise en statistiques, mais aussi que j'avais un instinct de survie absolument merdique.

— Monte, je te ramène chez toi, dit-il.

Quoi ?

Je ne pouvais pas faire ça. Je fis signe de la tête que non.

— Non, ça va, je ne suis plus très loin de toute façon...

— Monte dans la voiture, Elle, ordonna-t-il d'un ton impérieux. Ce n'est pas une question, je ne vais pas te laisser rentrer seule chez toi à pied à cette heure-ci. Je ne me le pardonnerais pas s'il devait t'arriver quelque chose.

Je mordillai ma lèvre inférieure alors que je restais indécise. Comme je ne bougeais pas, il insista.

— Maintenant, Elle, grogna-t-il.

Argh !

Cette soirée était une suite sans fin d'humiliations et je n'allais pas y survivre. D'abord Carson, et maintenant l'un de mes professeurs. N'ayant pas d'autre choix, je marmonnai :

— Bien, d'accord.

Je me forçai à avancer jusqu'au véhicule à l'arrêt au milieu de la rue, et mon professeur garda son regard rivé sur moi dans le rétroviseur conducteur alors que je contournais l'arrière de la voiture avant d'ouvrir la portière et de me glisser sur le siège passager à ses côtés.

— Merci, dis-je, tournant la tête dans sa direction avant de rapidement river mon regard sur la route à travers le pare-brise.

— Je présume que tu étais à la soirée Sigma Epsilon...

Ce n'était pas une question. Je regardai mon costume, envahie par une nouvelle vague de honte. Comment avais-je pu laisser Madison me convaincre de mettre cette tenue ? Ce short me couvrait à peine les fesses, et ce T-shirt était si fin qu'il y avait de grandes chances que l'on voit mes mamelons à travers le coton.

— Oui... dis-je en me trémoussant inconfortablement sur le siège de cuir souple, incapable de croiser son regard.

— J'espère au moins que tu as passé un bon moment, dit-il en démarrant.

La voiture fit un bon en avant dans la rue bordée d'arbres. Je manquai de rire, mais je me retins à la dernière minute.

— Pas vraiment, avouai-je.

Plutôt *absolument pas*, mais j'allais garder ça pour moi.

Il pivota légèrement jusqu'à ce que je sente la brève caresse de son regard.

— Je suis navré de l'apprendre, déclara-t-il en se radoucissant. Est-ce que tu as besoin d'en parler ?

J'écarquillai les yeux et le dévisageai.

Même si j'appréciais monsieur Holloway — il avait beau enseigner une matière que je détestais, il m'avait l'air d'être un type plutôt décent

— il restait l'un de mes enseignants. Je ne pouvais pas m'imaginer lui raconter ce qui s'était passé avec Carson. Je pinçai les lèvres et secouai la tête. Je voulais tout oublier de ce qui s'était passé ce soir et non le ressasser dans les moindres détails.

— Très bien, d'accord, dit-il.

Le silence envahit l'habitacle, puis il me demanda où j'habitais.

— Sutton Hall, lâchai-je, reconnaissante que l'on change de sujet.

Il acquiesça, sans prendre la peine de demander d'autres indications. Son regard resta rivé sur le ruban noir de la route qui s'étendait devant nous. Sans son regard inquisiteur posé sur moi, je pouvais l'étudier de plus près. Il était plus jeune que je l'avais cru. En classe, il portait généralement un chino et une chemise, parfois un blazer et des lunettes noires à monture d'écaille. Ses cheveux étaient assez longs et ondulaient légèrement aux pointes, près du col de sa chemise.

Ce soir, il était habillé de façon plus décontractée : un T-shirt noir tout simple moulait son torse et ses biceps, et il portait un jean noir délavé. Il ne portait pas de lunettes et ses cheveux étaient plus ébouriffés que ce que j'avais l'habitude de voir. Auparavant, je pensais qu'il avait une trentaine d'années, peut-être même une petite quarantaine. Vêtu comme il l'était à présent, il me donnait plutôt l'impression d'avoir à peine trente ans.

Mon téléphona bipa, me sortant de ma contemplation silencieuse, et je revins au présent, un peu honteuse d'avoir passé tant de temps à l'examiner. Je plongeais la main dans ma pochette en bandoulière. Une fois que j'eus récupéré l'appareil, je vis que j'avais reçu un message. De Carson.

Tu es où ? Ça va ?

Mon cœur manqua un battement et je fronçai les sourcils.

Vous savez quoi ?

Qu'il aille se faire voir.

Ne faisant pas l'effort de répondre, je remis mon téléphone dans ma pochette et jetai un coup d'œil dans la direction de mon prof, qui me regardait avec curiosité.

— Est-ce que c'était ton petit ami ?

Je secouai la tête avant de détourner le regard. C'était beaucoup plus simple d'avoir cette conversation en regardant la route.

— Non, juste un ami. À vrai dire, c'est l'ami de mon frère.

Je ne savais même pas pourquoi je l'avais précisé, mais c'était la vérité, pas vrai ? Au bout du compte, c'était tout ce que Carson était pour moi : le meilleur ami de Brayden et son coéquipier.

— Tu es sûre qu'il n'y a rien dont tu veux parler ? Tu ne t'en rends peut-être pas compte pour l'instant, mais je peux être une personne très à l'écoute si tu en as besoin...

Mes épaules s'affaissèrent et je m'efforçai de sourire.

— Merci, mais je n'en ai vraiment pas besoin, affirmai-je.

Honnêtement, c'était un peu surréaliste d'être assise dans sa voiture. Nous n'avions jamais eu de conversation qui aille au-delà des statistiques, ni échangé plus de trois mots en dehors de l'amphi. D'une certaine façon, c'était comme lorsque vous étiez enfant et que vous tombiez sur un prof au supermarché ou au restaurant. J'avais toujours été étonnée que le maître ou la maîtresse existe en dehors de l'école, et puisse avoir une vie de famille et des enfants.

— Je veux seulement que tu saches que je suis toujours disponible si tu as besoin de discuter ou de pousser une gueulante, d'accord ?

— Oui, merci ! dis-je.

Même si j'appréciais sa proposition, il n'y avait vraiment aucune chance que je le prenne au mot. Lorsque j'aperçus la tour à quinze étages de ma résidence, je laissai échapper un soupir de soulagement. Une minute plus tard, il se garait sur le bas-côté devant le bâtiment. Mes doigts agrippèrent la poignée de la portière. J'étais prête à bondir hors du véhicule et tout oublier de cette nuit-là. Je ne voulais plus jamais y repenser. Et je ne voulais pas non plus tomber sur Carson sur le campus de sitôt.

Était-il possible de l'éviter jusqu'à sa remise de diplôme au printemps ?

Ce serait mon objectif.

— Encore merci de m'avoir ramenée, fis-je.

Il esquissa un sourire.

— Avec plaisir, Elle ! On se voit en cours lundi.

J'acquiesçai, ouvris maladroitement la portière et me glissai hors de la voiture, m'apercevant au même moment qu'il s'agissait d'une BMW classieuse. Alors que je me tenais sur le trottoir, son regard resta rivé sur le mien et un courant étrange passa entre nous. Je dus prendre sur moi pour ne pas triturer mon short avant de me retourner et d'accélérer le pas pour rejoindre ma résidence. Ce ne fut que lorsque j'eus franchi la porte vitrée qu'il redémarra, ses phares arrière s'éloignant puis disparaissant complètement dans la nuit.

CHAPITRE 8

CARSON

Il s'était écoulé plus de trois quarts d'heure depuis qu'Elle avait quitté la chambre et j'avais passé toutes les pièces au peigne fin à plusieurs reprises pour essayer de la retrouver. Cependant, c'était comme si elle s'était volatilisée dès l'instant où elle avait franchi la porte. Chaque minute qui passait, la boule qui s'était formée dans mon ventre croissait au point que je me sentais nauséeux.

Je connaissais ses amies, mais cela ne voulait pas dire que j'arriverais à les reconnaître en costumes. Je regardais constamment mon téléphone, espérant qu'elle aurait répondu à mon texto. Même pour me dire d'aller me faire voir. Au moins, je saurais qu'elle était en sécurité. Mais je n'avais droit qu'à un silence radio.

Ça me rendait dingue.

Même si je ne voulais pas le faire, je finis par poser la question à Brayden en serrant les dents.

— Tu as vu ta sœur dans le coin ?

Il se renfrogna immédiatement, ce qui était sa réaction habituelle lorsque l'on associait sa sœur et une soirée dans la même phrase. Après plus d'un an sur le même campus, ça n'avait pas changé.

— Non, je ne savais même pas qu'elle était là. Je déteste vraiment quand on se retrouve au même endroit elle et moi, fit-il en fronçant les sourcils et tendant le cou pour essayer de la retrouver dans la foule.

Il changea de position et récupéra son téléphone dans la poche arrière de son pantalon, puis tapota quelques instants l'écran. Quelques secondes plus tard, il me regarda d'un air très perplexe.

— Mais de quoi tu parles, elle est à sa résidence...

Maintenant que je la savais en sécurité, mes muscles se détendirent et une vague de soulagement m'envahit. Bien trop de scénarios avaient tourné en boucle dans ma tête, et plus j'avais attendu pour savoir où elle était, plus les scénarios devenaient sordides. Ce ne fut que lorsque Brayden me mit une grande claque dans le dos que je sortis pour de bon de mes pensées.

— Je te suis vraiment reconnaissant de veiller sur Elle, tu es vraiment un ami !

La culpabilité inonda chaque cellule de mon corps. Je doutais que Brayden dise cela s'il savait ce que je ressentais vraiment pour elle, ou s'il nous avait vus danser ensemble. Et s'il apprenait que j'avais entraîné sa sœur dans une des chambres à l'étage et que je l'avais embrassée, il me tuerait sans sommation. J'avais fait la pire chose imaginable, j'avais brisé notre code d'honneur.

Je me passai une main sur le visage et réfléchis aux avantages de cracher le morceau. Brayden avait le droit de savoir ce qui s'était passé entre nous et je devrais avoir les couilles d'être honnête avec lui. Ce mec était comme un frère pour moi. Depuis toujours. Quand mes parents étaient trop occupés à faire décoller leur entreprise, j'avais passé un temps infini chez les Kendricks et il était même arrivé un point où Katherine, la mère de Brayden, mettait aussi un couvert pour moi à la table du dîner avant même de m'avoir demandé si j'avais l'intention de rester manger. Comme si je faisais partie de la famille. Son accueil à bras ouverts comptait énormément pour moi, et mon enfance aurait été beaucoup plus solitaire sans les Kendricks. Si Jake Kendricks ne m'avait pas encouragé à pratiquer le football, je n'y aurais peut-être jamais joué à l'université. J'aurais loupé ma chance de passer professionnel. Il avait toujours été là, à chaque match, m'encourageant avec force bien plus souvent que mon propre père.

Abuser de sa fille n'était pas la meilleure façon de remercier le père décédé de son meilleur ami d'être intervenu et de vous avoir guidé à travers tous les pièges de l'adolescence alors que vos propres parents s'avéraient incapables de prendre le temps nécessaire. Je me dégoûtais. Rien que d'y penser, j'avais l'impression d'être un connard ingrat. Ces pensées me confortèrent dans ma décision de prendre mes distances avec Elle. Peut-être ne s'en rendait-elle pas compte, mais je faisais le meilleur choix pour nous deux.

— Carson !

Je clignai des yeux, dévisageant la fille avec qui j'avais parlé en début de soirée avant que l'enfer ne se déchaîne.

— Oh, salut… commençai-je.

— Monica, se présenta-t-elle à nouveau.

Je hochai la tête et mentis.

— Ah oui… bien sûr, je me rappelle !

Lorsque son sourire gagna en intensité, je me rendis compte que ce n'était probablement pas la meilleure chose à dire.

— On s'est dit qu'on allait rentrer chez mon amie, annonça-t-elle en passant sa langue sur ses lèvres rouge vif. Pour continuer la fête dans un cadre un peu plus *intime*. Ça ne te dirait pas de venir avec nous ? Ce sera drôle…

Elle finit sa phrase en posant sa paume contre mon torse.

Drôle ?

C'était discutable. Cela me ferait-il oublier cette personne à laquelle je n'avais pas le droit de penser ? C'était également peu probable. Le mieux que je pouvais faire dans l'immédiat était de passer un peu de temps avec cette fille pour essayer d'oublier celle que j'avais chassée. En plissant les yeux, il y avait une légère ressemblance : elles avaient toutes les deux une silhouette élancée et de longs cheveux noirs. Cependant, j'avais décidé d'arrêter de m'envoyer en l'air avec des meufs qui ressemblaient à Elle quand je m'étais rendu compte que tout ce que j'essayais de faire, c'était me la sortir de la tête.

Devinez quoi ? Ça n'avait jamais marché et elles finissaient par être de pitoyables imitations de celle que je désirais vraiment. Au lieu de me sentir détendu et satisfait en sortant du lit et renfilant mon jean, je me sentais toujours vide et un peu sale. Qui avait besoin d'une chose pareille ?

— Merci de l'invitation, mais ça va, dis-je avant d'avoir pu m'en empêcher.

Son sourire retomba.

— Tu es sûr ?

— Oui, je vais rester dans le coin encore un moment…

Je fus soulagé lorsqu'elle haussa les épaules sans faire de cas.

— OK, si tu changes d'avis, viens me voir, je reste encore une dizaine de minutes.

— J'y penserai ! acquiesçai-je.

Par chance, une amie lui fit signe de la rejoindre et elle partit. Lorsque je jetai un coup d'œil à Brayden, il me regarda d'un air désapprobateur.

— C'est con, tu as besoin de baiser, mec ! Tu es bien trop tendu et la meuf était carrément intéressée, me reprocha-t-il.

Il ignorait que ça faisait six longs mois que je ne m'étais pas envoyé en l'air. J'étais malheureusement devenu très ami avec ma main droite. Baiser une fille quelconque en soirée n'allait pas m'aider à résoudre mes problèmes. Bien au contraire. C'était une situation merdique et il n'y avait aucune solution. Mon seul espoir, c'était qu'une fois diplômé de Western et éloigné d'Elle, je pourrais retrouver ma joie de vivre. Je ne la chercherai plus à tous les coins de rue. Je n'essaierai pas de tomber sur elle, de la garder près de moi. Je pourrais avancer dans ma vie et peut-être même rencontrer quelqu'un d'autre. Il fallait seulement que je tienne le coup pendant les six prochains mois.

— J'ai besoin d'une bouteille d'eau, dis-je, même si je doutais que cela suffise à chasser le goût amer qui s'était installé dans ma bouche.

— S'il n'y a que ça pour te faire plaisir, répondit Brayden, toujours aussi désapprobateur.

J'aurais dû me douter que cette soirée serait une foirade totale. Si j'avais réfléchi, je serais resté chez moi. Au lieu de ça, j'avais embrassé la seule fille que je ne devais pas embrasser et manqué de foutre en l'air mon amitié avec Brayden.

CHAPITRE 9

ELLE

Je débitai à toute allure ma commande à la Brûlerie, le café du campus, avant d'attendre sur le côté du comptoir qu'on la prépare. Il s'était écoulé plus d'une semaine depuis la soirée Sig Ep et j'étais soulagée de pouvoir dire que j'étais parvenue à éviter Carson sur le campus. Habituellement, nous nous croisions à plusieurs reprises au cours de la semaine, notamment lorsque je quittais mon cours de statistiques. Pour éviter cela, j'avais commencé à sortir de l'autre côté du bâtiment et à emprunter un autre itinéraire. Le mardi et le jeudi, je passais généralement chercher à manger au snack. Plutôt que de prendre le risque de le croiser, j'emportais maintenant quelque chose à manger sur le pouce ou à la bibliothèque : une barre protéinée, un fruit ou un mélange de fruits secs.

Le week-end, je rendais normalement visite à Brayden pour passer un moment avec lui et Sydney ou pour assister à l'une de leurs soirées, mais j'évitais celle-ci et j'avais l'intention de continuer comme ça. Plus je m'éloignais de Carson, mieux je me portais. J'arrivais presque à me faire croire que cette horrible soirée n'avait jamais eu lieu.

Presque.

La seule fois où je l'avais aperçu, c'était au match du samedi après-midi. Et c'était inévitable. Je n'avais jamais manqué un match de Brayden et je n'allais pas commencer maintenant. D'autant plus qu'il s'agissait de sa dernière saison avec les Wildcats. J'avais eu beau essayer de ne pas me focaliser sur le *tight-end*[1] blond, mon regard finissait toujours par se poser de nouveau sur lui. Tout ce que je pouvais dire, c'était que Rome ne s'était pas construite en un jour et qu'il allait me falloir du temps pour parvenir à l'oublier. Jusqu'à présent, je n'avais jamais réalisé à quel point j'attendais toujours avec impatience les moments où je pouvais le croiser sur le campus ou discuter avec lui. Prendre mes distances avec lui représentait un véritable défi. J'étais comme une junkie qui essayait de se passer de sa drogue ; j'étais clairement en manque et je n'en avais parlé à personne.

S'il était possible de remonter le temps et de faire des choix différents, je le ferais sans hésiter. Je ne savais pas ce qui m'était passé par la tête la semaine passée. Au moment où on avait dansé, j'avais presque eu l'impression qu'il avait envie de moi. De toute évidence, je n'aurais pas pu me tromper davantage. Je m'empourprai légèrement alors que ses mots repassaient malgré moi dans ma tête.

Je suis un mec de vingt-deux ans, je bande en permanence, ne le prends pas ça personnellement.

Il m'envoyait un texto tous les deux jours, et même si c'était difficile, je les ignorais et j'espérais qu'il finirait par comprendre et me laisser seule. Lorsque la barista annonça que mon latte vanille était prêt, je passai le chercher et me frayai un passage entre les tables pour m'installer dans un vieux canapé défraîchi qui avait connu des jours meilleurs, non loin d'une grande baie vitrée où le soleil entrait à flots. Je posai ma boisson sur la table griffée et sortis mon livre de statistiques, mon cahier et mes écouteurs avant de me mettre au travail. J'étais allée voir monsieur Holloway durant sa permanence du mardi et nous avions passé en revue le dernier examen, problème après problème. Ç'avait été douloureux. La seule bonne chose qui en était sortie, c'était qu'à présent, je comprenais un petit peu mieux. Du moins je croyais.

Parce qu'après trois problèmes, j'avais très envie de me taper la tête contre la table. Bon, peut-être que j'étais un peu dramatique. Mais tout ce que je savais, c'était que je détestais cette matière et ça n'avait pas l'air de devenir plus simple. C'était comme essayer de comprendre une langue que je n'avais jamais entendue auparavant et, pour l'anecdote, j'étais très mauvaise en langues aussi. Peu importait à quel point j'essayais de comprendre, il semblait que je ne parvenais pas à assimiler quoi que ce soit.

Plongée dans les statistiques, je perdis toute notion du temps et je ne relevai la tête que lorsqu'une ombre tomba sur moi, coupant le rayon de soleil qui entrait par la devanture. Je clignai des yeux et fus surprise de voir monsieur Holloway, tout sourire, son regard posé sur le livre qui se trouvait sur la table devant moi. J'enlevai précipitamment mes écouteurs.

— On travaille sur ma matière préférée à ce que je vois. Comment ça se passe ? Ou bien je ne devrais pas poser la question, dit-il après un bref silence.

J'hésitai, honteuse d'admettre que ça n'allait pas si bien que ça. Avoir autant de mal dans une matière me donnait vraiment l'impression d'être une idiote. Brayden avait toujours été un génie en maths sans fournir le moindre effort. De mon côté, malgré de nombreux cours particuliers, je peinais à avoir ne serait-ce que des notes passables. Je ne serai jamais aussi douée que mon frère. C'était vraiment frustrant de travailler aussi dur sans en récolter les fruits. L'une des raisons pour laquelle j'aimais tant le théâtre, c'était parce que ça n'avait absolument rien à voir avec les nombres.

— Ça se passe, murmurai-je.

Il fronça les sourcils et regarda silencieusement mon cahier. Il était tentant de poser la main sur mes pattes de mouche pour qu'il ne tente pas de les déchiffrer, mais au lieu de ça, je serrai les mains sur mes genoux. Je fus stupéfaite au moment où il s'installa sur le canapé à mes côtés. Je sentis l'assise s'enfoncer, me rapprochant de lui jusqu'au moment où je sentis sa cuisse contre la peau nue au niveau de l'ourlet de ma jupe. Il était si près de moi que je fus envahie par l'odeur épicée de son eau de toilette.

Nos épaules s'effleurèrent lorsqu'il se pencha en avant pour récupérer mon crayon papier et effacer les dernières étapes du problème sur lesquelles j'avais passé dix minutes à travailler.

— C'est là que tu t'es trompée, expliqua-t-il.

Il écrivit la séquence avant d'arriver facilement à la solution. Je fronçai les sourcils et regardai la feuille. Comment faisait-il pour rendre aussi simple quelque chose qui était loin de l'être ? Sans son aide, j'aurais sûrement encore perdu un bon quart d'heure avant de trouver l'endroit où je m'étais trompée. *Si* je m'étais rendu compte que je m'étais trompée. Il était très tentant de prendre le livre et de le jeter par la fenêtre.

— Tu comprends ce que j'ai fait ? demanda-t-il alors qu'intérieurement, je bouillonnais.

— Oui, j'ai fait une erreur stupide, admis-je.

Il tourna la tête jusqu'à ce que nos regards se croisent. Assise si près de lui, je pouvais voir plus clairement la couleur de ses yeux derrière ses lunettes à monture d'écaille. Ils étaient d'un bleu foncé intense, comme du cobalt. Et les toutes petites taches qui dansaient sur ses iris étaient fascinantes.

Je toussai alors qu'un frisson de malaise m'envahissait. Je voulais m'éloigner de façon à accroître la distance entre nous, mais je luttai contre cette envie. Ce n'était pas comme si nous étions seuls dans une pièce sombre, ou qu'il me faisait des avances. Bon Dieu, on était en milieu de matinée et au café du campus, entourés de dizaines d'étudiants. Personne ne semblait nous prêter la moindre attention. Ma réaction était excessive. Il fallait que je me détende et que je sois reconnaissante du fait que cet homme m'avait prise en pitié et avait décidé de m'aider. Il m'évitait ainsi de nombreux maux de tête.

— Tu sais quoi ? dit-il après un coup d'œil à la montre au gros bracelet argenté à son poignet, j'ai presque une demi-heure avant mon prochain cours, pourquoi ne passerait-on pas en revue d'autres problèmes ?

Son offre généreuse me prit par surprise.

— Vraiment ?

— Oui, vraiment, ça me fait plaisir de t'aider, déclara-t-il.

La peau dorée autour de ses yeux et de sa bouche se fendilla de toutes petites rides lorsqu'il sourit.

— Merci, acquiesçai-je, reconnaissante de ne pas avoir à finir seule le reste du devoir.

En particulier après avoir perdu autant de temps sur des questions où mes réponses n'étaient même pas correctes. En règle générale, j'allais demander un coup de main à quelques personnes : Sierra était une boss des sciences et des maths, et parce qu'elle était en école d'infirmière, elle avait déjà suivi les cours de statistiques. Son emploi du temps était toutefois blindé, elle était toujours occupée. Parfois je travaillais avec mon frère, mais entre le football, Sydney et les cours, il n'avait pas beaucoup de temps libre. Et bien que j'aime bosser avec Mike, au bout d'une demi-heure, nous n'étions plus très sérieux et nous finissions par répéter nos répliques pour la pièce.

Et enfin, il y avait Carson.

Après la soirée Sigma Epsilon, j'aurais préféré échouer encore une fois que de lui demander son aide.

— Très bien, mettons-nous au travail, lança mon professeur.

CHAPITRE 10

CARSON

Je passai mon sac à dos sur mon épaule et traversai le cœur du campus avant de jeter un coup d'œil à ma montre. Il me restait une vingtaine de minutes avant le début de mon cours, ce qui me laissait largement le temps d'aller chercher un café. J'avais besoin d'une dose de caféine, mais j'avais horreur de boire trop de boissons énergisantes. Inutiles, elles me rendaient nerveux. En ce moment, je fonctionnais au ralenti. Cela faisait une semaine que je n'avais pas dormi correctement.

Et tout ça parce que la beauté brune avait décidé de m'éviter. Elle ne répondait même pas à mes textos. Elle avait non seulement disparu du campus, mais aussi de mon existence sans laisser de trace. Il était tentant de débarquer à l'improviste à sa résidence juste pour m'assurer que tout allait bien, mais je savais qu'il n'y avait aucun problème, car elle répondait sans souci aux textos de Brayden.

Au fond de moi, je comprenais que cette séparation était inévitable. Au fil du temps, nous étions devenus trop proches et j'appréciais un peu trop passer du temps avec elle. On ne pouvait pas se permettre que ce qui s'était passé à la soirée se reproduise. Alors oui, c'était sûrement la meilleure chose à faire.

Ce que je n'avais pas vu venir, c'était à quel point ça allait être difficile de ne plus l'avoir dans ma vie. Depuis son arrivée sur le campus l'an passé, c'était la première fois que nous passions autant de temps sans nous parler. D'une façon ou d'une autre, lorsque j'avais la tête ailleurs, Elle Kendricks avait réussi à se frayer un chemin jusqu'à mon cœur. Si j'étais vraiment tout à fait honnête, je voulais désespérément la voir, j'étais comme un homme assoiffé qui serait prêt à mourir pour une goutte d'eau. Une seule goutte d'eau.

Je passai une main dans mes cheveux avant de pousser la porte vitrée de la Brûlerie et de m'installer dans la file d'attente. Pour tuer le temps, je récupérai mon téléphone dans la poche arrière de mon pantalon et me dis que je pourrais envoyer un autre texto à Elle. Mes doigts restèrent un moment en suspens au-dessus du clavier et j'expirai longuement, m'arrêtant à temps. Il fallait une coupure nette et je ne pouvais pas me permettre de revenir en arrière.

Lorsque l'on m'interpella depuis l'autre côté du petit café, je relevai la tête avant d'automatiquement lever la main pour retourner la salutation. Alors que le gars changeait de position pour parler à quelqu'un d'autre, j'aperçus de longs cheveux bruns. Tout en moi se mit en alerte maximum alors que je tendais le cou pour mieux voir : c'était une fille qui avait une ressemblance frappante avec Elle, mais rapidement, elle disparut derrière la foule des personnes présentes dans le café et qui profitaient de leurs boissons. Je grimaçai.

Mais qu'est-ce que je foutais ? Il fallait sérieusement que j'arrête. J'avais encore moins le contrôle de la situation que je ne l'aurais cru. Je savais que je ne devrais pas, mais je sortis tout de même de la file et me frayai un chemin à travers la foule jusqu'à ce que je puisse voir convenablement le canapé râpé. Je me figeai sur place. Ce n'était pas du tout le fruit de mon imagination. Elle était là. Il me fallut un instant pour me rendre compte qu'elle n'était pas seule. Je clignai des yeux, méfiant.

Bordel, qui était le vieux assis à ses côtés ?

Bon d'accord, il n'était pas vraiment une relique. De ce que je pouvais voir, il devait avoir dans les trente-cinq ans, mais toujours était-il que c'était bien trop vieux pour Elle. La jalousie monta en moi comme un geyser, oblitérant toute pensée rationnelle. Avant d'avoir pris le temps de réfléchir à la conséquence de mes actes, je me rapprochai d'eux, écartant un gars qui se trouvait sur mon passage.

— Hé, fais gaffe ! bougonna-t-il alors qu'une partie de son café débordait de sa tasse.

Je marmonnai des excuses avant de me poster devant le canapé et de m'éclaircir la gorge. Lorsque ni l'un ni l'autre ne fit mine de relever la tête, je les interpellai sur un ton cassant.

— Hé !

C'était comme si la bulle dans laquelle ils se trouvaient venait d'éclater, car ils relevèrent brusquement la tête et deux paires d'yeux se posèrent simultanément sur moi, mon regard allant alternativement d'Elle au gars assis bien trop près d'elle pour que je sois tout à fait tranquille. Il me fallut toute ma maîtrise de moi-même pour ne pas agripper le mec par la chemise et le faire se lever de force. J'imaginais qu'on devait être à peu près de la même taille même si j'avais les épaules plus larges et que j'étais plus musclé. Je devais aussi probablement faire une vingtaine de kilos de plus que lui. La balance était clairement en ma faveur, et avec ce que j'éprouvais en ce moment, il y avait de grands risques que cette confrontation en vienne aux mains.

— Carson, qu'est-ce que tu fais là ? demanda Elle.

Un silence inconfortable s'installa.

— Je récupère un café avant mon prochain cours, dis-je, laconique. Et toi ?

Avant qu'elle ne puisse répondre, l'intrus jeta un coup d'œil à sa montre hors de prix avant de se lever. Comme je le suspectais, nous faisions pratiquement la même taille. Je carrai les épaules.

— Il vaudrait mieux que j'y aille. On se voit en classe, Elle !

Il m'adressa un sourire poli et partit après avoir récupéré son attaché-case. Je le fusillai du regard, tiraillé entre suivre le gars et lui toucher un mot en privé ou rester avec Elle. Le besoin de l'avoir près de moi prit le dessus, et une fois que le gars eut passé la porte du café, mon regard incisif se posa sur Elle. Je pointai la porte du doigt.

— C'était qui ce type ? demandai-je.

J'aurais mieux fait de demander pourquoi ils étaient ensemble.

— Monsieur Holloway, mon prof de statistique.

Je fus pratiquement pris de court par la froideur de son ton et de son regard. Je ne crois pas qu'elle m'ait déjà regardé un jour de la sorte.

Lorsqu'il passa devant la devanture du café, je le suivis des yeux. Il regarda Elle, puis me regarda sans détourner la tête pendant quelques instants. Ce que je vis dans son regard suffit à ce que la possessivité que j'avais toujours ressentie lorsque Elle était impliquée revienne au galop.

Professeur ou pas, est-ce que je pensais qu'il avait envie d'elle ? Absolument. Elle était sublime, dans le genre pur et innocent. Il émanait d'elle une énergie bouillonnante, en particulier pour ce qui la passionnait. Ça suffisait à donner envie à un homme d'être le premier à la corrompre, à vouloir se servir à cette source où personne ne s'était encore servi avant lui... *Bordel !*

— Tu dois prendre tes distances avec lui, grognai-je, les mains sur les hanches.

Elle fit la moue et me dévisagea longuement avant de fourrer brutalement ses manuels dans son sac et de se relever élégamment. Elle pencha la tête pour pouvoir soutenir mon regard.

— Ça risque d'être difficile, c'est mon prof. Je ne suis pas certaine de savoir ce à quoi tu penses, mais il m'aidait avec mes devoirs. C'est tout.

Avant que je ne puisse répondre, Elle s'avança dans mon espace personnel, la fureur se lisant dans ses yeux chocolat. Si près que je pouvais sentir le parfum floral de son shampooing m'envelopper furtivement, titillant mes sens. Je luttai intérieurement pour ne pas poser mes mains sur elle et la serrer contre moi. Pour ne pas l'embrasser comme je l'avais fait la semaine précédente. Je ne parvenais pas à penser à autre chose alors que mon attention retombait sur l'expression mauvaise qu'elle arborait.

Elle enfonça un doigt accusateur dans mon torse.

— Et même au cas où il y aurait eu quelque chose entre nous, ça ne te regarderait pas !

C'était ce qu'elle croyait... Parce qu'un mélange puissant de jalousie teintée de rage bouillonnait dans mes veines lorsqu'elle s'éloigna d'un pas chancelant en direction de la porte du café, qu'elle poussa avant de sortir sans même me regarder. Je restai bouche bée et je n'étais pas certain de savoir quoi faire après qu'elle ait battu en retraite. Dès que la porte claqua derrière elle, je sortis de cette étrange paralysie qui s'était emparée de moi.

Elle s'était-elle déjà énervée un jour contre moi ? Ou avait-elle déjà été furieuse ? Non. Elle m'avait toujours admiré. Et si cette fille croyait que cette conversation était derrière nous, elle se trompait sur toute la ligne. Je me précipitai vers la porte et les gens s'écartèrent de mon chemin alors que je fendais la foule comme un train lancé à toute vapeur. Quelques-uns me saluèrent, mais je ne répondis à personne. Je ne pensais qu'à Elle.

Elle se trompait en disant que ça ne me regardait pas. Qu'elle le veuille ou non, tout ce qui se rapportait à elle me concernait aussi. Une fois dehors, je remontai au pas de course l'allée en la cherchant du regard. Je repérai sa silhouette extrêmement tendue fendre la foule et je me précipitai pour la retrouver. Tout comme au café, les gens s'écartèrent précipitamment de mon chemin en me voyant approcher. Personne n'avait envie qu'on lui rentre dedans de si bonne heure. Au moment où j'arrivais à sa hauteur, j'agrippai son bras. Choquée par ma présence, elle poussa un petit cri alors que je la faisais sortir de l'allée bondée.

Elle me dévisagea comme si elle n'avait pas la moindre idée de qui j'étais et il fallait admettre qu'à ce moment-là, je n'en étais plus si certain moi-même. Tout ce que je savais, c'était que je ne voulais pas la savoir en compagnie de ce gars. Peut-être qu'elle n'avait pas vu le désir dans son regard, mais moi si !

— Oh si, ça me regarde ! grognai-je en répondant tardivement au dernier commentaire qu'elle m'avait balancé à la Brûlerie avant de sortir en coup de vent, me laissant là, la queue entre les jambes.

L'éclair de surprise qui brilla dans son regard se transforma rapidement en agacement.

— Et pourquoi ça ? me défia-t-elle.

Elle essaya de s'extirper de ma prise en grognant légèrement, mais je n'allais pas la laisser faire. Lorsque je l'agrippai plus fort, elle montra les dents. Pour la seconde fois, je fus soufflé qu'elle puisse me détester autant. Nous avions toujours eu une relation facile. Jusqu'à maintenant.

Présentement, il n'y avait rien de facile. Au contraire, c'était même explosif, comme un baril de poudre qui pouvait sauter au moindre faux mouvement ou souffle déplacé. Je la contemplai silencieusement, ne sachant pas vraiment quoi répliquer. Ce dont j'étais certain, c'était que je ne pouvais pas lui dire la vérité. Et il me fallut un moment pour reprendre le contrôle de moi-même et baisser le ton.

— Parce que je me soucie de toi et que je ne veux pas que tu sois blessée ?

Elle fronça les sourcils.

— Tu... te soucies de moi ? dit-elle avant de marquer un temps d'arrêt.

L'air crépita entre nous et elle baissa la tête, sans pour autant détourner le regard.

— Comme une petite sœur, pas vrai ? insista-t-elle.

Je me forçai à avaler la boule de sciure qui s'était logée dans ma gorge, m'empêchant de respirer. Je devrais cracher mon mensonge, qu'on en finisse. Mais je n'y arrivais pas. Ce n'était pas ce que j'éprouvais pour elle et les mots refusèrent de franchir mes lèvres. Lorsque je ne répondis pas, ses joues empourprées pâlirent aussitôt et elle grogna.

— J'ai déjà un frère surprotecteur, pas besoin de deux, bien compris ?

Bordel. Cette conversation ne prenait vraiment pas la direction à laquelle je m'attendais. Au lieu de calmer les tensions, je n'avais fait qu'empirer les choses.

— Elle... murmurai-je d'un ton désespéré alors que mon cerveau se mettait à faire la roue.

D'ordinaire, je parvenais à jauger une situation en quelques secondes et à retomber en souplesse sur mes pattes. C'était ce qui faisait de moi un atout précieux sur le terrain. Mais cette fois-ci, c'était comme si mon cerveau s'était mis temporairement en pause. Je ne savais pas du tout comment remettre cette interaction sur de bons rails.

— Non ! Fiche-moi la paix, Carson !

Lorsqu'elle tenta d'extirper son bras de ma prise, je fis la seule chose raisonnable à faire : je la laissai partir. J'aurais voulu l'agripper de plus belle, mais je ne pouvais pas. Lorsqu'elle recula d'un pas, manquant de trébucher, je bondis en avant pour la rattraper. Au lieu de me laisser l'aider, elle leva les mains pour me repousser. Presque comme si elle ne pouvait pas supporter l'idée que je la touche. Blessé par son comportement, je laissai retomber mes bras le long de mon corps. Je ne pouvais pas croire la tournure que prenaient les événements.

Elle rajusta sa jupe, me fusilla une dernière fois d'un regard qui aurait pu geler les couilles d'un yéti, puis tourna les talons et s'éloigna au pas de charge une seconde fois en remontant l'allée. Je me sentis désemparé alors que je me rendais compte que je ne pouvais plus rien faire d'autre. Si je continuais à la suivre, la situation n'allait qu'empirer et ce n'était pas ce que je voulais. La laisser partir quand nous avions laissé tant de choses en plan ne me plaisait pas du tout. C'était vraiment moche de me rendre compte que tout ce que je pouvais faire, c'était laisser à Elle l'espace qu'elle était déterminée à voir s'installer entre nous.

CHAPITRE 11

ELLE

Un message de Brayden s'afficha sur mon téléphone, me faisant savoir qu'il était là et qu'il m'attendait en bas. Ce soir, nous allions dîner chez notre mère. Honnêtement, ce serait un soulagement de quitter le campus, même si ce n'était que pour quelques heures. Entre les répétitions de la pièce, les cours et ce problème grandissant avec Carson, j'étais mentalement et émotionnellement épuisée.

J'avais besoin d'un bon repas maison et d'un moment en famille. Éviter Carson revenait à éviter mon frère, puisqu'ils vivaient ensemble. Il était peut-être agaçant et surprotecteur, mais il me manquait. Je me fis la réflexion qu'il s'agissait d'un petit aperçu de l'avenir et de ce qui m'attendait lorsqu'il aurait fini ses études au printemps. L'échéance approchait plus vite que je ne l'avais imaginé. La tristesse commença à m'envahir à l'idée que Brayden arrivait à une nouvelle étape dans son existence tandis que moi, j'allais rester coincée ici. Nous ne saurions pas où mon frère jouerait avant le repêchage[1] au printemps et ça pouvait très bien être à l'autre bout du pays. Pareil pour Cars…

Dès que son visage apparut dans mon esprit, je le repoussai avec force. Peu importait là où Carson serait sélectionné. À dire vrai, je serais soulagée une fois qu'il serait parti, et peut-être que si je me le répétais suffisamment souvent, j'allais finir par le croire.

Je saluai rapidement mes camarades d'étage et refermai la porte derrière moi. Je pris l'ascenseur et descendis au rez-de-chaussée, où je croisai quelques filles avec qui j'étais en cours. Je trottinai jusqu'au pick-up noir de Brayden garé sur le bas-côté. Lorsque j'arrivai à la hauteur du véhicule, j'aperçus Sydney installée dans le siège passager. Mon frère avait présenté sa nouvelle copine à notre mère le mois précédent et elle venait dîner avec nous chaque fois qu'elle en trouvait le temps.

J'ouvris la porte arrière, prête à m'installer.

— Salut… lançai-je, m'interrompant d'un coup lorsque je croisai le regard de Carson.

Il était vraiment la dernière personne que je m'attendais à voir ce soir-là. Lorsque je restai figée sur place, Brayden jeta un coup d'œil dans ma direction.

— Hé ! Tu montes ou quoi ?

Il était très tentant de choisir la seconde option, mais il aurait alors fallu expliquer pourquoi je n'étais pas du tout intéressée à l'idée de passer du temps en la présence d'une certaine personne et je n'étais vraiment pas d'humeur à voir mon frère s'énerver.

Au lieu de ça, je soufflai avant de me glisser avec réticence sur la banquette arrière pour m'asseoir à côté de la personne que j'avais essayé de toutes mes forces d'éviter. Je claquai la portière en grognant et regardai droit devant moi, refusant de reconnaître qu'il était là. J'étais crispée lorsque Brayden s'éloigna du bas-côté et se réengagea dans la circulation. Même si j'essayais de faire comme si j'étais seule sur la banquette, je n'aurais pas pu être plus consciente de la présence du gars musclé à côté de moi. Je pouvais sentir chaque fois qu'il changeait de position, chaque fois qu'il prenait une inspiration, chaque coup d'œil furtif dans ma direction, comme un caillou lancé sur une étendue d'eau calme. J'étais assaillie par les manifestations même de son existence.

Sydney mit un terme au silence alors que j'étais à deux doigts de péter les plombs.

— Comment se passent les répétitions de la pièce ? Tu sais, on a hâte de la voir...

J'expirai longuement, puis lui racontai comment tout se passait pour notre production de *Heathers*. Comme je n'étais qu'en deuxième année et que la compétition faisait rage dans le département d'arts du spectacle, je n'avais eu qu'un petit rôle. Toujours était-il que j'avais plus de texte que l'année précédente et c'était un point positif. J'essayais de me dire qu'il n'y avait pas de petit rôle, juste des petits acteurs.

Nous étions à mi-chemin lorsque la conversation finit par retomber et seule la musique diffusée à la radio envahit l'habitacle. Maintenant que je n'étais plus distraite par ma conversation avec Sydney, j'étais à nouveau douloureusement consciente de la présence de Carson. Je me tournai vers la fenêtre et me concentrai sur le paysage qui défilait. Je ne savais pas comment j'allais survivre aux heures qui allaient suivre. Pour une soirée que je supposais relaxante, ça allait être tout le contraire.

Une chape de tension épaisse était tombée sur l'habitacle, rendant l'air suffocant. Incapable de rester immobile, je me trémoussai sur mon siège et me demandai si mon frère et sa copine la ressentaient aussi. D'ordinaire, lorsque nous étions tous les quatre, nous nous amusions beaucoup, nous riions et la discussion était légère, mais pas ce soir. Si j'avais su que Carson se joignait à nous, j'aurais trouvé une excuse et je me serais désistée pour la soirée.

Je n'avais pas besoin de tourner la tête dans sa direction pour savoir qu'il avait rivé son regard brûlant sur moi et je pouvais pratiquement en sentir l'intensité scrutatrice. Je serrai les dents, refusant de lui adresser la parole. L'humiliation après ce qui s'était passé à la soirée Sigma Epsilon était encore fraîche et me donnait envie de me faire avaler par le siège en cuir où j'étais assise. Je ne pouvais pas imaginer croiser son regard sans me rappeler l'incident dans toute son ampleur. Et notre confrontation l'autre jour à la Brûlerie n'avait sûrement pas aidé, bien au contraire. La situation avait empiré, ce que je n'avais pas cru possible. Il était douloureux d'admettre que notre relation avait tant dévié de son orbite qu'elle n'allait plus jamais être la même.

— Qu'est-ce qui se passe avec ton prof ?

Même si sa question n'avait été qu'un murmure bougon dans l'habitacle silencieux, elle résonna comme un coup de canon. Je tournai la tête brutalement, croisant son regard avec force. Mon Dieu, venait-il vraiment de poser cette question-là ? Brayden grimaça et croisa mon regard dans le rétroviseur intérieur.

— Est-ce que tu as un problème avec un de tes profs ?

Mon cœur s'affola et je fronçai les sourcils avant de braquer le regard sur le gars assis à côté de moi. Si seulement j'avais eu un moyen de le foudroyer sur place. Lorsque Brayden ne tourna pas la tête, je compris qu'il attendait toujours une réponse.

— Non, aucun. Tout va bien, dis-je péniblement.

Peu convaincu, mon frère se concentra sur son ami pour découvrir la vérité.

— Est-ce qu'il se passe quelque chose dont je devrais être mis au courant ?

Un grognement m'échappa alors que je m'avachissais dans mon siège et Carson garda son regard rivé sur le mien. Alors que je pensais qu'il allait ignorer la question, il répondit à Brayden :

— L'autre jour, Elle était à la Brûlerie avec l'un de ses profs et le gars n'aurait pas pu s'asseoir plus près d'elle à moins de monter sur ses genoux.

Mes joues s'empourprèrent et je le fusillai du regard.

— Il m'aidait avec mes devoirs… Et par *il*, j'entends, Holloway, mon prof de stats. C'est son boulot de m'aider, on le paie pour ça, et on était au milieu d'un café bondé sur le campus. Si tu essaies d'insinuer qu'il s'est passé quelque chose, tu ne pourrais pas davantage te tromper.

Brayden pinça les lèvres et tourna la tête pour regarder droit devant lui. Je pouvais pratiquement voir les engrenages tourner dans sa tête.

— Et c'est la seule fois où tu l'as vu en dehors des cours ?

Je fis la moue, laissant retomber ma tête contre mon siège, m'attachant à contempler le plafond.

— Elle ? insista Brayden.

— Toute cette conversation est ridicule. Je n'arrive pas à croire que tu penses que… bafouillai-je.

Je ne voulais pas mentir, mais il était impossible de lui dire la vérité.

— Ce n'est pas une réponse, rétorqua mon frère.

— Quand ? demanda Carson, qui s'était tourné vers moi.

— Quoi ?! m'offusquai-je.

Il était tentant de lui montrer les dents. J'étais absolument furieuse qu'on me fasse endurer pareil interrogatoire. Pourquoi n'avait-il pas pu fermer sa grande gueule ? Pourquoi devait-il toujours aggraver mes problèmes ?

— Quand est-ce que vous avez passé du temps ensemble ?

— Nous n'avons jamais « passé de temps ensemble », tu donnes une ampleur ridicule à la situation, dis-je en mimant des guillemets pour insister sur le fait que c'étaient ses mots, pas les miens.

Cette conversation m'épuisait. Et Carson aussi. Pour tout ce que ça m'importait, il pouvait très bien disparaître.

— Quand ? répéta Carson en se tordant sur son siège pour me regarder de plus près.

— Réponds à la question, Elle, coupa mon frère.

— Après la soirée Sig Ep, je rentrais à pied à ma résidence et il s'est arrêté et m'a ramenée chez moi. Voilà. C'est bon, tu es content ? grognai-je.

— Pourquoi rentrerais-tu chez toi à pied ? Tu sais comme c'est dangereux. J'étais à cette soirée, tu m'aurais envoyé un texto et je t'aurais ramenée, dit-il avant de s'interrompre un instant. Carson était là, lui aussi, et il se serait sûrement assuré que tu rentres en sécurité.

Du coin de l'œil, je vis la culpabilité se peindre sur son visage. Parce qu'il savait très bien pourquoi j'avais choisi de quitter seule la soirée.

— Tu as raison, j'aurais dû t'envoyer un texto, ça ne se reproduira pas, dis-je, voulant mettre promptement un terme à cette conversation.

Heureusement, nous arrivâmes chez ma mère avant qu'ils ne puissent me poser d'autres questions. Dès que Brayden se fut arrêté, j'ouvris la portière à la volée. J'avais besoin de m'échapper de la tension lourde qui envahissait l'habitacle. J'étais absolument furieuse que Carson ait mis Holloway sur le tapis. Parce qu'il savait très bien que ça allait rendre Brayden furax. Avais-je vraiment cru que ce soir-là allait être une occasion de me détendre et de recharger mes batteries en compagnie de ma famille ? Laissez-moi rire… Finalement, c'était tout le contraire. J'aurais mieux fait de rester à l'université et me faire un bol de ramen, réviser un moment et essayer de m'avancer un peu. Au lieu de ça, je transpirais à grosses gouttes et j'esquivais un interrogatoire.

Je refermai en claquant la portière du pick-up de Brayden et remontai l'allée à grandes enjambées. Derrière moi, c'était d'un pas lourd qu'on essayait de réduire la distance et j'accélérai davantage, voulant éviter toute interaction supplémentaire avec Carson. Au moment où j'arrivai devant la porte, une voix rauque murmura au creux de mon oreille :

— Il faut qu'on parle, toi et moi.

— En fait, non, fis-je, cassante.

J'ouvris la lourde porte vitrée de la maison où j'avais grandi. J'avais l'intention de la refermer sur Carson avant qu'il ne puisse franchir le seuil, mais il tendit sa grande main et m'empêcha de passer à l'action.

J'avais toujours beaucoup aimé notre maison et il était réconfortant d'y passer du temps, mais cette fois-ci, ce n'était pas le cas. Si j'avais eu le choix, j'aurais encore préféré être ailleurs. S'il fallait trouver un avantage à la situation, c'était bien que cette soirée ne pouvait pas empirer. Je débordais de colère lorsque j'arrivai dans l'entrée et que je remontai ensuite le long couloir jusqu'à la cuisine.

— Coucou, maman ! m'écriai-je.

Ma mère, qui s'affairait devant la cuisinière, se retourna, gant de cuisine à la main.

— Coucou, ma chérie ! Comment vas-tu ? demanda-t-elle.

J'allais répondre lorsque je perçus un mouvement du coin de l'œil. Je me tournai dans cette direction et repoussai le mensonge qui menaçait de sortir quand je croisai le regard d'un inconnu qui se tenait à côté de la table de la cuisine, un verre de vin à la main. Surprise, je restai figée sur place.

À peine une seconde plus tard, Carson me rentra dedans. Alors que j'allais tomber en avant, il posa ses mains sur mes avant-bras, me maintenant en position verticale. Je sentis un crépitement électrique dans mes veines et il me fallut faire de gros efforts pour ne pas grogner. Pourquoi réagissais-je toujours de la sorte lorsqu'il était impliqué ? Et ce surtout quand je savais à présent ce qu'il ressentait pour moi. Une fois que j'eus repris contenance, je grognai.

— Ça va, tu peux me lâcher maintenant...

Nos regards restèrent rivés l'un à l'autre alors que le regret se lisait sur son visage. J'avais l'impression qu'il voulait en dire davantage, mais il décida finalement de rester silencieux. Il relâcha sa prise et recula d'un pas pour nous donner à tous les deux l'espace dont nous avions besoin. Il me fallut faire de gros efforts pour étouffer les émotions conflictuelles qui faisaient rage en moi et qui manquaient de se déchaîner. Sydney et Brayden, qui discutaient entre eux, nous rejoignirent quelques instants plus tard.

— Hors de question, fit mon frère en riant avant de se figer sur place en regardant le mec.

La pièce devint mortellement silencieuse et ma mère posa son gant de cuisine avant d'aller rejoindre le type. Elle le gratifia d'un sourire rassurant et glissa son bras sous le sien.

— Brayden et Elle, j'aimerais vous présenter Theo... annonça-t-elle avant de s'interrompre.

L'énergie dans la pièce se mit à crépiter et elle précisa :

— Mon petit ami.

CHAPITRE 12

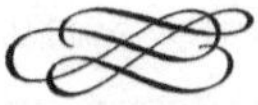

CARSON

En temps normal, j'avais toujours aimé passer du temps chez les Kendricks. Surtout lorsqu'il s'agissait de dîner parce que Katherine était un vrai cordon bleu. Si je n'avais pas pratiquement grandi chez eux, engloutissant des repas cinq fois par semaine, j'aurais été livré à moi-même, à réchauffer des plats congelés au micro-ondes ou à commander un truc à emporter. Ce soir, en revanche, l'atmosphère générale était tendue.

Ironiquement, l'attitude de Katherine, qui parlait d'un ton léger et conversait avec tout le monde, ne laissait rien paraître. La conversation semblait fluide, et elle nous régalait d'anecdotes drôles sur l'enfance de Brayden et Elle.

Je regardai Brayden à la dérobée. Il était assis en face de moi dans la salle à manger et je m'attendais à ce qu'il ait beaucoup de mal à accepter la décision de sa mère de passer à autre chose. Toutefois, il semblait étrangement à l'aise avec la situation.

Je soupçonnais que son attitude décontractée avait quelque chose à voir avec sa nouvelle copine. Je connaissais Brayden depuis longtemps et je ne pensais pas qu'il se rangerait un jour. Il avait toujours été du genre à enchaîner les conquêtes et il appréciait tous les avantages qui allaient avec le fait d'être un athlète de Division I[1] à l'université de

Western. Cela avait été une sacrée surprise quand Sydney avait changé tout ça.

Mon regard se porta ensuite sur sa sœur. Elle, en revanche, avait été étrangement silencieuse durant tout le repas. D'habitude, elle était extravertie et bavarde. Toujours souriante et prompte à rire. Peu importe ce qui se passait dans ma vie, l'entendre heureuse avait toujours eu le pouvoir de me rendre moins maussade. Katherine avait essayé à plusieurs reprises de faire participer sa fille à la conversation, en vain. Elle répondait poliment aux questions qu'on lui posait, mais elle faisait preuve d'une certaine retenue.

Je n'aimais pas ça du tout. Ça me donnait envie de la réconforter et de changer le cours de la soirée d'une manière ou d'une autre. Mais c'était difficile à faire quand elle refusait de croiser mon regard ou ne serait-ce que d'accepter ma présence. Pour elle, j'avais cessé d'exister. S'il avait été possible de revenir en arrière et d'effacer tout ce qui s'était passé depuis la soirée Sig Ep, je l'aurais fait immédiatement. Tout était préférable à cette indifférence glaçante.

Après le repas, Elle sortit de table sans bruit et je me dis qu'elle devait aller aux toilettes. Comme elle tardait à revenir, je me décidai à aller la chercher. Au moment où Theo se mit à poser des questions à Brayden sur le prochain match, je m'excusai et me précipitai à la cuisine. La maison des Kendricks faisait plus de 450 m² et, après la mort de Jake, je m'étais demandé si Katherine n'allait pas déménager dans une maison plus petite et plus gérable, mais ça n'avait pas été le cas. Je doutais que Elle et Brayden aient pu supporter davantage de changements.

Je passai d'abord vérifier les toilettes du rez-de-chaussée près de la buanderie, et lorsque j'arrivai pratiquement à la cuisine, un mouvement à l'extérieur attira mon attention. Je m'attendais à voir un écureuil, ou peut-être même un cerf non loin des arbres qui bordaient la propriété, mais au lieu de ça, j'aperçus une silhouette fine à quelques mètres de la piscine rectangulaire.

Enfants, nous avions passé des heures à chahuter dans l'eau. Une fois au lycée, je ne pouvais plus détacher mon regard d'Elle. Elle vivait en maillots de bain deux-pièces colorés, certains plus petits que d'autres. Et j'en avais profité à chaque instant même quand je devais rester dans l'eau pour cacher mon désir. À présent, alors que l'hiver approchait, tout le mobilier d'extérieur avait été rangé, donnant à la terrasse un aspect désolé.

Elle s'était recroquevillée sur elle-même et contemplait les bois, l'air ailleurs, comme si le poids du monde reposait sur ses épaules frêles. Il faisait particulièrement frais maintenant que le soleil avait disparu sous l'horizon. Comme elle ne portait qu'un T-shirt fin, elle devait geler sur place. Après le silence de la dernière heure, j'étais bien conscient qu'elle ne voulait pas me parler, mais sans hésitation, je pris la direction des portes-fenêtres qui menaient sur la terrasse.

S'il y avait bien une chose que je ne supportais pas, c'était la voir souffrir. Même si j'étais responsable de sa souffrance. Lorsque je ne fus plus qu'à un mètre, Elle tourna brusquement la tête dans ma direction et son regard sombre se porta brièvement vers moi avant de se concentrer de nouveau sur les arbres.

— Qu'est-ce que tu fais là ? me demanda-t-elle d'un ton dépourvu de toute émotion, comme si elle n'arrivait même pas à trouver l'énergie d'être furieuse comme un peu plus tôt.

Elle ne m'avait pas envoyée paître comme j'avais pu m'y attendre, donc je me rapprochai d'elle.

— Je m'inquiétais parce que tu ne revenais pas à table.

Elle se redressa d'un coup.

— T'inquiète pas, je vais bien.

Je l'observai plus attentivement, sa mâchoire crispée et la tristesse de son regard.

— Tu en es certaine ?

Une bouffée d'air lui échappa alors qu'elle passait ses mains sur ses bras nus. Elle avait la chair de poule. Je me saisis de l'ourlet de mon sweat et le retirais avant de réduire à néant la distance entre nous et le lui passer par-dessus la tête.

— Mais qu'est-ce que tu fais ? Je vais bien, j'ai pas besoin de ton sweat, glapit-elle.

Ce qu'elle voulait vraiment dire, c'était qu'elle n'avait pas besoin de moi. Mais c'était le cas. Qu'elle veuille l'admettre ou non.

— Oh que si ! Tu es gelée ! Bordel, tu claques même des dents ! dis-je suffisamment durement pour couper court au débat.

Son regard agacé se riva sur le mien alors que je faisais passer ses bras à travers les manches comme si elle était un enfant. Une fois que le sweat à capuche aux couleurs des Western Wildcats fut en place, je passai mes mains sur ses bras.

— C'est mieux comme ça ?

Je vis à son expression qu'elle était tiraillée, mais elle hocha la tête laconiquement.

— Oui, mais t'as pas froid toi ?

— Non ! Tu sais bien que j'ai jamais froid…

Un coin de sa bouche tressauta.

— Oui, je me souviens. Au lycée, t'étais en short jusqu'en janvier…

Ce fut le premier demi-sourire qu'elle m'accordait depuis des semaines. Même si ce n'était pas un sourire complet, je voulais quand même profiter de sa chaleur. Je souris en retour alors que les souvenirs remontaient à la surface.

— Oui ! acquiesçai-je.

Ma mère me faisait tout le temps des histoires, insistant que j'allais prendre froid et tomber malade, mais ça n'avait jamais été le cas. Alors que je regardais Elle, je me sentis d'un coup très possessif parce que ça me faisait quelque chose de la voir avec mes vêtements, quelque chose qui me labourait les entrailles. Comme si je la faisais un peu mienne d'une façon qui m'était tout à fait interdite. Silencieusement, j'admis que le besoin de la marquer comme mienne n'avait rien de neuf. Le désir avait toujours été là, tambourinant constamment sous ma peau même quand je faisais tout mon possible pour nier son existence.

Il me fallut faire de gros efforts pour revenir au présent lorsqu'elle passa sa main dans ses épais cheveux bruns pour les laisser retomber sur ses épaules en une cascade soyeuse. C'était si tentant de tendre la main et de passer mes doigts dans sa chevelure. Au lieu de ça, je serrai les poings et gardai les mains contre mes hanches.

J'avais besoin d'une distraction. Je m'éclaircis la gorge et repoussai mes pensées avant de me tourner vers la maison.

— Je suppose que tu n'étais pas au courant pour Theo…

Je n'eus pas besoin qu'elle en dise plus, le nouveau voile de tristesse qui envahit son regard me fit grimacer. J'aurais mieux fait de me taire. Elle fronça les sourcils en contemplant le mur avant de lentement hocher la tête.

— Avant de passer la porte, je n'étais pas au courant de son existence.

Aïe ! C'était rude.

Je n'étais pas certain de savoir pourquoi Katherine avait choisi de leur présenter son petit ami à un dîner parmi d'autres. Il aurait sûrement été plus simple de d'abord en parler avec ses enfants et leur donner un peu de temps pour se faire à l'idée avant de faire des présentations. Mais après tout, qu'est-ce que j'en savais ? J'avais complètement foutu en l'air ma relation avec Elle et on ne sortait même pas ensemble. Je changeai de position, luttant contre l'élan qui me poussait à la prendre dans mes bras pour lui offrir du réconfort.

— Si ça peut te rassurer, il a l'air d'être un type décent, dis-je.

Elle mordilla sa lèvre inférieure au lieu de répondre, haussant les épaules et détournant le regard, les yeux perdus dans le lointain. Même si j'aurais dû nous rendre service à tous les deux et garder ma grande gueule fermée, je poursuivis :

— Ça fait quatre ans que ton père est décédé, c'est long quand on est seule, dis-je en grimaçant.

Ce n'était pas comme si je comprenais ce que c'était de voir ses parents se remettre avec quelqu'un d'autre. Les miens étaient toujours ensemble, se disputant joyeusement. Tout son corps sembla se faner, s'affaisser sous mes yeux, et j'eus à nouveau l'impression d'être le dernier des connards pour lui avoir fait encore plus de peine.

— Je sais exactement depuis combien de temps ! fit-elle.

Mon regard se posa sur la maison immense.

— C'est une grande maison pour une personne seule, ça doit être un peu triste quand Brayden et toi n'êtes pas là.

Je savais ce que c'était d'errer seul dans une maison vide, et c'était bien pour ça que j'avais passé tant de temps chez les Kendricks quand j'étais gamin. Ses poumons semblèrent se vider de leur air comme un pneu dont on aurait ouvert la valve.

— Je suis certaine que tu as raison, dit-elle, la voix chargée d'émotions contenues, mais c'est juste difficile de la voir avec quelqu'un d'autre. Avant, je ne pouvais même pas l'imaginer. Maintenant, je ne peux plus me sortir ça de la tête. C'est comme si c'était gravé sur ma rétine.

J'avais beau faire semblant de me maîtriser face à cette fille, ces mots causèrent ma perte. Incapable de résister, je tendis les bras et entremêlai nos doigts pour l'attirer à moi. Ce fut presque une surprise lorsqu'elle vint sans réticence. Je l'entourai de mes bras, l'enveloppant de mon étreinte.

Si j'avais pu absorber sa douleur et souffrir à sa place, je l'aurais fait sans me poser de question. Même si son corps était aussi rigide qu'une planche, je m'y accrochai fermement, la plaquant contre moi. Sa joue était collée contre mon torse et je fermai les yeux, appréciant simplement la sensation qu'elle me procurait. Mon visage enfoui dans ses cheveux, l'odeur fleurie de son shampooing envahissant mes sens.

Peu à peu, elle se détendit jusqu'à se blottir dans mes bras, et le temps sembla s'arrêter. Je ne saurais dire combien de temps nous restâmes enlacés. Je ne comprenais pas pourquoi tout me semblait toujours beaucoup plus agréable lorsque je la tenais contre moi et que je faisais comme si elle m'appartenait. C'était un problème que je ne savais pas comment résoudre. Parce qu'au bout du compte, Elle ne m'appartenait pas. Et elle ne m'appartiendrait jamais.

CHAPITRE 13

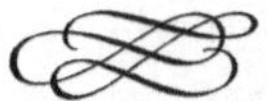

CARSON

Allongé sur le banc, je me concentrai sur la barre, la soulevant graduellement au-dessus de mon torse avant de la faire redescendre lentement. Je recommençai la série quatorze fois d'affilée. Dès que j'arrêtais de concentrer toute mon énergie sur la précision requise par l'exercice, Elle forçait un passage jusqu'à mes pensées. Il ne semblait pas possible de l'en chasser pour de bon. Plus j'essayais de me défaire de cet enchevêtrement de pensées et de sentiments qui avaient pris le dessus, plus je m'y trouvais emmêlé. C'était comme si j'avais créé moi-même le piège où je me trouvais à présent prisonnier.

Je me souvenais toujours avoir désiré Elle. Avant, je réussissais à garder sous clef mes sentiments, ne leur laissant jamais voir la lumière du jour. Là où ils ne pouvaient pas s'épanouir. Je pouvais me retrouver en sa présence et prétendre que le besoin de la prendre dans mes bras et d'enfouir mon visage dans le creux de son cou n'existait pas. Je pouvais ignorer cette douleur en moi qui exigeait que je la revendique et la fasse mienne.

Ce n'était plus une option.

La bataille pour endiguer mes sentiments était épuisante.

Surtout maintenant que je savais qu'elle était vierge et se préservait pour moi.

Pour moi.

Comment étais-je censé ignorer ça ?

Comment étais-je censé l'ignorer ?

C'était tout simplement impossible parce qu'à chaque jour qui passait il devenait de plus en plus difficile de faire la bonne chose. Je repris mes esprits lorsque j'entendis la porte métallique de la salle de muscu de l'équipe s'ouvrir sur Brayden. Il me salua d'un hochement de tête et s'arrêta au bout du banc de presse.

— Tu viens d'arriver ? me demanda-t-il.

— Oui, y a vingt minutes à peine, j'ai déjà fait quelques séries, répondis-je.

Durant la saison, nous n'étions pas censés soulever de la fonte. Nous devions nous muscler et gagner en force hors-saison. Mon problème, c'était que c'était la seule chose qui me permettait de me sortir Elle de la tête. J'étais épuisé de ne penser qu'à ça et d'essayer de trouver une solution à un problème qui n'en avait aucune.

Même s'il ne s'était rien passé avec Elle depuis la soirée, j'avais toujours l'impression d'avoir trahi Brayden. La culpabilité m'envahissait et j'avais du mal à me concentrer sur autre chose. Le *heavy metal* qui sortait des enceintes combla le silence qui s'installait alors que Brayden se mettait lui aussi à s'exercer. Les mots étaient sur le bout de ma langue, luttant pour sortir, prêts à dissiper les remords qui me pendaient au cou comme un poids paralysant. J'avais imaginé lui parler de sa sœur de cent façons différentes. Chaque fois, la conversation se terminait de la même façon : son poing dans ma tronche.

— Hé ! L'autre jour, tu as parlé de l'un des profs d'Elle ! Tu crois vraiment qu'il y a quelque chose entre eux ? demanda-t-il d'un ton inquiet, me sortant du chaos de mes pensées tourbillonnantes.

Lorsque son regard se posa sur moi, je redressai la tête pour lui montrer que je l'avais entendu. Je grimaçai, me rendant compte que j'aurais dû avoir cette conversation avec Elle en privé. À ce moment-là, j'étais furax, incapable de penser à autre chose que ce moment où je les avais vus ensemble au café. La question m'avait échappé avant que je ne puisse me retenir.

— Je sais pas, probablement que non, marmonnai-je.

J'avais passé pas mal de temps à me remémorer leur interaction et étais arrivé à la conclusion qu'il y avait de grandes chances que, comme Elle l'avait dit, il ne s'était rien passé de mal. Le gars comprenait qu'elle était une étudiante qui avait du mal avec son cours et il s'était arrêté pour lui donner un coup de main. J'étais certain que c'était ma jalousie qui avait eu raison de moi à ce moment-là, mais je n'allais pas le dire à Brayden.

— Tu ne trouves pas ça bizarre qu'il l'ait ramenée chez elle ?

— Non, dis-je.

Peut-être. D'un côté, j'étais soulagé qu'elle ne soit pas rentrée à pied jusqu'à sa résidence parce que c'était vraiment une décision stupide de sa part de quitter la soirée sans ses amies. Ce que je ne pouvais pas dire à Brayden, c'était que j'étais la raison pour laquelle elle était partie. Elle essayait de me fuir. De l'autre, je savais comment pensaient les mecs, même les mecs plus âgés qui n'auraient pas dû lorgner sur leurs étudiantes. Dans le fond, nous étions tous les mêmes et peu importe à quel point nous avions évolué en tant qu'espèce, nous pensions tous toujours avec notre queue.

Et Elle était vraiment canon. Grande, élancée, des courbes aux bons endroits, une poitrine ferme et des jambes interminables, minces et longues. Combien de fois avais-je rêvé de les avoir autour de ma taille alors que je plongeais dans son intimité moite ? Je plaidais coupable…

Je m'étais imaginé passant ma main dans sa crinière épaisse et lui faire pencher la tête en arrière pour poser mes lèvres sur les siennes. Les images mentales me suffirent pour bander et il fallait que je sorte rapidement de ces pensées dangereuses qui semblaient décidées à me prendre au piège. Faire taire mon érection, en revanche, c'était autre chose. Alors, oui, je savais *très bien* comment les hommes pensaient et ce qu'ils voulaient.

— Je pourrais toujours passer le voir durant sa permanence et lui toucher un mot, dit-il en grognant et soulevant la barre au-dessus de sa tête.

Je pouffai, réprimant un sourire.

— Je suis certain que ça fera très plaisir à ta sœur…

C'était clairement ironique. Il m'adressa un sourire sans joie.

— Elle s'est habituée à mon côté surprotecteur depuis le temps. Dans le fond, elle doit même aimer ça…

Nous savions tous les deux que ce n'était pas vrai.

— Tu sais très bien qu'elle déteste que tu te mêles de sa vie. Si tu continues comme ça, elle va finir par craquer, dis-je en le regardant, me demandant s'il avait entendu ma mise en garde.

— C'est pas facile ! Peu importe son âge, ce sera toujours mon job de veiller sur elle !

Je secouai la tête en soulevant la barre.

— J'ai déjà de la peine pour les filles que tu pourrais avoir. Elles vont te maudire.

— Correction, elles m'adoreront parce que, grâce à moi, elles auront toujours été en sécurité, rétorqua-t-il, tout sourire.

Avant que je ne puisse réagir, il ramena la conversation à notre sujet initial.

— Alors ce prof ? Tu penses qu'il faudrait que je m'implique ? Parce que tu sais très bien que je le ferai…

Je n'avais aucun doute à ce sujet parce que même avant le décès de leur père, Brayden avait toujours veillé sur sa sœur. Il avait redoublé d'ardeur après la mort de Jake, mais s'il s'impliquait cette fois-ci, Elle allait devenir complètement dingue. Déjà qu'elle semblait ne pas être au meilleur de sa forme entre ce qui s'était passé entre nous et l'annonce de sa mère qui sortait de nulle part, je n'étais pas certain qu'elle puisse en supporter davantage.

— Non, je m'impliquerais pas si j'étais toi. C'est sûrement rien du tout comme elle disait. C'était pas comme s'ils buvaient un verre ensemble, il l'aidait dans son boulot. Tout ce qu'il y a de plus innocent, dis-je en évoquant ce qui s'était passé au café.

Il grogna en guise de réponse, et une fois que l'on eut fini nos séries nous intervertîmes nos positions. Je bus un quart de ma bouteille d'eau avant de passer à l'exercice suivant.

— Un jour ou l'autre, il te faudra bien lâcher ta prise sur elle, dis-je alors que je m'installais sur le banc.

— Et pourquoi ça ? fit-il en grimaçant.

— Allez, Bray ! Ta sœur a pratiquement vingt ans, et à ce que j'en sais elle n'a jamais eu de copain. Tu crois pas, je sais pas, mais... que tu l'empêches de grandir ou un truc du genre ?

— Ce n'est pas vrai, elle a déjà eu quelques copains, marmonna-t-il en se concentrant sur le poids qu'il soulevait.

— Un ou deux que tu as rapidement fait fuir...

— Voilà ce que je te propose : lorsqu'elle nous présentera quelqu'un qui la mérite, j'y penserai...

— Tu es au courant que c'est pas à toi de prendre cette décision ? dis-je.

Il garda les yeux rivés sur le plafond alors qu'il tendait les bras, soulevant avec régularité la barre au-dessus de son torse. La frustration m'envahit et je fus tenté de cracher le morceau. Il était épuisant de faire comme si je ne ressentais rien pour Elle. Le secret était devenu un fardeau un peu plus lourd à porter chaque jour qui passait. Un de ces quatre, je ne pourrais plus le supporter.

Si j'étais malin, je n'aurais rien dit et me serais concentré sur mon entraînement.

— Et si elle trouve quelqu'un que tu sais être un mec bien ? Est-ce que ça ferait une différence ? dis-je après un moment de silence.

Il fronça les sourcils et fit la moue.

— Qu'est-ce que tu veux dire ? Un de mes amis ? Ou quelqu'un de l'équipe ? demanda-t-il, sa fureur s'accentuant à chaque question.

La sueur commença à perler sur mon front.

— Oui, par exemple...

Le silence s'installa avant qu'il repose la barre pour s'asseoir face à moi. Il grimaça avec mépris.

— Tu as perdu la tête ?

C'était tout à fait possible.

Comme je restais silencieux, il s'emporta de plus belle :

— Il faudra me passer sur le corps avant que je laisse Elle sortir avec un des connards de l'équipe. Tu sais comme ils sont, toujours prêts à sauter le maximum de croqueuses de maillots. Regarde Andrew. J'ai toujours dit à Elle de rester le plus loin possible des sportifs sur le campus, et elle sait qu'ils n'en valent pas la peine. Et mieux que ça, ils savent qu'ils doivent lui foutre la paix ! Du moins ceux d'entre eux qui veulent garder leurs couilles intactes !

Même si je savais qu'il avait, en grande partie, raison, son discours m'agaçait à chaque fois. Oubliait-il qu'il avait passé toutes ses années de fac à s'envoyer en l'air avec toutes les groupies qu'il pouvait ? La plupart des étudiants du campus avaient été choqués lorsqu'il s'était rangé. Et il fallait le voir à présent... Il s'était vraiment calmé et ne regardait jamais une autre fille que Sydney. Pareil pour Rowan Michaels, le *quarterback* [1] des Wildcats. Jusqu'à ce que Demi entre dans sa vie, ses aventures sexuelles faisaient le tour du campus. À présent, il était casé.

Toute cette conversation me mettait en rogne.

— Je déteste te dire ça, frérot, mais toi aussi tu es un sportif et t'étais sûrement pas en reste pour les coups d'un soir, lançai-je, ne pouvant plus me retenir plus longtemps.

Un silence inconfortable s'installa. C'était une erreur d'aborder ce sujet. Une discussion sur sa sœur et qui elle fréquentait ne pouvait pas bien se finir. Au moment où je crus qu'il allait lâcher l'affaire, il reprit la parole.

— Nous savons tous les deux que j'ai enchaîné les conquêtes avant Sydney, mais je vois pas où tu veux en venir...

Bonne question, parce que je n'en étais plus très certain moi-même. Je soufflai brièvement et fis de mon mieux pour revenir en arrière avant que la conversation ne se retourne contre moi.

— Je dis juste que tous les sportifs ne sont pas des connards...

— J'ai jamais dit qu'ils étaient des connards, juste qu'ils ne sont pas assez bien pour ma sœur. Fin de l'histoire.

Et c'était tout à fait ce que je ressentais.

Comme si c'était la fin de l'histoire.

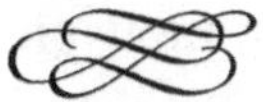

CHAPITRE 14

ELLE

*D*ès que les portes de l'ascenseur s'ouvrirent, je me précipitai dans le couloir, puis tournai brusquement à gauche. Une fois que j'eus repéré le bureau d'Holloway, je frappai à la porte et attendis. Je respirais aussi fort que si je venais de courir un marathon. Lorsque j'entendis parler à l'intérieur, j'ouvris la porte et glissai la tête dans l'entrebâillement. Nous nous étions donné rendez-vous vingt minutes plus tôt, mais les répétitions de la pièce s'étaient éternisées. Comme la générale avait lieu dans moins d'une semaine, la majorité de la troupe venait répéter son texte et faire les ajustements de dernière minute.

Holloway releva la tête de son ordinateur et me fit signe d'entrer avec un petit sourire.

— Content que tu aies pu venir, Elle !

Une fois dans la pièce, je m'assis pesamment sur la chaise devant son bureau. L'espace culturel était à l'autre bout du campus. Je n'avais jamais été très sportive, mais là, j'avais couru tout du long. Et mes efforts m'avaient valu un point de côté. Si ça m'avait bien appris une chose, c'était qu'il fallait que je travaille mon endurance.

— Je suis vraiment navrée de mon retard, la répétition s'est éternisée et j'ai fini par dire au metteur en scène que je devais aller à un rendez-vous.

Dire que Marcel Littlehouse était furieux de mon départ impromptu était un sacré euphémisme. Il m'avait fusillée du regard durant une bonne trentaine de secondes, juste assez longtemps pour me voir me décomposer sous son regard lourdement désapprobateur avant de m'informer sur un ton nasal qu'il me fallait réfléchir à mes priorités et de me chasser d'un mouvement de poignet. Je me doutais que dans la pièce du semestre suivant, mon rôle n'aurait que quelques lignes.

Holloway se rassit.

— Ce n'est pas grave, je ne savais pas que tu venais du département d'arts du spectacle, c'est bien !

À présent que je voyais qu'il n'était pas fâché, la tension accablante qui m'avait envahi retomba, mes muscles se décrispèrent et mon rythme cardiaque retrouva sa régularité.

— Je suis en spécialité théâtre, oui ! Cette année, on joue *Heathers*, la comédie musicale, et la répétition générale a lieu la semaine prochaine.

— Ça m'a l'air très amusant. J'ai essayé de jouer dans la pièce de mon lycée, dit-il en grimaçant, ça s'est très mal passé. Je suis arrivé sur scène, j'ai regardé le public et j'ai oublié aussitôt mon texte. C'était une expérience traumatisante et elle me hante toujours.

J'esquissai un sourire en imaginant un jeune monsieur Holloway pétrifié par le trac.

— Permettez-moi de douter que ça se soit aussi mal passé ! dis-je.

— Crois-moi, c'était pire encore. Même mes parents avaient honte, ils avaient invité toute notre famille, même ceux qui n'étaient pas sur place pour voir mes débuts sur scène. Après cet échec retentissant, il m'a semblé que les maths étaient la meilleure chose à faire, déclara-t-il avant de se pencher en avant et de poursuivre sur un ton de conspirateur : Peu de gens le savent, mais les nombres sont inoffensifs, ils ne vous font pas de mauvaise surprise et tous les problèmes ont une solution.

Laissez-moi rire...

Comment pouvait-il dire une chose pareille ?

Je fis un signe de tête désapprobateur.

— Les chiffres sont terrifiants et les statistiques, ça revient à déchiffrer des hiéroglyphes. Parfois, je crois que je commence à comprendre quelque chose et ensuite, vous me mettez un test sous les yeux et les chiffres se mettent à danser sur la feuille. C'est comme si je n'avais jamais rien appris de ma vie, admis-je.

Monsieur Holloway se redressa avant de jeter un coup d'œil à la grosse montre à son poignet gauche.

— Et c'est pour cette raison que tu es là. J'espère bien que l'on pourra éclaircir un peu tout ça et que les statistiques te sembleront un peu plus simples après coup. Nous avons une quarantaine de minutes pour passer en revue ces problèmes.

J'acquiesçai avant de poser mon sac à dos et de sortir mon livre et mon cahier. Le fait que c'était la matière que j'aimais le moins n'avait rien à avoir avec l'enseignant. J'avais appris ces dernières semaines que monsieur Holloway était vraiment un chic type avec qui il était facile de travailler. Il y avait d'autres profs dans le département qui avaient la réputation d'être des vraies peaux de vache, et comme valider cette matière était nécessaire pour la grande majorité des spécialités à Western, ça ne faisait pas de différence pour eux si on échouait ou si on réussissait.

— Ça me paraît bien, dis-je.

— Alors mettons-nous au travail, d'accord ? lança-t-il en se frottant les mains, les yeux pétillants de malice.

Nous passâmes les quarante minutes suivantes à passer en revue méticuleusement le dernier devoir qu'il nous avait donné, s'assurant que je comprenne chaque concept avant de passer au problème suivant. Je m'en étais plutôt bien sortie à ce devoir, j'avais eu 15. Malheureusement, ce n'était pas une seule bonne note qui allait suffire à relever toute ma moyenne.

— Est-ce que tu comprends ? demanda-t-il en relevant la tête.

J'avais changé ma chaise de place de façon à ce que l'on puisse regarder la feuille ensemble.

— Je pense, marmonnai-je, sachant très bien que dès que j'aurais un autre contrôle sous les yeux, tous les nombres et les termes se mélangeraient et que les doutes reviendraient en force.

Dix minutes plus tard, monsieur Holloway retira ses lunettes et les posa sur le bureau.

— Je crois qu'on en a assez fait pour aujourd'hui. Je ne l'ai pas encore dit en classe, mais on aura un contrôle sur tout ça en fin de semaine prochaine. Organisons-nous une dernière séance de travail avant, d'accord ?

J'acquiesçai, mais je me rendais bien compte que même avec un prof particulier et plus de dix heures de cours, ça ne suffirait pas pour que je comprenne.

— Je crois en toi, Elle, fit-il, me sortant de mes pensées.

Je ris malgré moi.

— Au moins, ça en fera un de nous deux.

Il laissa échapper un rire guttural qui fit ressortir les petites rides au coin de ses yeux. Maintenant que je le voyais de plus près, je comprenais ce que Mike lui trouvait. Il était diablement séduisant si on aimait le genre prof et intello.

— Tu vas voir, tous les efforts que tu fais vont finir par payer, dit-il.

J'espérais vraiment parce que là, je n'en étais pas tout à fait certaine. J'avais passé tellement de temps à bosser les stats en dehors des cours que je commençais à avoir du retard dans mes autres matières. Ce n'était pas une bonne situation et je n'allais certainement pas pouvoir continuer comme ça.

Holloway se leva, se retourna, et récupéra sa veste en cuir sur le portemanteau qui trônait dans son bureau exigu tandis que je rangeais mes affaires, les fourrant dans mon sac à dos. Une fois son attaché-case en main, il contourna son bureau métallique avant de faire mine d'ouvrir la porte.

— Après toi, dit-il.

Je hochai brièvement la tête et sortis précipitamment dans le couloir. Il me suivit, mais s'arrêta pour fermer la porte à clef. C'était tentant de prendre l'escalier, mais il me fit la conversation alors que nous nous dirigions vers l'ascenseur qui devait nous ramener au rez-de-chaussée. Lorsque j'étais arrivée pratiquement une heure plus tôt, le soleil était en train de se coucher et un mélange de rouge et d'orange colorait l'horizon en un superbe tableau. Maintenant que le soleil était tout à fait couché, il faisait sombre et la température avait baissé.

Après avoir descendu les marches du perron du bâtiment de maths, nous nous arrêtâmes devant l'allée alors qu'une brise légère balayait le campus.

— Encore merci pour votre aide.

Si je n'avais pas été aussi fatiguée, je serais retournée à l'espace culturel où toute la troupe devait encore répéter. Ils avaient sûrement commandé quelques pizzas pour pouvoir continuer jusque tard dans la soirée.

— Avec plaisir, je suis là pour ça, dit-il en mettant sa main dans la poche de son chino.

Je me dandinai sur place, avant de prendre la direction générale des résidences.

— Il vaudrait mieux que j'y aille, j'ai quelques devoirs à finir, dis-je.

— J'étais sur le point d'aller manger quelque part. Est-ce que tu as eu le temps de manger un bout entre les répétitions et notre session de révisions ?

Je me figeai sur place.

— Manger un bout ? répétai-je.

Il esquissa un sourire et je le dévisageai de plus belle.

— Je sais que la cafétéria du campus ferme à dix-huit heures et comme il est plus tard que ça, j'avais l'intention de manger quelque chose avant de rentrer chez moi. Est-ce que tu souhaiterais te joindre à moi ?

Me joindre à lui ? Manger avec lui ?

— Oh, euh… bafouillai-je en me mordant la lèvre inférieure, ne sachant pas tout à fait quoi faire.

Je n'avais jamais passé de temps seule à seul avec aucun de mes professeurs. Hors campus j'entendais. L'exception étant la fois où il m'avait ramenée à ma résidence après la soirée, mais nous n'avions été ensemble que quelques minutes.

— Il y a un très bon petit italien à une dizaine de minutes d'ici, un vrai trésor caché. Nous pourrions dîner, et ensuite je te déposerai à Sutton Hall et tu auras largement le temps de finir ce que tu as à faire, proposa-t-il.

Je n'étais pas certaine de pouvoir accepter. C'était quand même bizarre. Dîner avec son prof...

— Je ne sais pas si tu as déjà goûté les *linguini* aux palourdes, mais fais-moi confiance, c'est exceptionnel. C'est même l'une des spécialités qui fait la renommée de la maison.

Je salivai à l'évocation du plat de pâtes, qui semblait bien meilleur qu'un ramen goût poulet au micro-ondes. Quand j'avais dîné chez ma mère la semaine précédente, j'avais mangé sans appétit. Et puis au bout d'un moment, on se lassait de ce que l'on servait à la cafèt'. Malgré le fait qu'il y ait un roulement, c'étaient toujours les mêmes plats.

— D'accord, finis-je par dire avant de trop y réfléchir.

Son sourire s'élargit et ses dents brillèrent dans l'obscurité.

— Bien, allons-y. Ma voiture est par là, dit-il en m'entraînant vers le parking voisin.

Il m'assaillit de questions sur la pièce alors que nous remontions l'allée qui nous amenait vers le parking bien éclairé juste à côté du complexe sportif. Alors que nous arrivions à la hauteur de sa BMW noire, j'entendis qu'on m'appelait.

La voix rauque qui retentit dans la nuit me fit frissonner, et avant même de me retourner, je savais qui je trouverais là. Je ne pouvais pas nier qu'une partie de moi aurait voulu presser le pas et se glisser sur le siège passager avant qu'il ne puisse arriver à ma hauteur.

Mais bien que ce fut tentant, je ne pouvais pas me le permettre. Après ce qui s'était passé durant le trajet pour aller chez ma mère, je pensais Carson tout à fait capable d'aller tout dire à mon frère. L'embarras m'empourpra les joues alors que je me mordais la lèvre. Je me dis qu'Holloway ne devait probablement pas se souvenir que c'était Carson qui nous avait interrompus au café, du moins c'était ce que j'espérais.

Lorsqu'il m'interpella pour la seconde fois, je m'éclaircis la gorge.

— Je suis désolée, est-ce que vous pouvez me laisser une minute ? demandai-je.

Il acquiesça.

— Bien entendu, je vais mettre le chauffage en attendant...

Je me retournai vers Carson, qui traversait en trottinant le parking désert. J'accélérai le pas pour le retrouver, le maintenant le plus loin possible de mon enseignant. Dans ce genre de situation, il était aussi agaçant et surprotecteur que mon frère. Il n'avait pas besoin de se mêler constamment de mes affaires. Au moment où il s'arrêta, je vis qu'il grimaçait, son regard d'acier se braquant sur la BMW avant de se river au mien, incisif.

— C'est qui ça ? demanda-t-il en montrant la voiture.

Je relevai mon sac à dos sur mon épaule et me dandinai sous son regard pénétrant.

— Bonjour à toi aussi, répliquai-je, ne voulant pas répondre à sa question.

Il plissa les yeux et se rapprocha encore de moi.

— Ne joue pas à ce petit jeu avec moi, Elle. Je ne suis pas d'humeur. Où est-ce que tu comptes aller avec ce gars ?

Le silence s'installa et il envahit encore davantage mon espace personnel.

— Attends une minute, c'est ton prof ? Le gars avec qui je t'ai vu la semaine dernière ? s'enquit-il à mi-voix, incrédule.

Je n'étais pas fière d'avoir envisagé mentir. Il n'y avait pas de raison pour moi de dissimuler la vérité. Au bout du compte, Carson n'était rien d'autre que l'ami de mon frère et, à mon humble avis, un autre geôlier. Je ne lui devais aucune explication concernant les personnes avec qui je passais mon temps.

Ces pensées me tourbillonnant dans la tête, je me redressai et me forçai à admettre la vérité.

— Oui, c'est lui.

Il eut l'air choqué et il haussa les sourcils.

— Où est-ce que tu vas avec lui ?

— Je suis passé le voir durant sa permanence et maintenant, parce qu'il fait nuit, il me ramène à la résidence, dis-je.

Bon, peut-être que ce n'était pas toute la vérité, mais ça y ressemblait assez. Il croisa les bras sur son torse, en T-shirt. Je détestai la façon dont son rapide mouvement fit ressortir les muscles saillants de ses bras et de son torse. Il devait être venu directement après son entraînement.

— Ce n'est pas nécessaire, je vais m'assurer que tu rentres chez toi en toute sécurité, fit-il sur un ton mordant.

Peut-être que si je ne m'étais pas humiliée en me jetant dans ses bras quelque temps auparavant, j'aurais fait ce qu'il m'avait dit et dit à Holloway qu'il était plus simple pour moi de rentrer à la résidence avec mon ami, mais j'étais toujours sous le coup de la conversation que nous avions eue. Et de celles qui avaient suivi.

J'avais déjà dit plus d'une dizaine de fois à Carson que je n'avais pas besoin d'un autre frère et j'étais claire à ce sujet : j'étais tout à fait capable de prendre soin de moi.

— Non ! refusai-je.

Il cligna des yeux et grimaça comme s'il ne m'avait pas bien entendue.

— Comment ça ?

— J'ai dit non, répétai-je, plus fort cette fois-ci. Nous allons en fait dîner quelque part parce que je n'ai pas eu le temps de dîner et la cafèt' est fermée maintenant.

Je haussai les épaules comme si je n'avais pas d'autre choix.

— Ah non, tu vas pas faire ça ! cracha-t-il, les dents serrées.

Lorsqu'il se rapprocha encore et que nous nous retrouvâmes pratiquement nez à nez, je me redressai de toute ma hauteur, refusant de me laisser intimider. Même si je n'étais pas certaine d'aller dîner avec mon prof, plutôt mourir que laisser Carson me forcer à chambouler mes plans.

— J'y vais et tu ne peux rien faire pour m'en empêcher, dis-je.

— Elle, grogna-t-il.

Je plantai un doigt accusateur dans son torse ferme.

— Je ne suis pas ta sœur, et encore moins ta copine, crachai-je alors que je sentais un rien de tristesse me serrer le cœur.

Mais je l'étouffai dans l'œuf. Au moment où il s'apprêtait à répliquer, je tournai les talons et me dirigeai à grandes enjambées vers la BMW, crispée de tension alors que je tendais l'oreille à l'affût du moindre son. Alors que j'arrivais à la hauteur de la voiture, je priai pour que Carson ne se saisisse pas de moi et m'emporte dans son pick-up qui, je réalisai, n'était pas garé bien loin. Ç'aurait été l'embarras ultime. Et j'avais déjà assez souffert à cause de lui.

Mes doigts tremblèrent sur la poignée et j'expirai longuement au moment où je croisai le regard de Carson au loin. Il me fusilla du regard et me regarda attentivement alors que je me glissais sur le siège en cuir. Je refermai la portière et me trouvai à présent seule avec l'homme plus âgé. Ce ne fut qu'à ce moment-là que je pus à nouveau respirer. Ce qui me faisait vraiment horreur, c'était que j'avais l'impression de faire une erreur et que j'allais le regretter d'ici peu.

— Est-ce que tout va bien ?

La question posée avec douceur me sortit de mes pensées et je clignai des yeux avant de faire un petit sourire de façade.

— Oui, oui, tout va bien, mentis-je.

— Tu es sûre ? demanda-t-il, l'air perplexe, et je sentis à son ton qu'il était inquiet.

— Affirmatif, dis-je parce que je voulais partir d'ici avant que ça ne devienne infernal.

J'avais l'impression que Carson était en état de choc parce que je n'avais obtempéré immédiatement à son ordre, et ce n'était qu'une question de temps avant qu'il ne sorte de sa sidération. Lorsque le professeur regarda par la fenêtre, je fis la même chose. Le joueur de football américain blond se tenait toujours au milieu du parking, le regard braqué sur le véhicule, le vent ébouriffant ses cheveux.

— Est-ce que c'est ton petit ami ? s'enquit mon prof.

— Non, absolument pas, fis-je en secouant la tête.

— Très bien, peut-être un ex-petit ami alors ? reprit-il.

— Non, on a seulement grandi ensemble, il a toujours été pour moi comme un membre de la famille, dis-je en me tournant vers monsieur Holloway.

Ce dernier, à mon étonnement, m'observait très attentivement. J'étais réticente à expliquer la situation. Les mots me laissaient un goût amer dans la bouche parce que plus que tout au monde, j'aurais voulu que ça soit vrai. La vie aurait été tellement plus simple comme ça.

— Peut-être qu'il vaudrait mieux que je te dépose à ta résidence et qu'on annule le dîner. Nous pourrons toujours faire ça un autre soir, suggéra-t-il.

Sûrement, mais je n'allais pas non plus laisser Carson interférer encore davantage dans mon existence. Qu'il aille se faire voir.

— Non, ça ira, insistai-je.

Il haussa les sourcils.

— Tu en es bien certaine ?

— Oui, dis-je en me forçant à sourire.

Il finit par hocher la tête et démarra. Nous sortîmes du parking, et plus je m'éloignai de Carson, plus je respirai avec facilité.

CHAPITRE 15

CARSON

Je fus choqué de plus belle lorsque je vis les phares arrière de la voiture s'éloigner, puis disparaître alors qu'elle sortait du parking. Que venait-il de se passer ? Elle venait vraiment de partir avec ce type ? Je passai mes deux mains dans mes cheveux humides, la tentation était grande de me les arracher. Ce ne fut que lorsqu'elle eut tout à fait disparu et qu'il fut trop tard pour faire quoique ce soit que je parvins à me sortir de mon état de stupeur.

Bordel !

J'aurais pu la bombarder de textos, mais je savais déjà qu'elle ne répondrait pas. J'avais espéré qu'après la soirée que nous avions passé chez sa mère, notre relation était peut-être revenue à la normale, mais ce n'était clairement pas le cas.

Au lieu de rester là comme un idiot, bouche béante, je rejoignis mon véhicule à grandes enjambées, ouvris la portière à la volée et, une fois à bord, je quittai précipitamment le parking. Même si j'avais voulu les suivre, la voiture était partie depuis longtemps. Comme il ne me restait pas d'autre option, je retournai à la maison que je louais avec Brayden. Ce qui venait de se passer me tournait en boucle dans la tête alors que je remontais rapidement les marches du perron, et dès que j'eus franchi la porte d'entrée, j'entendis qu'il y avait du monde.

Dans le salon se trouvaient quelques mecs détendus qui buvaient des bières en jouant aux jeux vidéo. Des boîtes de pizza traînaient sur la table de la salle à manger. Même si Crosby ne louait pas la maison avec nous, il était toujours scotché au fauteuil mécanique en faux velours qu'on avait fourré dans le coin du salon. Il passait plus de temps chez nous qu'à l'appart qu'il partageait avec Andrew à quelques rues d'ici. Son coloc était un de ces mecs toujours à la salle à soulever de la fonte. Il se disait qu'il prenait des SARM, une version à peine plus saine des stéroïdes. Aux yeux de la NCAA, la fédération nationale du sport étudiant, c'était une substance illégale et donc tout à fait interdite. Évidemment, il n'en prenait pas durant la saison. Un seul contrôle antidopage positif et l'entraîneur l'aurait viré de l'équipe à coups de pied.

Crosby leva la tête lorsqu'il me vit arriver, puis se concentra à nouveau sur l'écran de la télé et le jeu auquel il jouait.

— Tu reviens de la salle ? demanda-t-il.

— Oui, confirmai-je.

D'habitude, je revenais plein d'énergie. Toutes ces endorphines me mettaient dans un bon état d'esprit. Mais ce n'était absolument pas le cas ce soir-là. À dire vrai, c'était même tout le contraire parce que j'étais sur les nerfs et pas dans mon assiette. Je peinais à garder contenance.

— Bray est revenu y a une demi-heure !

— Oui, je suis resté un moment et j'ai fait quelques tours de piste, marmonnai-je sans vraiment prêter attention à la conversation.

Je ne pouvais pas m'empêcher de penser à Elle et ce foutu type. Vous savez ce que j'aurais dû faire ? Les suivre. Une autre pensée m'envahit : et s'il ne l'avait pas emmenée au restaurant ? Et qu'ils rentraient chez lui et que...

— Mec, qu'est-ce qui t'arrive ? Pourquoi tu fais les cent pas ?

Ah ?

Je m'arrêtai et me rendis compte que Crosby avait raison, j'étais en train de remonter le couloir de l'entrée. Avant que je puisse trouver une excuse valable, Brayden descendit rapidement l'escalier, ses cheveux bruns humides. Il portait des vêtements propres : il devait s'être douché.

— Asher a commandé des pizzas ! Passer du temps à la salle, ça m'a donné faim, j'ai besoin de glucides, dit-il en sautant la dernière marche et me claquant le ventre.

Sans un mot, je le suivis du regard alors qu'il disparaissait dans la cuisine.

Je ne savais pas quoi faire. Devais-je lui dire qu'Elle était partie avec son prof ? Le mec du café. Le même mec qui l'avait ramenée chez elle après la soirée catastrophique ? À peine une heure plus tôt, Brayden m'avait demandé si je pensais qu'il y avait quelque chose entre eux. À ce moment-là je n'étais pas tout à fait certain, mais à présent, j'aurais dit qu'il y avait de grandes chances. Parce que si Brayden l'apprenait, il allait mettre la ville sens dessus dessous jusqu'au moment où il allait retrouver sa sœur. Et si c'était le cas, Elle saurait que c'était moi qui avais vendu la mèche. Déjà qu'elle était furieuse et ne voulait plus m'adresser la parole… Si son frère s'emportait et fonçait tête baissée tabasser son prof, ça n'allait faire qu'empirer la situation.

Mais je ne pouvais pas laisser son enseignant profiter d'elle. Surtout quand je savais qu'elle n'était pas particulièrement expérimentée dans le domaine. L'idée que ce connard pose ses mains sur elle, *qui était mienne*, me rendait dingue. Bordel ! J'aurais vraiment dû les suivre. Mieux encore, j'aurais dû la prendre comme un sac à patates et la fourrer dans ma voiture, même si elle aurait sûrement protesté et se serait débattue. Au moins, je n'aurais pas été dans cet état, je ne serais pas en train d'envisager toutes les façons dont cette soirée pourrait se finir. Je laissai échapper une bordée de juron dans ma barbe.

Vous savez quoi ? Je ne pouvais pas rester là à me tourner les pouces, il fallait que je me sorte les doigts du cul. Ce fut cette résolution qui me fit me retourner et me diriger vers la porte d'entrée.

— Hé ! Où est-ce que tu vas ? Je croyais que tu venais de rentrer ? cria Brayden depuis la salle à manger, occupé à charger son assiette de pizza au pepperoni.

Je le regardai à la dérobée. Il semblait clairement confus, mais il était impossible pour moi de révéler la vérité.

— Euh… oui, mais il faut que je m'occupe d'un truc, dis-je.

Il sourit d'un air entendu.

— Vaudrait peut-être mieux que tu te douches avant, suggéra-t-il.

Je passai une main dans mes cheveux. Il avait raison. Après avoir couru, j'étais vraiment en nage, et cinq minutes n'allaient pas faire une grosse différence. Je me retournai et me précipitai vers les marches que je montai quatre à quatre.

— Fais-moi confiance, qui que ce soit que tu as si hâte de retrouver me remerciera du conseil, cria-t-il, et j'éclatai d'un rire sans joie.

J'en doutais.

CHAPITRE 16

ELLE

Je remuai sur la chaise capitonnée et balayai du regard le minuscule restaurant italien. J'étais en deuxième année à Western et je connaissais la majorité des endroits où l'on pouvait manger dans les environs, mais je n'étais jamais venue ici. À dire vrai, dix minutes plus tôt, je ne savais même pas que ce restaurant existait. Probablement parce qu'il y avait quelque chose de romantique dans l'esprit du lieu, entre la lumière tamisée et les bougies rouges qui ornaient chaque table couverte d'une nappe de lin blanc. Le personnel portait des chemises immaculées avec un pantalon noir, et un tablier noir épais leur couvrait la taille. Ici tout semblait chic et intimiste à la fois.

Ce n'était pas ce à quoi j'étais habituée.

Dès que nous avions passé la porte vitrée, on nous avait emmenés directement à table et on nous avait tendu les menus décrivant les hors-d'œuvre et les entrées en italien. La carte des vins était à part. Monsieur Holloway regarda la sélection d'alcools avant de commander une bouteille d'une boisson dont je n'avais jamais entendu le nom et que je n'aurais sûrement jamais pu prononcer si ma vie en avait dépendu.

Un homme relativement âgé avec une moustache broussailleuse et le crâne brillant arriva à notre table avec le vin au lieu du plus jeune serveur qui nous avait installés un peu plus tôt. Il avait la peau burinée comme s'il avait passé sa vie entière à l'extérieur, et lorsqu'il sourit, cela fit ressortir ses rides, donnant l'impression que l'on avait à faire à une carte géographique.

— *Buonasera*, Gabriel, salua-t-il en inclinant légèrement la tête.

Mon professeur sourit et le salua chaleureusement dans la même langue, que je présumais être de l'italien. Je les regardai tour à tour alors qu'ils échangeaient quelques minutes durant. Ce ne fut que lorsque l'homme plus âgé croisa mon regard qu'il s'éclaircit la gorge.

— *Mi scusi, signorina,* parfois je m'oublie et je retombe dans l'italien, s'excusa-t-il.

Je souris. Il y avait chez lui quelque chose d'aussi charmant qu'attachant.

— Ce n'est pas grave, dis-je.

— Elle, j'aimerais te présenter Dante, dit-il avant de désigner l'endroit superbe d'un geste de la main. Sa femme et lui tiennent ce restaurant depuis plus de trente ans.

L'intéressé semblait ravi et se redressa légèrement.

— Tout à fait, et Gabriel vient depuis pratiquement aussi longtemps, ajouta Dante.

Intéressant. Cela voulait donc dire que monsieur Holloway avait grandi dans le coin. Au lieu de m'en dire plus sur le passé de mon professeur, Dante ouvrit la bouteille et nous servit un demi-verre de vin.

— Je vous promets que vous allez l'adorer, dit-il, très enthousiaste.

Même si je ne buvais pas d'alcool, je fus incapable de refuser.

— Merci, lui répondis-je.

— Dites-moi si vous avez besoin d'autre chose, déclara-t-il en déposant la bouteille sur la table avant de se volatiliser.

Mon enseignant fit tourbillonner le liquide doré dans son verre à pied délicat, s'assurant de ne pas le renverser avant de le porter à son nez. Ma fascination s'accentua lorsqu'il ferma les yeux et prit une profonde inspiration. Je vis ses cils noirs ressortir sur sa peau fine avant qu'il ne rouvre les yeux. Il en profita pour river son regard sur le mien alors qu'il portait le verre à ses lèvres.

— Exquis, prends-en une gorgée et dis-moi ce que tu en penses, m'ordonna-t-il en montrant le verre que je n'avais pas encore touché.

Lorsque j'hésitai, il pencha la tête sur le côté.

— Tu n'aimes pas le vin blanc ? s'enquit-il.

Quelques secondes durant, je me demandai si je devais lui dire la vérité. Si c'était le cas, ça allait amener des questions, des questions auxquelles je n'avais pas particulièrement envie de répondre.

— Je ne suis pas certaine, je n'en ai jamais bu, admis-je.

Il haussa les sourcils avant de laisser échapper un petit rire.

— J'oubliais presque que tu es encore étudiante. Laisse-moi deviner, tu es plus portée sur la bière et les shots…

Je détournai le regard avant de m'éclaircir la gorge.

— En fait, je ne bois pas d'alcool.

— Pas du tout ? demanda-t-il d'un ton clairement surpris.

— Pas du tout ! confirmai-je.

Il se redressa et porta de nouveau le verre à ses lèvres alors qu'il me regardait attentivement.

— J'imagine que tu as une raison de t'abstenir, déclara-t-il.

Je mordis ma lèvre inférieure, essayant de décider si j'étais prête à discuter de quelque chose d'aussi intime. La majorité de nos conversations précédentes avaient tourné autour des statistiques et il était étrange de parler d'autre chose que des cours.

— Elle ? m'interpella-t-il.

Le fait qu'il utilise mon prénom eut pour effet de me ramener au moment présent. Je n'avais pas réalisé que je m'étais perdue dans l'amas confus de mes pensées. Au lieu de répondre, j'agrippai le pied fragile de mon verre et le portai à hauteur de mes yeux. Reproduisant ses mouvements, je fis précautionneusement tourbillonner le liquide. Le mouvement était presque hypnotisant alors que la boisson montait et retombait le long des parois du verre.

— Ce que tu fais consiste à aérer le vin, ce qui lui permet de libérer davantage son parfum. Si tu le sens à présent, tu devrais en distinguer les différentes notes.

Je suivis ses instructions et enfouis mon nez dans le verre, inspirant délicatement. Il se pencha davantage sur la table et je vis son regard briller d'enthousiasme.

— Maintenant, dis-moi ce que tu sens, insista-t-il.

Hmm. Quelque chose de piquant et pourtant fruité, très différent de l'odeur écœurante d'orge et de houblon dont je saisissais des bouffées lors des fêtes auxquelles j'étais habituée.

— Quelque chose de fruité... de la poire peut-être. Ou du citron ? commençai-je et j'inspirai davantage.

Je n'étais pas certaine et je me contentai d'essayer de deviner. Un sourire satisfait ourla ses lèvres et il acquiesça.

— Excellent, tu as tout à fait raison. Ce raisin vient de Sardaigne et tu peux sentir et goûter les saveurs de la terre où il a poussé.

La curiosité eut raison de moi et je me trouvai malgré moi à porter le verre à mes lèvres. J'en gouttai une minuscule gorgée.

— Laisse-le reposer sur ta langue un instant, est-ce que tu peux maintenant goûter les arômes riches que tu as pu identifier tout à l'heure ? m'interrogea-t-il.

À dire vrai... oui !

Surprise, j'acquiesçai. Il avait l'air heureux de me voir décidée à apprendre.

— Qu'est-ce que tu en penses ?

Hmm. Bonne question. Je n'en étais pas certaine.

— Je ne déteste pas, admis-je, penaude.

Il rit juste assez pour que ses épaules larges tressautent. C'était un son rauque et chaleureux. Je pris une autre petite gorgée pour voir si d'autres arômes émergeaient. L'expérience était très différente d'une soirée étudiante bondée à regarder des étudiants s'enfiler des cannettes de bière ou jouer à des jeux à boire dans le but de se bourrer la gueule le plus rapidement possible. Déguster ce vin me semblait davantage un défi à relever qui consistait à découvrir les ingrédients qui entraient dans sa composition.

— S'il te plaît, ne te sens pas obligée de finir ton verre. Je peux tout à fait te commander une bouteille d'eau ou un Coca si tu préfères. Tout ce dont tu as envie, fit mon professeur en faisant signe à notre serveur lorsque je pris une troisième gorgée, essayant toujours de trouver les arômes.

Mon regard se riva sur le sien avant de se poser sur le verre que je tenais toujours fermement.

— Non, ça me plaît bien, admis-je à mon grand étonnement.

Il y eut un moment de silence avant qu'il ne reprenne la conversation.

— Tu ne m'as pas dit pourquoi tu ne consommais pas d'alcool. De ce que j'ai cru comprendre, c'est plutôt rare sur ce campus, dit-il.

Je pris une autre gorgée de ma boisson avant de reposer mon verre, effleurant du bout des doigts la nappe épaisse. Je détestais parler de ce qui était arrivé à mon père et comment cela avait changé irrévocablement nos existences. Peu importe le temps qui passait, je devais me rasséréner pour faire face à l'assaut du chagrin qui déferlait en moi. C'était une douleur au cœur lancinante qui semblait ne jamais vouloir disparaître.

— Il y a environ quatre ans de ça, mon père a eu un accident de voiture. C'était un étudiant qui avait trop bu en soirée et qui avait quand même pris le volant. Il lui est rentré dedans, collision frontale, et ils sont tous les deux morts sur le coup. La décision stupide d'une personne a détruit nos existences et je n'avais que quinze ans à l'époque, mais depuis ce moment-là, j'évite l'alcool, avouai-je en me forçant à me redresser.

Les yeux bleu foncé de monsieur Holloway se voilèrent de compassion avant qu'il tende la main et la pose sur la mienne.

— Je suis désolé, Elle, c'est une chose terrible que tu as eu à endurer. Surtout aussi jeune, dit-il.

Je me forçai à réprimer les larmes qui menaçaient de couler. Mon père était décédé depuis déjà un certain temps, et d'habitude, je parvenais à raconter ce qui s'était passé sans trop m'émouvoir. Voir ma mère avec un autre homme avait fait remonter tous ces sentiments à la surface. Elle passait à autre chose et je n'étais pas certaine d'être prête à ça.

— Merci, répondis-je.

Mon regard vacilla et se posa sur nos mains jointes alors qu'un silence lourd s'installait sur la table. Au moment où cela commençait à devenir désagréable, un serveur arriva avec deux assiettes fumantes. Un souffle franchit mes lèvres alors que je libérais précautionneusement ma main de la sienne. Le serveur déposa les deux assiettes devant nous avant de nous demander dans un anglais fortement accentué si nous avions besoin d'autre chose. Je regardai tour à tour les pâtes alléchantes et l'homme qui se trouvait face à moi.

— Je ne savais pas que nous avions passé commande, fis-je remarquer.

Il esquissa un sourire.

— Dante sait que je commande toujours les linguini, j'espère que tu ne m'en voudras de m'être permis de commander pour nous deux.

Je fis signe que non, soulagée de pouvoir me concentrer sur mon dîner plutôt que sur la conversation que nous venions d'avoir.

— Pas du tout, ça sent délicieusement bon.

— Fais-moi confiance, c'est encore meilleur au goût, dit-il en me gratifiant d'un petit sourire et d'un clin d'œil.

Le prenant au mot, j'entortillai des pâtes autour de ma fourchette avant de la porter à ma bouche. Une symphonie de saveurs explosa sur ma langue alors que je poussais un petit soupir de plaisir.

— C'est bon, pas vrai ? me demanda-t-il, tout sourire.

J'ouvris grand les yeux alors que mon appétit revenait en force. Je me rendis compte que non seulement j'avais sauté le dîner, mais aussi que je n'avais pas mangé à midi.

— Oh, mon dieu, c'est délicieux !

Et alors que j'avais toujours eu un avis non négociable sur l'alcool, je me trouvai malgré moi à siroter mon verre de vin doré en finissant de manger. Les arômes du vin et des pâtes se complémentaient à merveille. Je ne me voyais pas faire une habitude de consommer de l'alcool, mais ce soir, avec monsieur Holloway, ça me semblait étrangement agréable.

CHAPITRE 17

ELLE

*L*e temps que mon professeur se gare devant Sutton Hall et coupe le moteur, il était plus de vingt et une heures. Avant que je ne puisse le saluer rapidement, il pivota dans ma direction, mettant un terme au silence agréable qui avait suivi notre retour du restaurant. Je n'étais absolument pas ivre, mais je me sentais assez joyeuse.

— Je suis content qu'on ait pu faire ça. Ça me fait toujours plaisir de connaître mes étudiants et de découvrir qui ils sont plus personnellement. Ce soir, j'ai eu l'impression qu'on a pu gratter sous la surface et y arriver, dit-il en cherchant à croiser mon regard.

— Moi aussi, admis-je.

Étonnamment, je le pensais sincèrement. Ce que j'avais appris, c'était qu'il avait un bon sens de l'humour et qu'il connaissait beaucoup de choses en dehors des statistiques. À la fin du repas, j'avais proposé de payer ma moitié de la note, mais il avait immédiatement refusé, ce qui me donnait pratiquement l'impression que c'était un rencard.

— Encore merci pour le dîner, monsieur Holloway.

Il esquissa un petit sourire.

— Lorsque nous ne sommes pas en cours, tu peux m'appeler

Gabriel si tu le souhaites, je pense que nous sommes au-delà de ces encombrantes formalités à présent, tu ne crois pas ?

Ah... je ne savais pas quoi en penser parce que je n'avais jamais tutoyé ou appelé par son prénom l'un de mes profs, et certainement jamais devant eux. C'était un peu... bizarre. Comme je continuais de regarder dans le vide, il éclata de rire et se rapprocha.

— Honnêtement, Elle, ce n'est pas un problème. Tous mes étudiants de second cycle m'appellent par mon prénom. Franchement, ce n'est rien et il ne faut pas t'en faire un monde !

Étais-je en train de m'en faire un monde ? Était-ce seulement l'appeler par son prénom qui était si difficile, ou ce que ça pouvait impliquer ? Je ne savais pas et j'étais incapable de pouvoir le dire. Et je ne pouvais pas être certaine que ce n'était pas le vin qui me rendait confuse. Plutôt que de discuter, je hochai la tête.

— D'accord... Gabriel, dis-je après m'être forcée à prononcer son prénom.

C'était assurément très étrange. Il se rapprocha de moi au point de passer son bras sur le dossier de mon siège.

— Est-ce que c'était vraiment si difficile ? s'enquit-il.

— Non, dis-je, même si intérieurement, je pensais le contraire.

— Bien ! J'espère que tu n'hésiteras pas à passer après les cours ou durant mes permanences si tu as besoin d'aide supplémentaire maintenant que nous nous connaissons mieux. Même si tu n'aimes pas les statistiques, je voudrais que tu réussisses dans ma matière. Je crois qu'avec une approche davantage sur mesure, tu devrais pouvoir monter à 12 de moyenne.

Incrédule, je manquai de pouffer de rire. Il restait à peine un mois dans le semestre, ça ne laissait plus beaucoup de temps. Et avec les répétitions qui allaient devenir encore plus intenses, j'étais plus occupée que jamais. Lorsqu'il tendit la main, je le regardai, perplexe.

— Passe-moi ton téléphone !

Incertaine, je restai tout à fait immobile.

— Allez, donne-le-moi ! Je veux pouvoir m'ajouter dans tes contacts. Comme ça, si tu révises et que tu as besoin d'un coup de main, tu peux me contacter directement. On peut même s'appeler sur FaceTime et revoir ensemble certains problèmes.

J'expirai longuement alors que la tension qui s'était accumulée dans mes épaules retombait. Je glissai ma main dans mon sac à dos pour récupérer mon téléphone. J'eus encore un moment d'hésitation alors que je tapais le code de déverrouillage, puis posai prudemment le téléphone dans sa main tendue.

Dès que ce fut fait, il ouvrit l'application de messagerie et entra son nom et son numéro avant d'envoyer un message. Au même moment, son téléphone bipa avant qu'il ne me rende le mien. Nos doigts s'effleurèrent et il y eut un temps de flottement où je n'étais plus certaine de savoir ce qui se passait entre nous. Les limites de notre relation devenaient confuses. Ou bien, comme il l'avait dit, je me faisais tout un monde pour pas grand-chose. Ce n'était pas comme s'il me faisait des avances, pas vrai ?

Je repoussai ces pensées ridicules alors que le besoin de sortir de l'espace clos de l'habitacle se faisait plus urgent. Je me sentis frissonner et les poils sur mes bras se dressèrent. Je m'éclaircis la gorge. Je ne voulais pas donner à ces pensées insidieuses le temps de prendre racine dans mon esprit.

— Merci encore pour le dîner, ça faisait longtemps que je n'avais pas aussi bien mangé. Quand ma mère viendra me voir, je l'emmènerai là-bas, je suis certaine qu'elle adorera, dis-je.

— Avec plaisir, nous pourrons y retourner un autre jour. Dante a été heureux de faire ta connaissance et je sais que ça lui ferait très plaisir de te revoir.

— Oui, d'accord, me forçai-je à répondre. Je ne pouvais pas nier que la soirée avait été agréable, mais ç'avait été aussi très étrange.

J'agrippai la poignée de la portière et finis par l'ouvrir, l'air frais de la nuit m'enveloppant. Je me sentis aussitôt reprendre contenance une fois que je fus sortie de la voiture.

Une fois sur le trottoir, je le saluai d'un geste de la main, et après qu'il m'eut retourné ma salutation, je me dirigeai vers l'entrée de la résidence. J'ouvris la porte et constatai d'un coup d'œil par-dessus mon épaule que son élégante BMW était toujours sur le bas-côté.

Alors que je montais dans l'ascenseur, je me rejouai dans la tête les événements des dernières heures. Je ne m'étais pas attendue à finir la soirée dans un restaurant italien avec mon prof. Lorsque les portes s'ouvrirent au sixième étage, je m'étais calmée et cela me fit me demander pourquoi j'avais été inquiète. Alors que je me dirigeais vers ma chambre au bout du couloir, quelques amies me saluèrent.

J'enfonçai la clef dans la serrure et ouvris la porte, contente que la journée arrive enfin à son terme. Alors que j'entrais dans la pièce commune, je fus surprise de constater que la pièce était silencieuse et plongée dans l'obscurité. D'habitude, les filles restaient à discuter ou faire leurs devoirs dans la pièce commune, mais là, leur absence à toutes les trois était particulièrement criante. C'était sûrement mieux comme ça, je n'étais pas certaine de vouloir leur dire qu'Holloway m'avait invitée à dîner. Je pouvais tout à fait imaginer la situation : elles sauteraient toutes immédiatement à des conclusions hâtives et elles n'auraient eu de cesse de me bassiner avec ça. Et même s'il avait fait allusion à d'autres dîners à l'avenir, je ne comptais pas en faire une habitude.

Pour moi, ça n'avait été qu'une fois et il n'y en aurait pas d'autres. Quant à ce moment en fin de soirée où il avait ajouté son numéro dans mes contacts, je ne pouvais pas m'imaginer l'appeler. Même si j'avais vraiment besoin d'aide.

Je pris mon téléphone et envoyai un message dans la conversation de groupe, me demandant où toutes mes colocs avaient disparu. Madison répondit pratiquement immédiatement qu'elle était avec son copain et que je ne devais pas l'attendre pour aller me coucher. Elle avait ajouté un clin d'œil et plusieurs émojis représentant des aliments sur lesquels je ne comptais pas m'attarder. Sienna était avec son groupe de travail, et Kari était allée au cinéma avec quelques filles de notre étage.

Il semblait que j'avais l'appartement pour moi seule et quand on vivait en coloc avec trois autres personnes, c'était un luxe. Après avoir enlevé ma veste, j'entrai dans ma chambre plongée dans l'obscurité.

— Il était foutrement temps que tu rentres, j'étais sur le point d'aller te chercher, fit une voix sur un ton cassant.

CHAPITRE 18

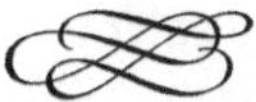

CARSON

Un cri perçant se fit entendre au moment où je me levais du fauteuil rose à poil long près de la fenêtre où je m'étais installé en attendant qu'elle revienne enfin.

— Détends-toi, c'est moi, grognai-je, toujours furieux.

Elle prit une inspiration tremblante et manqua de tomber près de la porte. Un rayon de lumière venant de la pièce commune éclaira ses traits stupéfaits.

— Carson ? C'est toi ? demanda-t-elle.

— Mais bordel, qui veux-tu que ce soit ?

Si un autre mec faisait comme chez lui dans sa chambre, il fallait que je le sache et je n'hésiterais pas à le tuer à mains nues. Elle se redressa de toute sa hauteur, toujours une bonne quinzaine de centimètres de moins que moi, mais elle était particulièrement grande pour une femme, ce qui associé à sa minceur la rendait particulièrement élancée.

— Qu'est-ce que tu fais là ? Et comment tu es arrivé là ? s'enquit-elle.

La peur que j'entendais dans sa voix quelques instants auparavant avait disparu, son ton était devenu incisif et j'étais prêt à parier que notre rencontre sur le parking lui tournait en boucle dans la tête.

Le besoin de se rapprocher d'elle se faisait de plus en plus insistant et je m'exécutai.

— Tes colocs m'ont laissé entrer avant de partir.

Elle posa ses poings sur les hanches, furieuse.

— Sois certain que je vais leur en toucher un mot, elles n'auraient pas dû faire ça…

Lorsque je fis un autre pas dans sa direction, ses yeux s'écarquillèrent et elle battit en retraite comme si elle ne se rendait compte qu'à ce moment-là qu'il fallait garder une distance de sécurité entre elle et moi.

— À dire vrai, tu devrais t'en réjouir.

— Et pourquoi ça ? dit-elle en humectant ses lèvres.

— Parce que sans ça, j'aurais retourné la ville jusqu'à te retrouver, répliquai-je en marquant une pause alors que l'air se chargeait d'électricité et que la pièce devenait oppressante. Tu veux savoir ce que j'aurais fait après ?

Elle déglutit avant de secouer la tête.

— Et pourquoi pas ? Ça ne t'intéresse pas de savoir ce qui se serait passé ? demandai-je alors que la fureur suintait de chacun des mots que je crachais.

Le simple fait de me rappeler de mon inquiétude ne faisait qu'attiser les flammes de ma colère.

— Non ! dit-elle et lorsque je fus assez près d'elle, elle plaqua ses paumes contre mon torse comme si elle voulait me maintenir à distance.

Devinez quoi ? Ça ne suffisait pas, parce qu'Elle n'avait pas idée à quel point elle m'avait poussée à bout ce soir. J'avais passé mon temps à faire les cent pas dans sa petite chambre tout en m'arrachant les cheveux et passant en revue tous les scénarios des horreurs qui auraient pu lui arriver.

— C'est vraiment dommage parce que je vais te le dire quand même. Considère ça comme un avertissement pour la prochaine fois que tu décideras de faire quelque chose de stupide.

— Stupide ? répéta-t-elle, bouche bée, me repoussant pour la seconde fois de toutes ses forces.

— Oui, c'est le mot, *stupide*. Si j'étais partie te chercher, tu peux être sûre que je t'aurais retrouvé et que je t'aurais pris comme un sac à patates sur l'épaule, peu importe les coups de pied et les cris, et je t'aurais foutu une fessée magistrale pour avoir décollé avec un mec qui a pratiquement l'âge d'être ton père, menaçai-je en me rapprochant.

— Tu n'aurais pas osé, murmura-t-elle, les yeux exorbités, en déglutissant.

Je haussai un sourcil, la défiant de me donner des raisons de lui prouver.

— Est-ce que tu veux vraiment essayer ?

Sa bravade retomba et elle se mit à mordre sa lèvre inférieure.

— Non !

— Bien. Et avant que l'on continue, je veux savoir où il t'a emmené, et si jamais tu me dis qu'il t'a ramené chez lui, je fais un massacre.

Un grognement guttural me remonta dans la gorge à cette simple idée. Elle était bien trop naïve pour son propre bien, et bien que je trouve ça mignon, ça allait causer ma perte. C'était ce qui me pousserait à la faire mienne. Je la vis déglutir et, dans le rayon de lumière, je pouvais pratiquement voir son pouls palpiter sous sa peau fine.

— On est allés au restaurant.

Je haussai les sourcils et serrai les poings. Il allait falloir toute ma maîtrise de moi-même pour ne pas l'agripper et la secouer.

— Tu étais là-bas durant tout ce temps ?

— Oui !

— Est-ce que tu lui as dit que tu étais toujours vierge ?

Un gargouillis étouffé de panique lui échappa.

— Bien sûr que non ! Pourquoi je dirais ça à un de mes profs ?! Ça ne le regarde pas, et toi non plus ! protesta-t-elle.

— En fait, si tu te souviens bien, ça me regarde vu ce que tu m'as dit, lui rappelai-je.

— C'était une erreur, dit-elle, la colère et le ressentiment tourbillonnant dans son regard sombre.

— Crois-moi, ce n'est pas la seule, répliquai-je.

La confusion s'afficha sur son visage et elle fronça les sourcils.

— Mais qu'est-ce que tu veux dire ?

Comment pouvais-je commencer à répondre à cette question sans lui dire la vérité ? Comment pouvais-je lui dire que même si nous étions très proches physiquement à ce moment-là, ce n'était pas encore assez près à mon goût ? Que je voulais sentir la chaleur de son corps nu pressé contre le mien ? Que je bandais si fort que c'en était douloureux ?

La seule fille qui était hors limite était celle qui me rendait foutrement dingue, et je fantasmais secrètement sur elle toutes les nuits que je passais seul dans mon lit. Je n'étais pas fier d'admettre que c'était à Elle que je pensais lorsque je m'envoyais en l'air avec d'autres filles. Être dans sa chambre était déjà dangereux et je le savais bien. Il n'allait pas en falloir beaucoup pour me faire sauter le pas, et si cela se produisait, il serait impossible de revenir en arrière.

La sensation de son souffle chaud sur mes lèvres était beaucoup trop tentante. Tout ce que je pouvais faire, c'était rester enraciné sur place et inspirer son odeur délicieuse, une odeur qui ressemblait suspicieusement à... J'écarquillai les yeux.

— Est-ce que tu as bu ?

La culpabilité l'envahit et elle prit une inspiration tremblante.

— Depuis quand tu bois ? Depuis que je te connais, je ne t'ai jamais vu boire ne serait-ce qu'une gorgée d'alcool, dis-je, furax.

C'était justement une des raisons pour lesquelles je ne me bourrais pas la gueule comme les autres gars de l'équipe. Je connaissais l'avis d'Elle sur la question et je savais pourquoi elle pensait ça.

— C'était juste un verre de vin, murmura-t-elle.

Malgré le fait que ses mains étaient toujours plaquées contre moi pour me retenir, j'envahis son espace personnel jusqu'à sentir sa poitrine se soulever et retomber, collée contre la mienne. Même aussi près, ce n'était pas encore assez à mon goût. Au fond, je savais que nous ne serions jamais aussi proches que je l'aurais voulu. Je la regardai avec méfiance.

— Est-ce que ce connard essayait de te soûler ? m'enquis-je.

Si c'était le cas, je lui arracherai la tête et lui ferai subir d'odieux supplices. Elle fit signe que non frénétiquement.

— Bien sûr que non, je n'ai bu qu'un verre, c'est tout.

— Tu n'as même pas l'âge[1], le restaurant n'aurait jamais dû te servir de l'alcool. Tu réalises qu'ils pourraient perdre leur licence à cause de ça, pas vrai ?

— Tu exagères, ce n'était vraiment pas du tout comme ça.

— Alors explique-moi comment c'était, parce que je veux savoir.

Je l'imaginai assis à côté d'elle, lui versant un verre, l'encourageant à le boire de façon à ce qu'il lui en serve un autre, et je vis rouge. La culpabilité sur son visage disparut et elle pinça les lèvres, reposant ses mains contre mon torse. Un petit grognement lui échappa alors qu'elle essayait de me faire reculer.

— Je ne te dois aucune explication.

Je ne bougeai pas. Sa force ne rivalisait pas avec la mienne.

— Oh que si !

Je passai mes mains autour de ses poignets et fis passer ses mains derrière son dos. Le mouvement lui fit plier douloureusement l'échine, et ses seins se tendirent en avant jusqu'à être pressés contre mon torse.

— Je n'irai nulle part tant qu'on n'aura pas tiré ça au clair.

— Je t'ai déjà dit qu'il n'y a absolument rien à dire.

Un grognement frustré lui échappa et elle essaya de se libérer de ma prise. Elle ignorait que ça m'excitait encore davantage. Si je ne faisais pas gaffe, elle allait remarquer à quel point je bandais.

— Tu en fais vraiment toute une histoire alors qu'il ne s'est rien passé ! On a juste dîné ensemble. C'est tout.

— Bon Dieu, Elle ! Dis-moi que tu n'es pas aussi naïve…

Elle releva le menton alors que je me collais encore davantage à elle.

— Peut-être qu'il faudrait que tu me fasses confiance, je sais ce que je fais et je sais prendre soin de moi.

— Comment tu veux que je fasse ça alors que tu ne te rends même pas compte que ce connard essaie de te séduire ?

— Me séduire ? Tu es complètement dingue ! lâcha-t-elle sur un ton moqueur, secouant la tête.

Ah ça oui, j'étais dingue. Son regard chercha le mien, et quoiqu'elle y ait vu, cela suffit à tuer rapidement la joie de son expression. J'avais passé tellement d'années à la désirer, à vouloir la toucher, caresser sa peau douce, inspirer son odeur. J'avais fait tout mon possible pour garder mon envie d'elle sous clef de façon à ce qu'elle ne le sache jamais.

Lorsqu'elle passa sa langue sur ses lèvres, mon attention se dirigea vers sa bouche, s'attarda sur son mouvement, et toute ma volonté fut réduite à néant lorsque ma bouche s'écrasa sur la sienne.

CHAPITRE 19

ELLE

Oh. Mon. Dieu.

Était-ce réel ?

Tout cela ressemblait davantage à un rêve délicieux qu'à la réalité. À tout moment, mon réveil allait sonner et j'allais me réveiller dans tous mes états. Je ne pourrais pas le supporter. Pas maintenant. Pas quand ça faisait des semaines que je n'avais pas senti sa bouche ferme explorer la mienne. Il ne lui fallut qu'un coup de langue pour que j'ouvre ma bouche et qu'il ne fasse qu'une bouchée de moi, du moins c'était l'impression que ça me faisait. Un seul baiser avide et je m'embrasais déjà. Sa bouche se mouvait frénétiquement contre la mienne alors que nos langues s'entremêlaient. Il fut rapidement à bout de souffle. Comme s'il se battait non seulement contre moi, mais contre lui-même.

Je connaissais Carson depuis dix ans, et à l'exception de ce samedi soir à la fête des Sigma Epsilon, je ne l'avais jamais vu perdre le contrôle ou s'emporter. Et voilà qu'il recommençait. Ce changement brutal dans son comportement aurait dû m'inquiéter, mais étrangement, ce n'était pas le cas. Au fond, je savais qui il était vraiment.

Quoiqu'il puisse se passer entre nous, ça ne changerait jamais.

Nos dents s'entrechoquèrent alors qu'il me léchait et me mordillait au point que la tête me tournait sous le coup des sensations. Nos corps étaient si pressés l'un contre l'autre que je ne savais plus où finissait le sien et commençait le mien. À chaque mouvement de ses hanches, son érection butait davantage contre mon ventre, et l'excitation grimpait douloureusement au plus profond de mon intimité.

Que ce genre de désir m'envahisse était tout à nouveau. Avant cet instant, je n'avais pas idée qu'il pouvait même exister. À présent, je ne pouvais pas imaginer ne plus sentir mon sang bouillonner ou mon cœur s'emballer comme c'était le cas. Le besoin de l'explorer explosa en moi et j'échappai à sa prise, glissant mes mains entre nos corps joints jusqu'à les poser à plat sur son torse. Mes doigts s'enfoncèrent dans la peau ferme sous son T-shirt en coton doux.

Si on m'avait déjà embrassée quelques fois, ça n'avait jamais eu cette intensité. Les baisers avaient toujours été hésitants et il n'y avait jamais eu ce mélange enivrant d'anticipation et d'excitation qui envahissait tout mon être, enflammant chacune de mes terminaisons nerveuses.

Avant que je ne puisse approfondir l'étreinte, il passa ses bras autour de ma cage thoracique et me fit basculer en arrière jusqu'à ce que mes mollets butent contre le petit lit une place. Je tombai et pus à peine reprendre mon souffle avant qu'il ne m'y rejoigne. Il nous installa de façon à ce que nous puissions nous allonger complètement sur le matelas avant qu'il ne se place au-dessus de moi. Son érection ferme buta contre mon entrejambe, et il était très tentant d'écarter largement les cuisses de façon à ce qu'il puisse se nicher plus intimement contre moi. Son souffle tiède effleura mes lèvres comme une plume et il plongea son regard dans le mien. Je me figeai sur place, terrifiée qu'il se retire et mette un terme à ce qui se passait comme il l'avait fait lors de la soirée. S'il recommençait, je fondrais sûrement en larmes, parce qu'il y avait trop de désir accumulé en moi…

Au lieu de ça, il baissa la tête, ajusta sa bouche d'une façon puis d'une autre, me couvrant de milliers de minuscules baisers.

— Tu as tellement bon goût… encore meilleure que la dernière fois, murmura-t-il en descendant plus bas et mordillant ma mâchoire avant de glisser le long de mon cou.

Pour toute réponse, incapable de mettre à la suite des syllabes qui fassent sens, je glapis. J'étais si étourdie par les sensations qu'il devenait impossible de former des pensées cohérentes. Lorsque je découvris ma gorge, il suçota la peau fine avant de me mordre et un tsunami de plaisir s'abattit sur moi, menaçant de m'attirer vers les profondeurs de l'océan.

Au moment où je menaçais de perdre complètement le contrôle, il se réfréna brusquement et ralentit. Ses mouvements devinrent presque paresseux alors qu'il commençait sa descente, partant de mes clavicules, la douceur veloutée de sa langue glissant sur la peau que ma chemise ne dissimulait pas. Il marqua un temps d'arrêt lorsqu'il arriva au premier bouton et je sentis l'air coincer dans mes poumons en entendant sa respiration laborieuse interrompre le silence et envahir mes oreilles jusqu'à ce que ce soit la seule chose dont je sois consciente et que tout mon monde se trouve réduit à lui et moi.

— On a tort de faire ça, grogna-t-il.

Je ne comprenais pas comment il pouvait dire ça quand rien dans ma vie ne m'avait paru plus une certitude que ce que nous faisions, et comme j'avais un peu peur de faire éclater cette étrange bulle où nous trouvions, je restai silencieuse.

— On ne devrait pas, poursuivit-il.

S'il s'arrêtait, il y avait de grandes chances que je brûle sur place. Il m'avait à peine touchée et déjà je me sentais sur le point de péter les plombs. Comme si tout mon corps s'était embrasé et que j'étais sur le point de brûler de l'intérieur. Je n'étais pas prête à ce que ça s'arrête. Ou qu'il me dise que c'était une autre erreur. Carson changea de position et s'appuya sur l'un de ses bras tandis que de l'autre main, il ouvrait le premier bouton de nacre. Le soulagement m'envahit.

Silencieusement, chaque bouton rencontra le même sort jusqu'à ce que tous soient ouverts, révélant une bande pâle de chair qui scindait mon torse en deux de ma clavicule à mon nombril, mon cœur se mit à battre la chamade alors que sa respiration se faisait plus laborieuse. Précautionneusement, il repoussa le tissu fin, découvrant mon soutien-gorge en dentelle. En dépit de l'obscurité relative de la pièce, je sentis la brûlure de son regard léchant chaque centimètre carré visible. Et encore, cela ne suffisait pas. Parce que j'avais besoin de plus.

— Dis-moi d'arrêter, gronda-t-il de plus belle, me sortant du tourbillon chaotique de mes pensées.

Incapable de suivre sa directive, mes dents s'enfoncèrent dans ma lèvre inférieure alors que je faisais signe que non. Carson poussa un grognement vaincu et un de ses doigts descendit de ma clavicule à l'agrafe frontale de mon soutien-gorge. Puis, continuant sa route, il s'arrêta à quelques centimètres de mon nombril. Je ne pus m'empêcher de trembler alors que son doigt remontait lentement dans la direction opposée et une fois à l'agrafe en plastique, il eut un moment d'hésitation.

— Dis-moi d'arrêter, réitéra-t-il, mais plus violemment cette fois.

Je fis signe que non de la tête parce qu'il m'était impossible de lui dire de faire une chose pareille. Un grognement furieux lui échappa alors qu'il ouvrait l'agrafe. Même ainsi, les bonnets du sous-vêtement continuaient de couvrir ma poitrine. Son regard était incendiaire et il changea une nouvelle fois de position.

L'air resta coincé dans ma gorge lorsqu'il repoussa d'une main le tissu, m'exposant à ses yeux. Sous l'effet de ce mélange capiteux d'air frais sur ma peau nue et de son regard attentif rivé sur moi, mes tétons se mirent à pointer. Un râle lui échappa avant qu'il ne baisse la tête et pose ses lèvres sur mon sein tendu, le prenant dans sa bouche. Mes paupières se refermèrent sous le coup du plaisir qui emplissait chacune de mes cellules, et je passai ma main dans ses cheveux épais, les posant sur son crâne pour le maintenir en place.

Je n'avais jamais expérimenté quelque chose d'aussi incroyable, chaque mouvement de ses lèvres me procurait un nouveau pic de plaisir qui allait droit à mon entrejambe, comme s'il existait un fil invisible reliant ces deux parties de mon corps. Incapable de rester immobile, je me trémoussai impatiemment sous lui, essayant de trouver un moyen de soulager l'avalanche de désir qui m'envahissait.

Au moment où il semblait que j'allais mourir sous ses caresses, il relâcha sa prise sans bruit et l'air frais sur ma peau humide me fit frissonner alors qu'il repoussait le tissu de l'autre côté pour donner à mon deuxième sein la même attention ardente.

Ses dents raclèrent ma peau, mordant délicatement la peau fine dans un mélange entêtant de douleur et de plaisir qui grimpait peu à peu jusqu'à devenir une véritable tempête. Un gémissement remonta du plus profond de moi alors que je me tortillais sous son corps musclé qui me maintenait en place. Ma culotte était trempée sous la sensation de son membre ferme à la jonction de mes cuisses. J'avais envie de quelque chose que je n'avais jamais expérimenté auparavant, mais que j'avais toujours voulu faire avec Carson.

Qu'il s'en soit ou non rendu compte, ça n'avait toujours été que lui. Il prit mon sein entre ses lèvres, le titillant pour la dernière fois avant de le lâcher et la petite pointe hypersensible était douloureuse après ce délicieux traitement. Sa boucha balaya un océan de peau récemment mise à nue, descendant plus bas à chaque caresse avant de passer sur mon nombril. Une fois qu'il arriva en haut de ma jupe en jean, il marqua un temps d'arrêt. L'air sembla s'épaissir et je sentis sa respiration rapide sur ma peau frissonnante.

Tout en moi se figea et je mordis ma lèvre inférieure parce que j'étais terrifiée à l'idée que ce fragile moment vole en éclats. Le temps se suspendit, et après quelques instants, il baissa lentement la tête jusqu'à ce que son front bute contre les muscles tremblants de mon ventre.

— Est-ce qu'un autre homme t'a donné un orgasme ?

Sa voix rauque était si grave et si emplie de désir que cela m'ébranla au plus profond de moi, ou peut-être était-ce cette question intime qui faisait danser en moi un million de papillons avant qu'ils ne prennent leur envol.

— Non, dis-je et même si j'étais embarrassée, j'étais incapable de mentir parce que s'il y avait bien quelqu'un qui devait connaître la vérité, c'était lui.

Comment aurais-je pu laisser un autre me toucher quand il était le seul auquel j'ai pu penser ou rêver.

Je vis son regard devenir possessif alors qu'il baissait la taille élastique de mon vêtement de quelques centimètres et effleurait ma peau du bout des lèvres. Il était si près de cet endroit de moi doué d'une vie propre que ça en était pratiquement douloureux.

La façon dont son souffle chaud passait sur moi était une véritable torture et je ne pus m'empêcher de me trémousser pour me rapprocher, il tira sur le tissu qui descendit le long de mes hanches, révélant le haut de mon sexe. Au moment où il y glissa sa langue, j'eus la sensation que mes poumons se vidaient de leur air. Un glapissement m'échappa alors que les sensations m'envahissaient de toute part, ricochant sur chaque cellule.

Son regard échauffé resta rivé sur le mien alors qu'il répétait la manœuvre, plus doucement cette fois-ci, et il me procura du plaisir jusqu'à ce qu'il devienne insoutenable, jusqu'à ce que je veuille m'arracher les cheveux et crier le désir qui envahissait toutes les fibres de mon être.

Avec ses pouces, il écarta mes petites lèvres, dévoilant mon clitoris, et ses coudes s'enfoncèrent dans mes cuisses, me prenant au piège alors qu'il se concentrait et léchait la petite boule de nerfs. La façon dont il passait sa langue dessus me procura une myriade d'électro-chocs et je me cambrai, tous mes muscles se crispant.

Ce fut presque comme s'il pouvait sentir à quel point je n'étais plus très loin de sauter dans l'abîme du plaisir et dans l'oubli car ses mouvements se firent plus insistants, ses pouces me retenant captive, exposant la partie la plus délicate de mon être alors qu'il continuait de me torturer. C'en était presque douloureux tant il vibrait d'intensité. Les sensations qui parcouraient mes veines, m'embrasant de l'intérieur, étaient trop intenses, et d'un moment à l'autre, j'allais craquer.

— Tu as tellement bon goût, grogna-t-il.

Ce dernier commentaire m'envoya dans la stratosphère, dépassant tout ce que j'avais connu jusqu'à ce jour, toutes les fois où je m'étais touchée en pensant à Carson. Même quand c'était satisfaisant et que ça me procurait les sensations attendues, ça n'avait rien eu de comparable avec ce moment. Et de loin.

Lorsque je ruai malgré moi des hanches, il me renfonça dans le matelas, me faisant garder les pieds sur terre alors que mon clitoris palpitait frénétiquement et que je continuais de convulser. Il me lécha jusqu'à mon dernier soupir de plaisir, qu'il me procura d'une langue experte, me faisant fondre dans le matelas, complètement ramollie. Je n'avais aucune idée de combien de temps cela lui avait pris, mais mon cœur battait dans mes oreilles et il me fallut fournir un véritable effort pour rouvrir les paupières alors que je regardais sans le voir le plafond.

Je sentis la respiration chaude de Carson sur moi, puis elle disparut. De ses doigts habiles, il remit ma culotte en place, remonta ma fermeture éclair et reboutonna ma jupe, le mouvement abrupt ébranlant la béatitude qui m'envahissait.

Une bordée de jurons lui échappa alors qu'il s'arrachait du lit et se levait. Le départ de son corps chaud me donna la sensation d'être exposée et vulnérable, et lorsque je le regardai, je vis qu'il baissait la tête. Même dans la semi-obscurité, je pouvais lire sur son visage un mélange d'émotions confus. Du bout de la langue, j'humidifiai mes lèvres gonflées et ouvris la bouche parce que je voulais lui dire quelque chose qui aurait fait disparaître la culpabilité et la colère qui lui déformaient le visage, mais rien ne me vint.

Sans plus un mot, il se retourna et se dirigea à grandes enjambées vers la porte de ma chambre. Lorsqu'il se figea sur place, j'eus un sursaut d'espoir. Je voulais l'aider à se débarrasser de la chape de plomb d'émotions qui semblait s'être posée sur ses épaules. Au lieu de ça, il prit la poignée de porte et l'ouvrit à la volée, disparaissant dans la pièce commune. La tension qui m'habitait commença à retomber alors que la porte de l'appartement se refermait dans un bruit sourd derrière lui.

Je pris une profonde inspiration, me demandant si ce qui s'était passé durant la dernière demi-heure avait vraiment eu lieu ou si c'était seulement le produit de mon imagination hyperactive. Pourtant, je savais que c'était bien réel. Parce qu'il y avait trop d'adrénaline dans mes veines, m'emplissant d'une étrange agitation, pour que ce ne soit pas le cas. Ce que j'ignorais, c'était si ça allait changer quelque chose entre nous.

CHAPITRE 20

ELLE

Une bourrasque glacée me suivit alors que je poussais les lourdes portes vitrées du snack surchauffé. Je m'arrêtai sur le seuil, balayant du regard la mer d'étudiants et professeurs qui passaient manger un bout pour essayer de trouver ma mère dans la foule. Tous les quinze jours, elle venait à Western pour qu'on passe un moment ensemble, et on se retrouvait parfois dans un restaurant pas loin du campus. Comme la répétition générale approchait à grands pas, je n'avais pas assez de temps pour qu'on puisse faire ça. Alors le repas de la cafèt' allait devoir faire l'affaire.

Je regardai un peu partout dans la vaste pièce ouverte, des rires et des éclats de voix m'inondant les oreilles. Au moment où j'allais récupérer mon téléphone dans mon sac, je la vis : elle s'était levée et agitait la main depuis l'autre bout de la salle. Une fois que je fus à sa hauteur, elle me prit dans ses bras et me serra brièvement contre elle avant que nous nous installions l'une en face de l'autre à table. J'eus la surprise d'y voir deux salades, des sandwichs et une boisson qui m'attendaient déjà. J'ouvris les boutons de ma veste, que je retirai et posai sans délicatesse sur le dossier de ma chaise.

— Tu as déjà commandé ? demandai-je.

— Je suis arrivée il y a un quart d'heure et je me suis dit que comme ça tu ne perdrais pas de temps, dit-elle.

— Merci maman, la remerciai-je avec un large sourire.

— Avec plaisir, j'ai trouvé que les salades César et les club sandwichs avaient l'air bons, et en dessert, ce sera des cookies aux pépites de chocolat, fit-elle avec un petit sourire.

— Hmm, ceux que je préfère, me réjouis-je.

Maintenant que j'étais assise avec toute cette nourriture étalée sur la table devant moi, mon estomac se mit à gronder et je me rendis compte que je n'avais encore rien mangé d'autre aujourd'hui que la banane que j'avais gobée avant de filer à mon premier cours le matin même.

— Comme je me doute que tu ne sais pas à quelle heure tu réussiras à dîner ce soir, j'ai pensé que tu aurais besoin de manger copieux ce midi, expliqua ma mère.

— Quand les répétitions s'éternisent, on a l'habitude de commander des pizzas, la rassurai-je.

— De tout ce que tu m'as dit, on dirait que ça se passe bien, tout sera prêt pour la générale ?

— Oui ! J'ai hâte que vous la voyiez, c'est hilarant, acquiesçai-je alors que l'excitation montait en moi comme un ballon surgonflé parce que je n'aimais rien de plus que l'anticipation du premier lever de rideau.

Elle ouvrit le contenant en plastique transparent avant de commencer à manger.

— Je me souviens être allée le voir au cinéma quand le film est sorti. C'était drôle, mais dans le genre sombre et satirique, dit-elle.

— Dès que j'ai su que ce serait la pièce de cette année, je l'ai regardé en streaming. Et oui, c'est très drôle. J'ai beaucoup aimé voir Christian Slater et Wynonna Ryder ensemble, répondis-je.

— Dans les années 80, c'était vraiment un bourreau des cœurs, répondit ma mère avec un large sourire.

Je me mis à manger aussi, et je continuai à lui parler de la pièce tandis qu'elle commençait son sandwich. Vous auriez pu croire que toute l'action était sur scène, mais ce n'était pas le cas : il y avait des gens qui trompaient leurs partenaires, et l'une des actrices principales disait du mal de sa doublure, et ce n'était que la partie visible de l'iceberg.

Comme toujours entre nous, la conversation était fluide. Même avant la mort de mon père, ma mère et moi avions toujours été proches. À présent, nous l'étions encore plus. J'imagine que c'était pour cette raison que j'étais encore plus peinée qu'elle ne m'ait pas immédiatement parlé de Theo. Au lieu de ça, elle m'avait pris par surprise, me l'annonçant lorsque je m'y attendais le moins.

Nous avions déjà bien mangé lorsqu'elle posa son sandwich et s'éclaircit la gorge.

— Nous n'avons pas eu l'occasion de discuter quand tu es venue dîner, qu'est-ce que tu penses de Theo ? demanda-t-elle.

Alors que je m'apprêtais à manger une bouchée de salade, je reposai précautionneusement ma fourchette en plastique dans mon bol. Je n'allais pas l'admettre à ma mère, mais j'avais fait de mon mieux pour éviter de parler de sa nouvelle situation. La pièce m'occupait tellement… on allait en rester là. Peut-être espérais-je que si je n'évoquais pas le sujet, ils se sépareraient et il n'y aurait pas besoin d'évoquer le fait qu'elle était en train de tourner la page après la mort de mon père. Mais à en voir son expression optimiste teintée de prudence, ce n'était pas le cas. Je connaissais assez bien ma mère pour savoir qu'elle ne nous l'aurait pas présenté si elle n'avait pas déjà quelques certitudes concernant le fait qu'il allait faire partie de son avenir. Bien que j'étais affamée quelque temps auparavant, le changement de conversation m'avait coupé l'appétit et je repoussai le bol.

— Il a l'air sympa, finis-je par admettre, remuant inconfortablement sur ma chaise.

J'espérais que cette réponse allait suffire et que nous allions pouvoir changer de sujet, parler d'autre chose, n'importe quoi d'autre. Mais à en juger son expression, ça n'allait pas être le cas. Elle hocha la tête et sourit, visiblement soulagée. À quand remontait la dernière fois qu'elle avait eu l'air aussi heureuse ? Il ne fallait pas longtemps pour deviner.

— Il est vraiment adorable, s'extasia-t-elle.

— Vous vous fréquentez depuis combien de temps ? demandai-je.

— Oh, eh bien, répondit ma mère en fronçant les sourcils, ça fait environ quatre mois.

Quoi ? Impossible… C'était impossible, me dis-je en clignant des yeux, incrédule.

— Quatre mois, répétai-je.

Quand bien même je ne vivais pas à la maison pendant l'année universitaire, j'étais tout de même surprise qu'elle ait réussi à nous dissimuler ça aussi longtemps. Je me redressai sur ma chaise en plastique alors que j'assimilais ce que je venais d'apprendre, puis je lui demandai si Brayden était au courant. En y repensant, il n'avait pas du tout fait de scène lorsque nous avions vu Theo dans la cuisine. Imaginer qu'elle ait pu faire confiance à mon frère mais qu'elle me l'ait caché fut particulièrement douloureux.

Son sourire retomba, son expression se fit plus sombre et elle tendit la main pour la poser sur la mienne.

— Bien sûr que non, je n'aurais jamais annoncé quelque chose à l'un d'entre vous sans le dire à l'autre, en particulier quelque chose d'aussi important que ça, dit-elle.

J'acquiesçai, légèrement tranquillisée par sa réponse. Mais toujours était-il que quatre mois… ça me semblait très long de dissimuler ça pendant aussi longtemps. Mon cerveau se mit à faire le compte et revint en arrière.

— Alors ça veut dire que vous avez commencé à vous fréquenter en juillet ?

— Oui, tout à fait, dit-elle en hochant la tête, mais avec plus de prudence.

— Alors, pourquoi n'avoir rien dit à ce moment-là ?

Ses épaules s'affaissèrent sous le poids de ma question, puis elle expira longuement.

— Quand Theo m'a proposé de sortir avec lui la première fois au mois de juin, j'ai refusé. Même si je sais que ça fait des années que ton père est décédé, je n'étais pas certaine d'être prête à fréquenter un autre homme ou à m'impliquer dans une relation, et il a eu l'air de comprendre ça, me disant que ça ne le dérangeait pas de rester amis.

Nous nous sommes retrouvés plusieurs fois pour prendre un café et c'était agréable. Simple. Il me faisait rire et je n'ai pas ri depuis longtemps, admit-elle, son regard sombre perdu dans le vague alors que j'avais l'impression qu'une poignée de sciure mouillée venait de se loger dans ma gorge. Après ça on a commencé à passer plus de temps ensemble, on a découvert tout ce que l'on avait en commun et j'imagine que c'est parti de là. Je ne voulais pas vous en parler tant que je n'étais pas certaine que c'était sérieux.

Elle haussa les épaules.

Il était terrifiant de me rendre compte que ma mère était déjà dans une relation sérieuse avec ce mec. Je comprenais qu'elle ne veuille pas présenter le premier mec venu à ses enfants, mais l'inconvénient était que l'on devait maintenant s'habituer à quelqu'un pour qui elle avait déjà des sentiments forts. Et inversement.

— Je voudrais que vous puissiez mieux connaître Theo. C'est important pour moi que vous l'appréciiez, je ne peux pas m'imaginer faire entrer dans notre famille quelqu'un avec qui toi ou Brayden ne s'entendrait pas.

J'expirai longuement et elle se tut. Il y avait tant d'émotions conflictuelles en moi qu'il était difficile de tout à fait savoir ce que je pensais ou ressentais. Étais-je heureuse pour ma mère ? Oui. Bien sûr. Mais est-ce que cela voulait dire que je voulais que quelqu'un prenne la place de mon père dans sa vie ou la nôtre ? Pas vraiment.

Comme je restais silencieuse, elle resserra sa prise sur ma main.

— Je crois que je suis prête à tourner la page et j'ai besoin que vous l'acceptiez pour que je franchisse cette étape. Ça fait tellement longtemps que nous formons une famille à trois, mais j'espère qu'il y a assez de place pour Theo dans nos vies à tous. Tu crois que c'est possible ?

Même si j'étais déchirée par la situation, je n'allais pas lui dire que je ne voulais pas apprendre à connaître son nouveau petit ami. Le mot me nouait le ventre. Ma mère avait un petit ami. *Petit ami.* C'était quelque chose qui m'avait inquiétée immédiatement après la mort de mon père. Mais quand le temps avait passé, les mois devenant des années, et qu'elle n'avait pas montré de véritable intérêt pour un autre homme, il semblait qu'on l'avait échappé belle. Et, plutôt égoïstement, j'appréciais que l'on ne soit que tous les trois et avoir ma mère pour moi seule.

Maintenant qu'elle était prête à tourner la page, je n'étais pas si certaine, parce que j'avais du mal à me faire à l'idée. Je voyais bien que ma mère était toujours jeune, belle et pleine d'énergie. Elle méritait d'avoir quelqu'un qui la rende heureuse et avec qui elle allait pouvoir passer le restant de ses jours. Elle m'avait toujours soutenue dans tout ce que je voulais faire. Même le théâtre. Elle avait bien compris qu'après l'université, je comptais déménager à New York et me faire un chemin jusqu'à Broadway.

Dans mon cours de théâtre, il y avait une poignée d'étudiants dont les parents avaient refusé de payer leurs études tant qu'ils ne choisissaient pas un cursus plus réaliste débouchant sur un bon travail qui paie bien et leur assurant des avantages, mais dans les faits, la plupart des gens qui faisaient des études d'art du spectacle finissaient par faire quelque chose de tout à fait différent. Même si rien ne jouait en ma faveur, je ne pouvais pas envisager une autre carrière. Peut-être qu'à un moment donné, j'allais changer d'avis et me concentrer sur autre chose, mais dans l'immédiat, je mettais toute mon énergie à la réalisation de mon rêve. Et c'était pour cette même raison que je finis par dire ceci à ma mère :

— Oui, maman, j'aimerais bien avoir l'occasion de mieux le connaître. S'il est disponible, il pourrait venir voir la pièce avec toi.

Je vis son regard s'embuer de larmes, elle était ravie.

— Merci, je crois que ça lui fera très plaisir !

Même si c'était difficile, je me forçai à sourire.

— Alors c'est un rencard !

CHAPITRE 21

CARSON

— *H*é, tu es prêt ou quoi ? On part dans dix minutes, me lança Brayden en sortant du salon où je me trouvais assis sur le canapé à jouer aux jeux vidéo.

Je gardai mon regard rivé sur le grand écran et fis signe que non.

— Non, désolé, je suis pas disponible ! dis-je.

Un silence étonné accueillit ma réponse, et je connaissais assez bien mon ami pour savoir qu'il devait me jauger du regard, perplexe. Je pouvais pratiquement sentir son regard brûlant et il me fallut toute la maîtrise de moi-même pour ne pas tenter de me dérober.

— Comment ça ?

Je m'éclaircis la gorge et fis de mon mieux pour éviter de croiser son regard.

— J'ai un tas de devoirs à finir ce soir. Je prends juste une pause de dix minutes et j'y retourne...

— C'est moche, tu n'as jamais loupé la générale de l'une de ses pièces.

Ça aussi, ça allait être une première. Je haussai les épaules.

— J'essaierai de voir une autre représentation la semaine prochaine.

Très honnêtement, je n'en avais pas l'intention. Je faisais de mon mieux pour l'éviter, et rester assis dans une salle de spectacle plongée dans l'obscurité à la regarder sur scène durant quelques heures n'allait pas m'aider à le faire.

Il fourra ses mains dans les poches de son chino.

— Je lui dirai, fit-il.

Je me permis de respirer à nouveau normalement lorsque je n'entendis plus le bruit de ses pas dans le couloir. Je relâchai la respiration que j'avais retenue jusque-là et jetai la manette sur la table basse en bois après que mon personnage termine mort et brûlé. Si ce n'était pas la métaphore parfaite de mon existence, je ne savais pas ce que c'était.

Caresser Elle avait été une énorme erreur. Une erreur que je regrettais lourdement, et pourtant, je ne pouvais pas m'empêcher d'y repenser et de fantasmer. Je n'allais pas vous dire combien de fois je m'étais enfermé dans la salle de bain et que je m'étais branlé en pensant à elle et revivant le moment où elle s'était défaite sous la caresse de mes lèvres et de ma langue, la façon dont elle avait agrippé ma tête, me tenant contre elle alors que je lapais son clitoris. Le souvenir seul suffisait à ce que ma queue commence à s'agiter dans mon short.

C'était exactement pour cette raison que je m'étais mis à l'éviter. Je m'accrochais aux derniers lambeaux de ma maîtrise de moi-même. Il n'était plus qu'une question de temps avant que je perde complètement le contrôle et que je prenne finalement celle qui n'avait jamais été destinée à m'appartenir. Le pire dans tout ça, c'était aussi que je mentais à mon meilleur ami, un gars qui avait toujours été là pour moi quelles que soient les circonstances, et je l'évitais autant que sa sœur parce que j'étais terrifié à l'idée qu'il découvre mon petit secret s'il se montrait plus attentif.

Brayden, Elle et Katherine Kendricks étaient comme ma famille et je ne pouvais pas prendre le risque de les perdre. Lorsque j'entendis claquer la porte d'entrée, mes épaules s'affaissèrent et j'enfouis mon visage dans mes mains ; j'aurais voulu qu'il y ait un moyen de la faire disparaître de ma tête une bonne fois pour toutes. Comment allais-je tenir le coup jusqu'à la fin de l'année sans poser mes mains sur elle ? Sans prendre sa virginité qu'elle avait gardée pour moi seul ? Lorsqu'elle m'avait appris ce qu'elle avait fait, la bête en moi s'était réveillée. C'était une torture délicieuse de réaliser qu'aucun autre homme ne l'avait touchée avant moi, qu'aucun autre homme ne s'était plongé dans son antre étroit et chaud et ne l'avait fait jouir avec sa queue. Je voulais lui donner tout ça. Et plus encore.

Lorsque je relevai la tête, je trouvai Asher qui me regardait, les sourcils froncés, l'air perplexe.

— Quoi ?

S'il avait posé une question, je n'avais pas la moindre idée de ce qu'il venait de me demander. Il pointa du doigt la manette avant de répéter en articulant soigneusement.

— Est-ce que tu joues pour le moment ?

Je fis signe que non.

— Non, vas-y ! dis-je.

J'avais l'esprit trop empli par Elle pour pouvoir me concentrer sur autre chose, y compris un jeu vidéo stupide, et je me sentais foutrement coupable de zapper sa pièce. Ça me dévorait déjà.

Asher se laissa tomber sur le canapé et récupéra la manette, attendant que le jeu charge. Le silence s'installa, puis il finit par me regarder du coin de l'œil.

— C'est quoi ton problème en ce moment ?

Je haussai les épaules avant de croiser les bras et de regarder sans le voir l'écran de la télévision.

— Je ne vois pas de quoi tu parles, tout va foutrement bien !

— Je ne suis pas sûr, on dirait que tu as un truc qui t'empêche de chier droit. Je me demande juste ce que c'est et comment on arrange ça.

Ce n'était pas une conversation que je voulais avoir.

En particulier avec Asher.

Et ce fut exactement pour cette raison que je sortis un gros bobard.

— Il y a pas mal de choses en ce moment, entre les qualifications, le championnat de conférence, sans parler des qualifs, la finale, le repêchage et les cours...

Quand j'eus fini de lister tout ce qui pouvait me peser ces derniers temps, je fus même surpris de voir que j'arrivais à garder aussi bien contenance. Si ce n'était que rien de tout ça ne me pesait. Je m'en sortais bien en cours, j'avais toujours eu d'excellentes notes sans fournir trop d'efforts. Il ne fallait pas m'en vouloir, mais plutôt au système. Et concernant les qualifs, on avait de grandes chances de gagner et d'arriver en finale, je ne voyais pas d'autre fin de saison possible pour moi. Un dernier trophée à ajouter à ma collection. En ce moment même, mon agent répondait aux appels de plusieurs équipes de la NFL qui étaient intéressées par ce que j'avais à offrir.

Alors clairement, rien de tout ça ne m'inquiétait.

— C'est Mini Kendricks, pas vrai ?

Je me redressai immédiatement, comme si on venait de m'empaler avec une grosse poutre.

— Qu'est-ce que tu viens de dire ?

Je ne l'avais pas bien entendu, c'était impossible. Son regard ennuyé se posa brièvement sur moi avant de se concentrer à nouveau sur le match à l'écran.

— Tu m'as entendu, est-ce que je dois vraiment répéter ?

Je secouai la tête et essayai de faire disparaître la boule qui s'était formée dans ma gorge et qui me rendait la respiration impossible.

— Je ne suis pas… commençai-je.

Il fit la grimace, et ça aurait pu être drôle si je ne me sentais pas aussi nauséeux.

— Allez, mec ! Le fait que tu essaies de le nier est embarrassant.

— Je ne… recommençai-je, humectant mes lèvres, les yeux écarquillés.

Asher pouffa et secoua la tête.

— Admets-le, Roberts, tu bandes à fond sur cette meuf !

— C'est pas comme ça, protestai-je, mais c'était difficile de parler les lèvres pincées.

Je ne voulais pas que l'on parle d'Elle comme ça, et à dire vrai, j'étais tenté de lui refaire le portrait pour l'avoir seulement suggéré…

— Oh-oh, mais alors tu admets que c'est pas juste une histoire de cul. Ça te monte à la tête aussi ! On dirait bien qu'on progresse. C'était vraiment si difficile ? fit-il avec un petit rictus roublard.

Je rougis.

— Je n'ai rien admis, contrai-je.

J'aurais voulu qu'il y ait un moyen d'échapper à cette conversation pénible.

— D'accord, alors rends-nous service à tous les deux et dis-moi que j'ai tort, dit-il, l'air soudain très intéressé.

Je ne pus que le dévisager en retour. Mais que se passait-il ? Depuis quand Asher était-il assez attentif pour remarquer autre chose que ce qui se passait sur un terrain de foot ou une meuf potentiellement baisable ? Dans cet ordre-là. Et je pouvais dire à la façon dont il m'aiguillonnait qu'il n'était pas près de lâcher le morceau. Je jetai un coup d'œil désespéré dans la direction de la salle à manger, espérant que je pourrais y trouver là quelqu'un que j'aurais pu ramener ici pour distraire Asher, mais il n'y avait personne. Il était étonnant que la maison soit aussi déserte à cette heure-ci de la soirée, mais où donc étaient-ils tous passés ? Avant que je puisse réorienter cette conversation à sens unique, il reprit :

— Tu es au courant que Bray va te botter le cul s'il apprend que tu craques pour sa sœur…

Ce fut le coup de grâce. Ma tête retomba lourdement contre le coussin et les mots m'échappèrent avant que je ne puisse les retenir.

— Heureusement que tu es là pour me le dire, j'aurais pas deviné tout seul ! rétorquai-je.

Lorsqu'il rit, je fis la grimace et me pinçai l'arête du nez. J'étais foutu.

— Maintenant que tu as fini par cracher le morceau et admis la vérité, qu'est-ce que tu vas faire pour te sortir de ce sacré pétrin ?

— Absolument rien, répondis-je.

De mon point de vue, j'avais passé tout ce temps sans céder à la tentation, exception faite de l'autre soir, donc je pouvais sûrement tenir le coup encore six mois. Ensuite, nos chemins se sépareraient. Loin des yeux, loin du cœur, pas vrai ?

— Je crois que tu te trompes, dit-il.

Je relevai la tête si rapidement que je manquai de me faire un coup du lapin.

— Qu'est-ce qui te fait dire ça ?

Son attention resta rivée sur l'écran.

— Parce que c'est évident que ça fait longtemps que tu as ces sentiments pour elle, ça m'a pas l'air d'être un truc passager…

Je clignai des yeux.

— Mais bordel, comment tu sais ça ?

— Mec, tu lui tournes autour depuis qu'elle est arrivée sur le campus l'an dernier. Dès qu'elle est ici, tu la colles et tu t'assures que tous les gars dans les parages gardent leur distance. Franchement, c'est même choquant que Kendricks ne se soit encore aperçu de rien.

Il avait raison. Je passai une main sur mon visage.

— Et on sait tous les deux que ça le rendrait dingue s'il venait à découvrir la vérité.

Asher ricana.

— Ah ça oui, je te le fais pas dire !

— Et ça foutrait sacrément en l'air notre amitié, ajoutai-je, plus pour moi que pour lui.

Il hocha la tête comme si je venais de dire quelque chose de très pertinent.

— Sûrement ! C'est une sacrée entorse au code d'honneur de l'amitié entre mecs !

Cette conversation ne m'aidait pas à me sentir mieux… à dire vrai, je me sentais encore moins bien qu'au début. Rappelez-moi pourquoi nous étions en train de parler de ça ?

— Écoute, je te connais depuis la première année et je ne t'ai jamais vu craquer pour une fille, même avant Mini Kendricks. Et maintenant, il semblerait bien que je sache pourquoi, insinua-t-il avec un regard qui me fit comprendre qu'il attendait une réponse, un regard qui était un vrai coup de poing dans le ventre.

Je pinçai les lèvres et le fusillai du regard, comme si j'avais besoin de lui pour savoir où j'en étais. Pour comprendre où j'en étais. Non merci.

— On dirait bien qu'elle est un peu plus qu'un coup d'un soir avec une groupie, je fais que te dire ce que j'en pense, hein, dit-il.

Lorsque mon expression se fit assassine, il haussa les épaules.

— Oui, eh bien peut-être que tu ferais mieux de garder ce que tu penses pour toi à l'avenir...

Il pencha la tête et haussa les épaules une nouvelle fois.

— Peut-être...

Un soupir de soulagement m'échappa lorsqu'il ne poursuivit pas. Asher était la dernière personne que je serais venu trouver pour avoir des conseils en matière de meufs, parce qu'il était vraiment con comme un balai. Il y a quelques semaines, avec ses conneries, il avait énervé la serveuse chez Taco Loco et on avait failli ne pas avoir de table ; on aurait pu manquer les tacos à volonté à cause de cette tête de nœud... Alors non, j'allais pas écouter ses conseils de sitôt !

— Tu crois qu'elle en vaut la peine ? demanda-t-il.

Lorsque je le regardai, perplexe, il leva les yeux au ciel.

— Tu pourrais suivre la conversation, s'il te plaît ?

Avant que je ne puisse lui dire que je ne voulais pas participer à cette conversation à sens unique qu'il m'imposait de force, il poursuivit :

— Est-ce qu'elle mérite tu foutes en l'air ton amitié avec Bray ?

Mes poumons se vidèrent de leur air. C'était la question à un million de dollars, pas vrai ?

— Si tu prends soin d'elle, j'imagine que Kendricks finira bien par accepter d'ici quelque temps... Disons quand vous serez tous ensemble à la maison de retraite en couches et déambulateurs...

Quelle image sympathique.

— Je crois qu'on peut tous se mettre d'accord sur le fait qu'elle pourrait choisir bien pire que toi, dit-il et il rit lorsque je lui fis deux doigts d'honneur. Tu vas vraiment manquer la répétition générale de sa pièce parce que t'essaies de te prouver un truc ?

Je remuai sur le canapé et lui jetai un regard noir.

— Est-ce que je te paie pour être mon psy sans le savoir ? Qu'est-ce qu'on fiche là ?

— Tout à fait, j'accepte la bière et la beuh, et ne t'avise pas d'acheter la merde que les Sig Ep vendent, dit-il en pointant sur moi un doigt accusateur.

Je levai les yeux au ciel, déjà envahi par la culpabilité de manquer quelque chose qui comptait tant pour Elle, ça me dévorait pratiquement. Je pensais seulement que...

Oh, bordel, je ne savais pas à quoi je pensais, mais avant que je ne puisse réfléchir davantage, je me levai et me dirigeai vers les escaliers.

— Allez, vas-y champion ! Va retrouver ta meuf et rends-moi fier !

— Je ne vais pas aller retrouver ma meuf, mais ça ne veut pas dire que je ne dois pas la soutenir... en tant qu'ami, ajoutais-je après une pause, parce qu'Elle ne serait *jamais* ma meuf.

— On te croit, mec, on se raconte tous des histoires pour réussir à dormir la nuit...

Je grimaçai avant de monter l'escalier au pas de charge. Foutu Asher Stevens, il fallait vraiment que ce mec se mêle de ses affaires et arrête de foutre son nez dans les miennes, où il n'avait pas du tout sa place.

Une demi-heure plus tard, j'étais douché de frais et j'avais enfilé une chemise bleu pâle et un chino. Le spectacle avait déjà commencé lorsque je me glissai dans la salle et que je trouvai une place au dernier rang. Dès qu'Elle entra sur scène, mon cœur rata un battement et je me penchai en avant pour mieux voir. La façon qu'elle avait d'illuminer la salle entière me souffla. M'avait toujours soufflé. Elle n'avait pas l'un des rôles principaux, alors chaque fois qu'elle disparaissait de ma vue, je m'impatientais et j'attendais qu'elle revienne.

Si j'étais capable de me maîtriser quand elle était impliquée, je nous aurais rendu service à tous les deux et j'aurais gardé mes distances. Je savais déjà que ça allait mal finir. À dire vrai, tout ce que je faisais, c'était tenter le diable. Si Asher, qui n'était franchement pas une lumière, avait réalisé ce que j'éprouvais, n'importe qui pourrait le faire tout aussi bien que lui. Il fallait que je dissimule mieux mes sentiments, et ce immédiatement.

Le dernier acte était sur le point de s'achever lorsque je remarquai un mouvement du coin de l'œil, attirant mon attention sur le côté de la scène. En regardant plus attentivement, je vis un gars qui se tenait debout les bras croisés non loin de la porte. Même si la salle était plus ou moins plongée dans l'obscurité, j'y avais passé suffisamment de temps pour que mon regard s'y soit habitué. Mais qu'est-ce que c'était que ce bordel ?

J'essayai de regarder attentivement l'homme et j'espérai sincèrement me tromper, même si au plus profond de moi, je savais que j'avais raison : c'était le foutu professeur qui avait emmené Elle dîner. Je serrai les poings et tous mes muscles se crispèrent. Même s'il y avait des tas d'explications rationnelles qui pouvaient justifier qu'il soit là, mon instinct me disait que c'était parce que Elle se trouvait sur scène et ce fut comme si j'avais avalé un énorme rocher qui me pesait sur l'estomac.

Mais qu'est-ce qu'il foutait ? Essayait-il vraiment de provoquer quelque chose entre une de ses étudiantes et lui ? Je jetai un coup d'œil vers la scène, où Elle venait de réapparaître. Au lieu de la regarder comme je l'aurais voulu, je me concentrai sur lui. La façon dont son regard se braquait sur elle sans jamais dévier m'indiqua que mon intuition était correcte. Le connard !

S'il n'y avait pas eu la foule pour m'empêcher de le rejoindre, je me serais précipité et je lui aurais arraché la tête. J'étais tellement déterminé à le garder à l'œil que je me rendis compte que la pièce n'était terminée qu'au moment où les lourds rideaux retombèrent et que le théâtre fut de nouveau baigné de lumière. Quelques instants plus tard, le rideau rouge remonta, révélant toute la troupe qui se tenait par la main et faisait la révérence. Le public assemblé se leva comme un seul homme et les applaudissements envahirent la salle.

Elle était radieuse, elle n'était jamais aussi heureuse que sur scène. Elle était une actrice née et ç'avait toujours été pour elle une source de joie. J'étais heureux de ne pas avoir manqué ça. Je m'en serais voulu des mois durant si j'avais gardé mes distances. Ça me faisait chier d'admettre que c'était grâce à Asher que j'étais venu. J'espérais juste qu'il arriverait à garder sa grande gueule fermée quant à la conversation que nous avions eue.

Lorsque le rideau tomba pour la seconde fois, je me tournai à nouveau vers monsieur « Je suis un pervers qui veut profiter des gamines dans ma classe », mais il s'était volatilisé. Bordel de merde ! Je tendis le cou, balayant la foule du regard, mais ne le vis nulle part. Je me demandai brièvement si mes yeux ne m'avaient pas joué des tours et qu'il n'avait jamais été là.

Au moment où j'allais sortir furtivement de la salle, on m'interpella. À une douzaine de rangées de moi, j'aperçus Katherine, le type qu'elle fréquentait, Brayden et Sydney qui remontaient l'allée centrale dans ma direction. Une fois qu'ils furent à ma hauteur, Katherine me serra brièvement dans ses bras et une fois qu'elle m'eut relâchée, je serrai la main de son petit ami.

— Je croyais que tu pouvais pas venir ? fit remarquer Brayden en fronçant les sourcils.

Je haussai les épaules et essayai de la jouer cool. Parce qu'après la conversation que j'avais eue avec Asher, je ne voulais pas faire quoique ce soit qui lui donne raison.

— Je me suis arrangé, c'est pas grand-chose, dis-je.

— C'est vraiment adorable de ta part, je sais qu'Elle sera très touchée de savoir que tu es venue pour la soutenir, dit Katherine en souriant.

— Bien sûr, il faut vraiment que je retourne bosser, la nuit sera longue, poursuivis-je en faisant mine de me diriger vers les doubles portes pour battre rapidement en retraite.

Il était temps pour moi de me barrer. Mais avant que je ne puisse partir, Elle rejoignit notre petit groupe, toujours tout sourire, le visage radieux. Elle devait ressentir la même chose que moi après un match où nous avions anéanti nos adversaires et je ne pouvais qu'imaginer l'adrénaline qui déferlait dans ses veines. Elle avait l'air d'être sur un petit nuage. Il était tentant de l'observer et de la dévorer du regard.

Le petit ami de Katherine s'avança et lui tendit un bouquet de fleurs fraîches soigneusement emballé. La surprise illumina son regard et elle enfouit son nez dans les fleurs.

— Merci ! Elles sont superbes !

— Tu étais absolument merveilleuse, la pièce était géniale et j'ai dit à ta mère que l'on devrait revenir la voir, fit Theo.

Merde, j'aurais vraiment dû aller chercher des fleurs. Pourquoi n'avais-je pas pensé à ça ?

— Il faudra qu'on trouve une date la semaine prochaine, acquiesça Katherine.

Brayden et Sydney la félicitèrent et la serrèrent dans leurs bras à tour de rôle.

— Hé, Elle ! C'était du bon boulot ! dit un gars en costume qui s'approchait d'un pas nonchalant.

— Toi aussi tu as fait du bon boulot, fit Elle.

— Tout le monde va chez Anthony pour l'after, tu viens avec nous ? demanda-t-il.

Il regarda notre petit groupe et ajouta que nous, ses amis, étions les bienvenus si nous souhaitions nous joindre à eux. Elle hocha la tête avant de nous demander si nous étions intéressés.

— Bien sûr, répondit Sydney, coupant l'herbe sous le pied de Brayden qui aurait certainement eu une réponse très différente.

Je le gratifiai d'un sourire narquois.

— Génial ! Je vais me changer et on pourra y aller, se réjouit Elle.

Elle serra sa mère dans ses bras, puis Theo, avant de repartir vers les coulisses. Le théâtre était clairement son élément et je ne pouvais imaginer autre chose qui la rende aussi heureuse. Maintenant que j'étais venu et que j'avais fait ce que j'avais à faire, il était temps pour moi de décoller. Je fis mine de partir une seconde fois, m'éloignant d'un pas.

— Je crois qu'il faudrait que...

— Hors de question, mec ! Si je me tape une soirée d'artistes, toi aussi, lança Brayden en passant un bras autour de mes épaules.

— Mais je dois... protestai-je en grognant.

— Pas de bol ! Mais on ne restera pas longtemps...

Il me retourna le sourire narquois dont je l'avais gratifié trente secondes auparavant.

Connard.

CHAPITRE 22

ELLE

Il y avait dans l'air un frisson d'excitation alors que je m'arrêtais pour discuter avec les différents groupes de gens qui s'étaient réunis pour fêter le succès de la générale. Tout le monde était là : la troupe, l'équipe technique, les costumiers, les décorateurs, les éclairagistes, les ingénieurs son et le metteur en scène.

C'était notre première représentation et nous avions tout déchiré. Il y avait de fortes chances que les prochaines se passent tout aussi bien et rencontrent autant les faveurs du public. Je sentis de grandes mains se poser sur moi et me faire pivoter. Je poussai un petit cri lorsque je sentis mes pieds quitter le sol.

– Meilleur. Spectacle. De tous les temps, se réjouit Mike.

J'agrippai ses épaules parce que la dernière chose dont j'avais besoin, c'était tomber et me casser une jambe. Ça poserait un sacré problème.

— Tout s'est passé sans anicroche, dis-je.

— Tout à fait, et on espère que ça continuera de s'améliorer, dit-il tout sourire en me reposant sur le sol.

Je gardai mes bras sur ses épaules.

— Qu'est-ce qu'il lui arrive au grand blond à l'air morose dans le coin, ça me pose vraiment question ? me demanda Mike dans un murmure.

Je n'avais pas besoin de regarder par-dessus mon épaule pour savoir de qui il parlait. C'était Carson. Incapable de m'en empêcher, je tournai la tête pour le regarder. Je sentis mes veines et mes terminaisons nerveuses crépiter. Je ne lui avais pas parlé et ne l'avais pas vu depuis le soir où je l'avais trouvé dans ma chambre. Depuis son départ, je n'étais pas certaine de savoir où nous nous situions l'un par rapport à l'autre.

Encore maintenant, je n'étais pas certaine. Le silence radio qui avait suivi l'incident semblait indiquer clairement la réponse.

— Rien, on se connaît depuis qu'on est gamins... il est comme un frère pour moi, dis-je.

Je m'étais forcée à ajouter la dernière partie de ma phrase. Le regard méfiant de Mike passa de Carson à moi comme s'il essayait de silencieusement résoudre une énigme.

— Eh bien moi, je crois qu'il se pourrait bien que tu mentes.

Voulant éviter cette conversation, je détournai le regard.

— Non, je ne mens pas !

— Ah ah ! Tu craques pour lui, exulta-t-il.

Je lui claquai le bras.

— Chut ! Il va t'entendre !

Mike leva les yeux au ciel et soupira.

— Depuis l'autre bout de la pièce ? Parce qu'à moins qu'il sache lire sur les lèvres, j'en doute ! T'inquiète pas, ton secret est en sécurité avec moi.

Mes joues s'échauffèrent.

— Je ne sais pas vraiment si c'est un secret, avouai-je.

Mike releva la tête et me fit signe de lui en dire plus.

— Raconte, je suis tout ouïe.

Évidemment qu'il l'était ! Mike adorait les ragots croustillants. Bon, à vrai dire, lui et moi adorions les ragots croustillants et c'était comme ça qu'on avait fini par devenir amis durant les cours de théâtre.

— J'ai peut-être oublié de te dire que je me suis... préservée...

pour lui.

Il ouvrit grand les yeux et la bouche.

— J'y crois pas ! J'adore ! Tu lui as dit ? Est-ce qu'il t'a sauté dessus ? Évidemment qu'il a dû te sauter dessus, et j'imagine que ça devait être génial, s'enthousiasma Mike en braquant son regard sur le joueur de football.

Je détournai le regard, embarrassée de partager avec quelqu'un d'autre ce qui s'était passé ce soir-là.

— À peine... dis-je.

Plutôt le contraire.

— Laisse-moi deviner, tu as pris les choses en main et c'est toi qui lui a sauté dessus ?

Je secouai la tête.

— Personne n'a sauté sur personne, admis-je.

Son enthousiasme retomba.

— Eh bien, c'est une fin plutôt décevante à cette histoire...

Je ne pris pas la peine de lui dire que la dernière fois que nous avions été ensemble dans la même pièce il m'avait fait jouir avant de rapidement quitter ma chambre. Pinçant les lèvres, Mike changea de position et continua de le regarder.

— Tu crois qu'il pourrait jouer pour l'autre équipe ? Ou... qu'on pourrait le convaincre d'essayer ? Parce que tu me connais, je suis toujours d'attaque pour un défi, dit-il, le regard pétillant d'excitation.

— Absolument pas ! répondis-je en riant.

— C'est vraiment dommage parce que c'est évident que ce mec est un bon coup, soupira Mike.

Je tournai la tête pour voir Carson et un frisson remonta le long de mon échine. Dès mon arrivée, j'avais été très consciente de sa présence. Peu importe où j'étais ou avec qui je parlais, je pouvais sentir son regard brûlant m'embraser. Plus nous nous regardions, plus il devenait difficile de détourner le regard. Il pouvait nier tant qu'il voulait, il y avait entre nous quelque chose de palpitant qui nous tirait l'un vers l'autre. Ou bien étais-je la seule à ressentir ça ? Parce qu'après ce qui s'était passé l'autre soir, je n'en étais plus aussi certaine.

— Une chose est certaine, le mec ne peut pas détacher le regard de toi ! Il a l'air prêt à foncer jusqu'ici, te prendre sur son épaule et t'emporter loin d'ici. Et moi, je serais prêt à payer une jolie somme pour voir ça !

L'idée que Carson fasse une chose pareille fit naître un brasier de désir dans mon bas-ventre.

— Ce n'est pas comme ça… dis-je.

Parce que c'était prendre mes désirs pour des réalités.

— Oh, mais ça pourrait très bien l'être, parce qu'autrement, pourquoi serait-il là ?

— Il est venu avec mon frère et sa copine, il est juste aussi surprotecteur que Brayden, dis-je en haussant les épaules.

— Hmm, en parlant d'eux, tu les vois toi ? demanda Mike en balayant la foule du regard.

Détachant mes yeux de Carson, j'essayai de les retrouver aussi, en vain.

— Bonne question ! Peut-être qu'ils sont allés se chercher quelque chose à boire dans la cuisine…

Mike retira son bras qui était toujours autour de ma taille avant de me pousser dans la direction de Carson.

— Tu devrais lui tenir compagnie en attendant leur retour, il a l'air un peu solitaire. Et puis j'ai remarqué que cette connasse de Sara lui tournait autour comme un requin affamé. Une fois qu'elle y aura planté ses dents, elle ne fera qu'une bouchée de lui. Je l'ai déjà vue faire et crois-moi, ce n'est pas joli à voir.

Grimaçant, je regardai attentivement la foule.

— Quoi ?

— Je suis étonné que tu n'aies pas remarqué, dit-il en montrant l'actrice principale qui avait été choisie pour jouer le rôle de Veronica.

Elle était canon, avec de longs cheveux blond doré, et à en croire les bruits qui couraient dans la troupe, elle avait eu le rôle parce qu'elle couchait avec le metteur en scène. Je n'avais aucun moyen de le prouver parce qu'elle flirtait avec tout le monde.

Je la regardai se frayer un chemin d'un groupe à l'autre, se délectant de l'adoration et des félicitations qu'elle recevait à chaque fois. Et bien qu'il me peinait de l'admettre, elle avait été fantastique. Elle avait tapé dans le mille à chaque fois, fait rire le public aux bons moments, et elle s'était dépassée sur scène tout le spectacle durant.

Il ne me fallut qu'une seconde pour me rendre compte que Mike avait bien jaugé la situation et c'était comme si elle avait rivé son regard sur sa cible, qui se trouvait être Carson. Une vague brûlante de jalousie m'envahit avant que je ne puisse la faire taire. Ça n'avait rien d'inhabituel parce que j'avais passé des années à regarder les filles lui tourner autour.

— Houlà ! On dirait bien que Sara le requin est décidée à achever sa proie.

Avant que je puisse y réfléchir à deux fois, je me frayai un chemin à travers la foule avec mes coudes. Derrière moi, Mike riait.

CHAPITRE 23

CARSON

Il fallait qu'on m'explique ce que je foutais là. Je portai la bouteille à mes lèvres, mon regard se rivant sur Elle tandis qu'elle parlait avec Mike. Il fallait vraiment que j'arrête de lui tourner autour et de faire comme si elle m'appartenait. Elle n'allait jamais m'appartenir. Jamais. Vraiment jamais. Les choses étaient comme ça, et puis c'était tout. Fin de l'histoire.

Asher ne s'était pas trompé sur une chose, et c'était à quel point Brayden allait être furax s'il venait à apprendre la situation.

— Salut !

Je clignai des yeux et me rendis compte que quelqu'un s'était rapproché de moi alors que je ne faisais pas attention. J'avais passé la dernière demi-heure seul dans mon coin à mater Elle comme un foutu pervers. Étais-je conscient que j'avais encore davantage perdu ma dignité et que je devrais certainement chercher à remédier à ça ? Oui !

Je me retournai et m'écartai légèrement.

— Salut !

— Moi, c'est Sara, se présenta-t-elle en rejetant ses longs cheveux blonds sur son épaule d'un geste étudié.

— Carson, dis-je en m'éclaircissant la gorge.

Je me forçai à ajouter que j'étais content de faire sa connaissance.

— Je te connais, je suis une grande fan des Wildcats ! lança-t-elle en se rapprochant et envahissant une nouvelle fois mon espace personnel.

— Oh. Eh bien, merci !

Elle sourit, révélant des dents d'un blanc brillant.

— On dirait que la fête tire sur sa fin, est-ce que ça te tente qu'on...

— Bonsoir ! Je ne vous dérange pas, j'espère...

Je tournai la tête. Elle glissa son bras sous le mien avant de regarder l'autre fille d'un œil assassin.

— Oh... bonsoir... J'imagine que vous vous connaissez tous les deux, lâcha Sara.

Son sourire retomba lorsqu'elle vit la façon qu'Elle avait de me tenir le bras, et ça n'avait pas l'air de l'enchanter. Elle se rapprocha davantage de moi.

— Oui, Carson est un vieil ami de la famille !

Le regard bleu de Sara s'illumina.

— Alors... vous n'êtes pas ensemble ?

Je haussai les sourcils. En voilà une qui n'avait pas froid aux yeux !

— Désolée Sara, mais il n'est pas disponible.

Sara eut l'air de me demander du regard si c'était le cas. Je fis signe que non.

— Hmm, c'est vraiment dommage ! Après la pièce, j'aurais vraiment apprécié une partie de jambes en l'air chaude bouillante avec un mec sexy. Peut-être la prochaine fois, dit-elle.

Elle fit la moue et passa un ongle long sur mon torse. Elle me salua d'un petit geste de la main et s'en alla d'un pas nonchalant sans se retourner. Je ne pus que la regarder disparaître dans la foule avant de me tourner vers Elle, le regard interrogateur. Son bras était toujours agrippé au mien.

— C'était un peu flippant, dis-je.

Elle pouffa et la tension qui lui crispait les muscles retomba.

— Sara est un barracuda. Elle n'aurait fait qu'une bouchée de toi avant que tu te sois rendu compte de quoi que ce soit.

Merde.

— J'en doute pas.

Maintenant qu'elle m'avait sauvée, un silence gênant s'installa alors qu'elle relâchait sa prise et commençait à s'éloigner. Détournant le regard, Elle regarda les alentours.

— Où sont Brayden et Sydney ?

— Ils sont partis il y a environ une demi-heure.

Elle fronça les sourcils et me regarda à nouveau.

— Pourquoi tu n'es pas reparti avec eux ?

Je haussai les épaules, me rendant compte que cette question pourtant tout à fait innocente était un vrai champ de mines et qu'il fallait avancer avec précaution.

— Je ne savais pas comment tu rentrais chez toi et je ne voulais pas que tu fasses le trajet seule à pied.

— Ah... Est-ce qu'on devrait parler de ce qui s'est passé l'autre soir ? demanda-t-elle en regardant ses ongles, le visage empourpré.

Je sentis l'air devenir plus dense.

Oh, ça non.

Ce sujet de conversation était encore plus dangereux que l'autre.

— Y a pas de raison, c'était une erreur qui ne se reproduira pas.

Ses joues pâlirent et elle braqua son regard sur moi.

— Tu le penses vraiment ? demanda-t-elle.

Malgré la musique forte et le brouhaha de la foule, j'entendis parfaitement ce qu'elle venait de murmurer.

— Oui, je le crois, me forçai-je à mentir, ce qui ne fut pas sans effort.

Elle eut l'air d'un chiot que l'on venait de rouer de coups et elle mordit sa lèvre inférieure. Il me fallut toute ma maîtrise de moi-même pour ne pas la prendre dans mes bras et faire disparaître son expression triste dans un baiser. Pour ne pas lui dire que je ne pensais pas un mot des conneries que je venais de dire. Mais c'était mon manque de maîtrise de moi qui m'avait mis dans ce pétrin en premier lieu, et il fallait que je garde contenance et remette notre relation d'aplomb. Si c'était encore possible.

Elle se redressa de toute sa hauteur, et ce fut les lèvres pincées qu'elle me répondit :

— Tu n'as pas besoin de t'inquiéter et de rester à la fête pour m'attendre, Mike me raccompagnera.

Même si j'aurais dû lui dire au revoir et foutre le camp d'ici, mes pieds refusaient d'obéir aux ordres de mon cerveau. Réticent à partir, je me dandinai sur place.

— Tu en es sûre ? demandai-je.

— Affirmatif !

Avant que je ne puisse lui dire au revoir, elle se retourna et disparut dans la foule. Ç'aurait été mentir de ne pas admettre qu'une voix dans ma tête exigeait de moi que je la suive. Mais comment pouvais-je faire ça ? Comment pouvais-je céder à cette envie profonde que j'avais d'elle quand ça ne finirait que par anéantir une autre relation par la même occasion ? Peut-être ne le comprenait-elle pas, mais je faisais ce qui devait être fait.

CHAPITRE 24

ELLE

Est-ce que tu pourrais rester un moment après le cours ?

Je regardai l'écran de mon téléphone avant de relever la tête vers l'estrade de l'amphi où s'attardait Holloway. Son regard était déjà rivé sur moi et ses yeux bleus reflétaient la question qu'il venait de me poser par texto. Je hochai imperceptiblement la tête pour lui répondre silencieusement avant de me concentrer à nouveau sur les problèmes qu'il nous avait distribués quelques minutes auparavant. Une étrange sensation commença à m'envahir, parce que ça me paraissait un peu étrange qu'il m'envoie un texto plutôt que de me poser la question en personne une fois le cours fini. Dès que cette idée se fut frayé un chemin dans mon esprit, je tentai de m'en débarrasser.

J'avais été seule avec lui à plusieurs reprises et il n'avait jamais fait ou dit quoique ce soit d'inapproprié, rien qui ne puisse me laisser croire qu'il était autre chose qu'un enseignant se souciant de son étudiante. Alors que j'étais en train de jeter un coup d'œil à la pendule au mur, sa voix coupa les bavardages étouffés des étudiants.

— Bon, on se retrouve ici vendredi, et si vous avez des questions sur le devoir, venez me trouver à ma permanence demain après-midi, n'ayez pas peur de passer !

Je refermai brutalement mon livre et le fourrai dans mon sac.

— Eh, ça te tenterait pas d'aller prendre un café avant ton prochain cours, tu sais que je suis accro à celui à la citrouille...

C'était l'une des boissons préférées de Mike, et même si ce n'était pas l'opinion la plus populaire, j'avais horreur de ça. C'était probablement la seule chose sur laquelle Mike et moi étions en désaccord. Violemment.

— Non, il faut que je reste après le cours pour parler avec monsieur H.

— Si ça dure pas longtemps, ça ne me dérange pas de t'attendre, j'ai un peu de temps à perdre, répondit Mike.

— Honnêtement, je sais pas combien de temps ça va durer, tu ferais mieux d'y aller sans moi, comme ça tu pourras aller chercher ton café. Je me maudirais si tu tombais de sommeil pendant ton prochain cours à cause de moi, dis-je avec un petit sourire.

— Meuf, même avec du café en intraveineuse, je m'endormirai en sciences politiques...

Nous nous levâmes et remontâmes l'allée centrale. Me saluant d'un geste de la main, il rejoignit la meute d'étudiantes qui sortait lentement de l'amphi tandis que je me dirigeais vers l'estrade où m'attendait le prof.

— Bonjour, vous vouliez me voir ? demandai-je.

Ses lèvres s'ourlèrent en un sourire et des petites rides se formèrent au coin de ses yeux.

— Oui, merci d'être restée ! Est-ce que tu as quelques minutes pour qu'on discute ?

— Je reprends les cours à midi, dis-je en acquiesçant.

— OK, très bien ! Tout d'abord, je voulais te dire que je suis allé voir la pièce hier soir, c'était fabuleux, toute la troupe était incroyable !

— Merci ! dis-je.

La gêne que j'éprouvais se dissipa avec son compliment. J'étais encore sur un petit nuage. Ce week-end avait lieu la première de la pièce et j'étais surexcitée parce que c'était incroyable de voir une pièce prendre forme après avoir versé du sang, de la sueur et des larmes pour qu'elle voie le jour. Tant de soirées passées à répéter le texte et manger de la pizza froide tout en tentant de caser mes devoirs.

Il sortit une feuille qu'il me tendit.

— C'est ton devoir de l'autre jour, félicitations ! Il est clair que tous tes efforts supplémentaires dans la matière ont payé !

Mon regard retomba sur la feuille, et c'était la première fois que l'un de mes devoirs n'était pas tant couvert de rouge qu'on aurait pu le prendre pour un pauvre animal en train de se vider de son sang. Et même si c'était une bonne nouvelle, il me fallait encore faire un sacré bout de chemin pour réussir à remonter ma moyenne et je n'avais pas beaucoup de temps pour ça.

— Peut-être qu'avec un peu de chance, je pourrais m'en tirer avec un 11.

Croyez-moi, je ne me plaignais pas de ça.

Il rit avant de changer de position pour se rapprocher de moi.

— Je sais que ça peut paraître effrayant, mais c'est tout à fait faisable. Si ça t'intéresse, j'ai de quoi te donner quelques points supplémentaires, dit-il.

— Bien entendu, acquiesçai-je parce que j'étais toujours intéressée à l'idée de gagner quelques points supplémentaires.

On ne savait jamais quand ça pouvait s'avérer utile. Avec ce cours-là, je prendrais tous les points que je pourrais gruger.

— Très bien, fit-il et son sourire s'élargit, j'ai de la paperasse qui a besoin d'être organisée et ça ne devrait pas te prendre plus de quelques heures. Ça n'a rien de pressant qui doive être fait en une seule fois. Je sais que tu as pas mal à faire entre tes autres cours et la pièce, alors tes horaires sont les miens.

Je changeai mon sac à dos de position sur mon épaule tandis que j'assimilais ce qu'il venait de dire.

— Vous voulez que je trie de la paperasse dans votre bureau ?

— C'est exactement ce que je veux, dit-il avec un regard malicieux. Est-ce que tu espérais quelques pages de problèmes de statistiques ?

— Peut-être bien que oui, répondis-je en riant.

Il haussa les épaules comme s'il contemplait sérieusement l'idée.

— Eh bien, s'il n'y a que ça pour que tu passes un meilleur moment, je peux te donner davantage de travail…

Plus de statistiques ?

— Non, merci ! J'ai déjà assez de soucis avec les devoirs, dis-je en secouant rapidement la tête.

— Eh bien, il me semble que ça pourrait être une situation mutuellement bénéfique, répondit-il.

Il avait raison. Enfin, probablement. Lorsqu'il eut fini de ranger ses affaires dans son attaché-case, il s'en saisit et descendit de l'estrade.

— Prête à partir ?

— Oui, acquiesçai-je.

Nous remontâmes côte à côte l'escalier couvert de moquette jusqu'à la sortie.

— Beaucoup d'étudiants doivent profiter de cette offre, lançai-je.

Je n'étais certainement pas la seule à avoir des notes médiocres dans cette matière. Chaque fois qu'il rendait des devoirs, il y avait toujours plein de gens qui se plaignaient de leurs notes.

Le prof regarda fixement devant lui.

— Tu es la première personne à qui je le propose, alors si ça ne te dérange, j'aimerais que ça reste entre nous pour l'instant.

Ah.

Avant que je ne puisse disséquer son commentaire, il embraya :

— Je suis sûr que d'ici la fin du semestre, des tas d'étudiants vont passer me voir et me supplier de leur donner une chance d'améliorer leur moyenne. Tout le monde n'est pas aussi consciencieux que toi, expliqua-t-il en me regardant.

Hmm. Ça me paraissait cohérent. Il tendit le bras et ouvrit la porte avant de me sourire.

— Après toi !

— Merci, dis-je.

Une fois dans le couloir, mon attention se porta sur l'athlète blond qui s'y trouvait et je me figeai sur place. Ses bras musclés étaient croisés sur son torse et il était adossé contre le mur de briques. Le regard méfiant, la bouche pincée. D'un seul coup d'œil, je vis qu'il était furax.

— Carson ? Qu'est-ce que tu fais là ? demandai-je alors que l'angoisse rendait ma voix suraiguë et nasillarde.

— Je voulais qu'on discute après ce qui s'est passé hier soir.

Son regard pesant me fit me dandiner sur place. Mon cœur accéléra et, à tout moment, mes genoux menaçaient de se dérober sous moi. J'allais me retrouver par terre en un amas confus. Je sentis la tension crépiter dans l'air tandis que le prof qui remontait le couloir arrivait à ma hauteur. Dans le regard de Carson, je vis sa rage et il se redressa de toute sa hauteur, s'avançant d'un pas.

Au moment où je pensais étouffer tant le silence était suffocant entre nous trois, Holloway s'éclaircit la gorge.

— On se voit vendredi, Elle ! Porte-toi bien et encore félicitations pour ta pièce !

— Merci, dis-je d'une voix sourde, soulagée qu'il parte avant que Carson ne débloque complètement.

Il regarda mon enseignant partir d'un air désapprobateur avant de planter son regard incisif dans le mien. À présent, le couloir était désert et le seul bruit était celui des pas du professeur qui s'éloigna jusqu'à disparaître de notre vue.

— Qu'est-ce que tu foutais seule avec ce gars ? demanda-t-il.

Son ton était si grave et tendu que je sentis quelque chose se nouer au creux de mon ventre et un frisson me parcourut l'échine.

— Rien, on sortait juste de cours.

Attendez une minute…

Je ne devais aucune explication à Carson Roberts, j'étais libre de faire ce que je voulais, quand je voulais, et ce quoiqu'il puisse en penser. Je redressai les épaules et la tête.

— Mais c'est pas comme si ça te regardait, contrai-je.

Ce dernier commentaire sembla l'énerver encore davantage et il franchit en deux grandes enjambées les quelques mètres qui nous séparaient avant d'agripper mon poignet.

— C'est là où tu te trompes, fit-il.

Un glapissement de protestation m'échappa alors qu'il me traînait le long du couloir, et je manquais de tomber alors que je tentais de suivre son rythme. Au moment où j'envisageai de me débattre, il m'avait traîné jusqu'à une classe déserte et avait claqué la porte derrière nous. Le cliquetis du verrou résonna dans la pièce comme un coup de feu et je le regardai, les yeux exorbités et le cœur au bord des lèvres. Nous étions si proches que je pouvais voir les nuances de bruns et de verts qui dansaient dans ses iris. Ce ne fut qu'à ce moment-là que je me rendis compte que j'étais allée trop loin.

CHAPITRE 25

CARSON

Une fois enfermés dans la pièce déserte et qu'elle ne pouvait pas s'échapper, je relâchai ma prise sur elle avant de reculer de quelques pas. Si je voulais garder la tête froide, il fallait que je mette un peu de distance entre nous. Lorsqu'elle était si près de moi, je pouvais sentir le parfum de fleurs de son shampooing, me plonger dans son regard sombre, sentir son pouls palpiter sous mes doigts. Je perdais la tête et c'était bien la dernière chose dont j'avais besoin. Bien que je ne l'aie pas attrapée brutalement, elle se frottait doucement le poignet en faisant des petits cercles, me regardant avec méfiance.

— Je te l'ai déjà dit, je ne veux pas te voir traîner avec ce mec, dis-je.

Le simple fait de les imaginer seuls me faisait voir rouge. Ça me donnait envie de le démembrer.

— Tu es vraiment ridicule, c'est mon prof et on sortait ensemble de l'amphi.

Son explication me laissa de marbre et je haussai les sourcils.

— Dix minutes après la fin du cours ? Qu'est-ce que tu faisais ?

À dire vrai, j'imaginais très bien ce qu'il essayait de faire. Essayer de l'entourlouper pour avoir plus de temps seul avec elle. Connard.

— Il voulait discuter d'un devoir, expliqua-t-elle.

Bon.

— Alors tu vas me dire que vous n'avez parlé de rien d'autre qu'un devoir de statistiques ? demandai-je en penchant la tête sur le côté.

Je remarquai qu'elle se mordait la lèvre inférieure, son regard se tournant vers la fenêtre. Oui, ils avaient sûrement parlé d'autre chose. Lorsqu'elle déglutit, je vis les muscles de sa gorge se contracter.

— Il a dit que je pouvais gagner des points supplémentaires pour améliorer ma moyenne.

— Et à quelles conditions ?

Lorsqu'elle ne répondit pas, je l'interpellai à nouveau.

— Il souhaiterait que je classe de la paperasse dans son bureau, fit-elle en se dandinant sur place.

Était-elle sérieuse ? Durant un long moment, je me contentai de la dévisager et il me fallut faire beaucoup d'effort pour ne pas m'énerver.

— Tu as refusé, bien sûr ? dis-je.

Lorsqu'elle détourna le regard et baissa la tête, je passai une main dans mes cheveux. Comment ne pouvait-elle pas voir clair dans son jeu et réaliser que sous ses apparences de professeur soucieux de la réussite de ses étudiants, ce n'était qu'une vaste mascarade. C'était évident.

— Tu ne vois vraiment pas où il veut en venir ?

Ses grands yeux se rivèrent sur les miens et elle recula d'un pas.

— Oh si, je vois qu'il essaie de s'assurer que je réussisse à avoir la moyenne dans sa matière. Et tu sais quoi ? Je lui en suis reconnaissante. Il y a pas mal de profs sur le campus qui n'en auraient rien à faire de combien de fois je devrais repasser leur matière. Contrairement à eux, Holloway se soucie vraiment de ses étudiants. Et je ne vois pas quel est le problème !

Le mec se faisait passer pour une personne altruiste et je n'y croyais pas une seconde. Il était plus que frustrant qu'Elle ne voie pas clair dans son jeu. Elle était plus intelligente que ça. Les lèvres pincées, je finis par lui dire ce qu'il en était.

— Ce gars essaie de coucher avec toi, voilà le problème !

Elle leva les yeux au ciel.

— Oh, mon Dieu, tu nages en plein délire. Tu sais quoi ? Tu

ressembles de plus en plus à Brayden et il faut que ça s'arrête. Mon prof n'a jamais rien fait d'inapproprié, de près comme de loin, alors détends-toi...

Je croisai les bras sur mon torse. Sans ça, je risquais de l'attraper par les épaules et de la secouer jusqu'à ce qu'elle perde la tête. Ou peut-être jusqu'à ce qu'elle retrouve ses esprits.

— Vraiment ? Parce qu'en y songeant, je trouve plus d'une chose suspecte. Comme venir te chercher après une soirée et te ramener chez toi, sortir dîner et te forcer à boire... Et maintenant il essaie de te convaincre de passer du temps seule avec lui sous prétexte de te donner des points supplémentaires. Alors oui, c'est tout à fait inapproprié, dis-je.

— De deux choses, l'une, je ne t'ai jamais demandé quoi que ce soit, et de deux, on en a déjà parlé, il ne pas m'a pas forcée à faire quoique ce soit. Il est mon prof. C'est tout... Tu essaies vraiment de trouver de mauvaises intentions là où il n'y en a pas et ça me fatigue. Je ne suis même pas sûre que tu fasses ça parce que tu te soucies de moi, nous ne sommes rien l'un pour l'autre, rétorqua-t-elle, la mâchoire serrée, les joues légèrement empourprées.

Ses mots me frappèrent comme un coup de poing dans l'estomac. Pour être honnête, mes poumons se vidèrent sous le choc. Je n'étais pas stupide. J'étais bien conscient que c'était moi qui l'avais amenée ici par la force, mais présentement, ça n'avait pas la moindre importance.

— Quoi ? fut tout ce que je parvins à dire.

Son regard devint brusquement glacial.

— Tu m'as bien entendue, combien de fois tu m'as dit que je n'étais rien de plus qu'une petite sœur pour toi ? Trop souvent pour que je puisse tenir le compte. Tu sais quoi ? Je n'ai pas besoin que tu veilles sur moi, je suis tout à fait capable de prendre soin de moi, alors va te faire foutre, dit-elle, les lèvres pincées.

La dernière partie de sa phrase fut le coup de grâce.

J'ouvris grand les yeux. Bordel. Venait-elle vraiment de me dire ça ? Mes bras retombèrent et je comblai la distance entre nous.

— Aller me faire foutre ? Tu es sûre de toi ?

Son regard resta rivé sur le mien, et plutôt que de se recroqueviller sur elle-même, elle se redressa de toute sa hauteur comme si elle se préparait à se battre.

— Absolument certaine !

Même s'il y avait un léger trémolo dans sa voix, elle ne fit pas mine de reculer.

— Je n'ai pas besoin de toi, cracha-t-elle.

Bordel, c'était tout le contraire.

— Tu es tellement naïve, tu ne sais même pas quand un mec a envie de toi, rétorquai-je.

Tous ses muscles se figèrent et lorsqu'elle passa sa langue sur ses lèvres, je sentis ma queue se réveiller dans mon boxer, grognant pour qu'on la libère. Il me fallut toute ma maîtrise de moi-même pour qu'elle reste là où elle était et que je reprenne le dessus sur mon désir.

— C'est faux !

Sa réponse était risible, elle n'avait vraiment pas la moindre idée. Vraiment pas la moindre idée.

— Et pourtant, c'est vrai !

Elle fronça les sourcils, un silence suffocant s'installant alors qu'elle cherchait à croiser mon regard. Il n'en fallut pas plus pour que je voie la compréhension illuminer le sien. Je pinçai les lèvres, j'aurais voulu pouvoir revenir en arrière et ne pas dire ce que je venais de dire. Bordel, qu'étais-je en train de faire ?

L'emmener là et nous enfermer dans cette salle avait été une grossière erreur, mais je n'avais pas pu m'en empêcher. Les voir tous les deux, en particulier l'expression qu'il affichait quand il croyait que personne ne le voyait, m'avaient rendu furieux et j'avais vu rouge. On aurait pu croire qu'après tout ce temps j'avais appris à contrôler mes instincts les plus bas quand Elle était impliquée, mais il semblait que ce n'était pas le cas.

Son regard se fit plus incisif et elle pencha la tête sur le côté, me jaugeant, presque comme si elle essayait de trouver les secrets que je cachais derrière mon regard.

— Qu'est-ce que tu essaies de dire ?

— Rien, parce que la dernière chose dont j'ai envie, c'est qu'un connard de prof profite de toi, rien de plus, marmonnai-je en espérant qu'elle me croit alors que j'essayais de revenir sur mes propos et m'éloigner de cette conversation dangereuse.

Elle fit un pas hésitant dans ma direction.

— Est-ce que tu en es sûr ?

Je restai silencieux en espérant que mon expression parlerait pour moi. Elle me regarda d'un air songeur.

— Peut-être que tu as raison, je ne sais pas quand un gars a envie de moi...

Bordel.

Il fallait vraiment que j'en finisse avec cette conversation désastreuse et que je me tire d'ici avant qu'elle ne se rende compte de la vérité. Comme je restais immobile, elle se rapprocha peu à peu de moi. Mon cœur se mit à battre un peu plus vite alors qu'elle avançait centimètre par centimètre, jusqu'à ce que j'aie l'impression qu'il allait bondir hors de ma poitrine. Je savais déjà que je ne tiendrais plus le coup très longtemps. Il allait falloir qu'elle garde ses distances. Ne s'était-elle pas rendu compte que j'avais très peu de maîtrise de moi-même quand elle était impliquée ?

— Carson ? m'interpella-t-elle.

Je clignai des yeux et me rendis compte qu'elle n'était plus qu'à quelques centimètres de moi, si près que son odeur délicieuse titilla mes sens. Elle leva les mains, posant ses paumes sur mon torse. Ce fut comme si leur chaleur faisait des trous dans le tissu de mon T-shirt et qu'elles touchaient directement ma peau. Jamais aucune fille ne m'avait affecté comme elle, et je doutais qu'une autre arrive un jour à me faire éprouver ce genre d'émotions qui me dépassaient. J'aurais voulu pouvoir jeter un seau d'eau glacée sur le brasier qui était en train de me dévorer.

— Est-ce qu'il y a quelque chose que je n'ai pas compris dans cette situation ? demanda-t-elle.

Pratiquement désespéré, je fis signe de tête que non.

Elle se pressa contre moi, rejetant la tête en arrière pour croiser mon regard.

— Pourtant, je crois bien que c'est tout le contraire.

— Tu te trompes, mentis-je après m'être éclairci la gorge.

Délibérément, ses mains remontèrent de mon torse à mes épaules, puis elles redescendirent de plus en plus bas, ses doigts laissant mes terminaisons nerveuses à vif dans leur sillage. À chaque caresse, cela devenait de plus en plus un défi de garder pour moi tout le désir que j'avais pour elle et qui manquait de se déchaîner en moi.

— Tu sais que j'ai envie depuis toujours de te toucher comme ça ? fit-elle en continuant ses mouvements paresseux.

Je sentis se contracter les muscles de ma mâchoire si fort que je me dis que mes dents allaient finir réduites en poudre sous la pression. Ce qu'elle faisait était aussi infernal que divin, et je ne voulais qu'une seule chose : fermer les yeux et profiter de sa caresse hésitante. Mais il fallait qu'elle recule avant que je n'en aie plus rien à faire et prenne ce qui me faisait saliver depuis des années. La route qu'elle nous faisait prendre était dangereuse.

Lorsqu'elle prit une profonde inspiration, je me rendis compte que mon corps m'avait trahi une nouvelle fois. Je regardai attentivement le haut de sa tête alors qu'elle contemplait mon entrejambe. Pendant quelques instants, nous nous figeâmes tous les deux et l'air devint dense et suffocant alors que sa main descendait peu à peu le long de mes abdos fermes. Elle hésita au niveau de ma fermeture éclair, et avant que je puisse trouver la force de la repousser, ses doigts agrippèrent mon membre palpitant à travers le tissu et elle serra fort.

Un glapissement de douleur m'échappa alors que ma queue devenait dure comme le roc. Si j'avais pu trouver au plus profond de moi une once de force, j'aurais reculé et foutu le camp de là avant que ça ne dégénère complètement. Mais c'était impossible, j'étais figé sur place alors qu'un tsunami de plaisir s'abattait sur moi.

— Tu te rends compte à quel point c'est mal, ce qu'on fait ? dis-je, les dents serrées alors que je me débattais contre tous mes instincts me hurlant de tendre les bras et la serrer contre moi.

Elle releva la tête, me jaugeant derrière ses cils épais.

— En fait, non, répondit-elle.

— Nous ne devrions pas faire ça et tu ne devrais certainement pas me toucher, grondai-je alors que je peinais à lutter.

Au lieu de partir, ses doigts se resserrèrent sur mon érection palpitante et la sensation suffisait à ce que la tête me tourne. Si je ne l'arrêtais pas immédiatement, je n'allais jamais y arriver et, d'ici deux minutes, il serait bien trop tard. Je la plaquerai contre le mur avec force et je la prendrai comme j'avais rêvé de le faire depuis si longtemps. Je ne pouvais qu'imaginer ce que ce serait que de plonger dans sa chaleur.

Je repoussai cette image mentale parce que si je me concentrais dessus, j'allais exploser dans mon jean. Que les choses soient bien claires, ça ne m'était jamais arrivé et c'était un autre signe évocateur de combien mes sentiments pour cette fille étaient différents. Ce fut la main tremblante que j'agrippai son poignet pour l'éloigner, et ce ne fut que lorsque je ne sentis plus sa caresse incendiaire que la brume épaisse qui entourait mon esprit s'éclaircit assez pour que je puisse de nouveau penser rationnellement.

Bordel.

On n'était vraiment pas passé loin de faire quelque chose de regrettable.

Je tenais toujours son poignet et son regard se riva sur le mien. J'y trouvai une dureté étonnante qui n'avait rien avoir avec le regard de la gamine prise de cours que j'avais traîné jusqu'ici quelques minutes auparavant.

— Pourquoi ? demanda-t-elle d'une voix sensuelle.

Ses intonations rauques se répercutèrent directement sur ma queue, et c'était bien la dernière chose dont j'avais besoin.

— Pourquoi je ne devrais pas te toucher ? Tu n'aimes pas ça ? s'enquit-elle.

Refusant de répondre à la seconde question, je me concentrai sur la première.

— Tu sais très bien pourquoi… marmonnai-je.

Lorsqu'elle tenta de se dégager de ma prise, je serrai plus fort. Je n'y survivrais pas si elle posait une seconde fois ses mains sur moi. J'avais déjà perdu une grande partie de ma maîtrise de moi-même, il suffirait d'un rien pour que je la perde complètement.

— À cause de Bray ?

Je trouvai à peine la force de parler tant j'avais la mâchoire serrée.

— Il me tuerait, et c'est bien pour ça qu'il ne se passera jamais rien entre nous. Point final, assénai-je tout en cherchant à trouver de la compréhension dans son regard.

Au lieu de débattre, elle me regarda plus attentivement qu'il était confortable de le faire.

— Mais tu as envie de moi, rétorqua-t-elle.

Bordel.

Bordel.

Bordel.

Il fallait vraiment qu'elle nous rende service à tous les deux et laisse tomber l'affaire. Je pinçai les lèvres, refusant de participer à cette conversation. Ne s'était-elle pas rendu compte que ce que je voulais ne comptait pas et n'avait jamais compté ? Ma poigne se resserra sur son poignet délicat avant que je me force à la relâcher et à reculer d'un grand pas. Je battis en retraite, nous donnant à tous les deux l'espace dont nous avions cruellement besoin pour respirer.

Lorsqu'elle ne bondit pas en avant, je reculai encore davantage au point d'être pratiquement à l'autre bout de la pièce. Ce ne fut qu'à ce moment-là que j'eus tout à fait les idées claires. Méfiant, je la gardai à l'œil et me dirigeai vers la porte, que je déverrouillai.

Alors que je franchissais le seuil de la porte, j'hésitai.

— Garde tes distances avec ce type. Que tu t'en rendes compte ou non, il veut faire autre chose que te donner des cours particuliers, la mis-je en garde.

— Ça va être dur quand on sait qu'il est mon prof et que j'ai besoin d'un coup de main en statistiques. Est-ce que tu te proposes pour le remplacer ? dit-elle en me regardant attentivement.

Après ce fiasco ?

— Non ! assénai-je.

Je vis une lueur de défi dans son regard.

— Alors je prendrai toute l'aide qu'on voudra bien m'offrir.

Je serrai les poings et me mis à grogner. Il était très tentant de retourner dans la pièce à grandes enjambées et la soumettre d'un baiser, et je dus enfoncer mes ongles courts dans ma chair pour ne pas le faire.

— N'insiste pas, Elle !

Avant qu'elle ne trouve une façon de me retenir, je tournai les talons et remontai rapidement le couloir désert. Pour des raisons que je ne pouvais pas m'expliquer, entre elle et moi, le pouvoir venait de changer de côté. Un compte à rebours défilait dans ma tête, et je ne pouvais me permettre de le laisser arriver à son terme. Et je ne pouvais pas laisser les choses se passer ainsi.

CHAPITRE 26

ELLE

— Il y a une table de libre au fond, lança Madison en prenant les devants, son plateau à la main.

Nous la suivîmes alors qu'elle se frayait un chemin dans la foule dense des étudiants occupés à prendre quelque chose à manger, avant de s'installer dans un box au fond de la cafétéria.

Une fois que nous fûmes assises, tout le monde se mit à manger. Madison était le genre de fille qui, si elle avait envie d'un cheeseburger au bacon avec tous les suppléments, ne s'en privait pas. Elle n'en avait rien à faire. Elle avait de jolies courbes et ça rendait dingue les garçons. Sierra, en école d'infirmière, faisait davantage attention à sa santé, elle aimait particulièrement les smoothies, les wraps et les salades : le quinoa et les filets de poulet grillés étaient ses meilleurs amis. En dehors de nous, bien sûr. Et puis il y avait Kari, qui était végane avec des tas d'allergies alimentaires. Elle faisait attention à garder ses distances avec le gluten, les produits laitiers, les noix et les œufs. Heureusement qu'elle aimait les salades composées, sinon je ne savais pas ce qu'elle mangerait. Je me situais quelque part entre elles toutes, j'aimais manger sain, mais à l'occasion, je cédais à la malbouffe. Plus chanceuse que beaucoup, je métabolisais bien et je pouvais, dans la mesure du raisonnable, manger pratiquement ce que je voulais sans grossir.

— Hé, ce n'est pas ton frère là-bas ? Je t'ai déjà dit à quel point il est canon ? demanda Madison en se redressant sur sa chaise et regardant derrière moi.

Je fronçai le nez, dégoûtée par le commentaire, en particulier quand j'essayais de manger.

— Oui, et je t'ai déjà dit de ne pas me le dire, rétorquai-je.

Elle avait déjà développé sur le sujet de façon assez explicite à de multiples reprises. Ne s'était-elle pas rendu compte que ses mots étaient à présent gravés dans ma mémoire ? Elle le suivit du regard.

— Y a des chances qu'il rompe avec sa meuf ?

— *Sa meuf* a un prénom, elle s'appelle Sydney. Et pour répondre à ta question, ça ne me paraît pas être à l'ordre du jour de sitôt, dis-je en prenant une gorgée de Coca light, l'un de mes plaisirs coupables.

Ou même carrément jamais à l'ordre du jour parce que je n'avais jamais vu mon frère aussi amoureux et il était clairement dingue de Sydney.

Je me sentis attristée à l'idée que je n'aurais jamais ce genre de relation avec Carson, et je tentais de chasser ce sentiment en faisant comme si ce que j'éprouvais n'existait pas. J'avais eu de nombreuses années d'entraînement pour ça.

Négligeant son burger qu'elle avait déjà bien entamé, Madison posa ses deux coudes sur la table et s'appuya sur ses mains jointes.

— C'est vraiment dommage, se plaignit-elle.

— Absolument pas, j'apprécie Sydney, elle est adorable !

Fronçant les sourcils, elle me lança un regard noir.

— Mais si je sortais avec lui, je pourrais être ta sœur par alliance !

Je me sentis sourire.

— Tu seras toujours ma sœur, que tu sortes ou non avec mon frère, commentai-je.

Cela eut l'effet escompté, Madison sourit avant de hausser les épaules.

— Très bien, j'imagine que je laisserai ce rêve de côté désormais.

— C'est sûrement mieux comme ça, dis-je.

— Vraiment, ajouta Kari, parce que tu en fais toute une histoire depuis la première année.

Pas embarrassée pour un brin, Madison ne fit pas cas de ce qu'elle venait de dire.

— En parlant de coups de cœur, voilà ton beau gosse, fit remarquer Sierra.

Il aurait été très tentant de me retourner pour le mater parce que j'avais envie de le voir. Il s'était passé quelques jours depuis l'incident dans la salle de cours et nous ne nous étions pas recroisés depuis. Presque comme s'il m'évitait délibérément. En y repensant, c'était exactement ce qu'il faisait.

Je vis d'abord mon frère, son bras sur les épaules de sa copine comme s'il ne pouvait pas supporter d'être séparé d'elle, même un instant. Comme toujours, mon cœur se serra en les voyant. Ils étaient vraiment faits l'un pour l'autre. Sydney lui convenait à la perfection. Elle ne se laissait pas marcher sur les pieds, était férocement loyale et elle était tout ce dont il avait besoin ou envie sans même qu'il ne le sache.

Quelques secondes plus tard, le gars qui tenait une partie de mon cœur depuis le collège s'avança à côté d'eux en discutant avec son ami. J'étais bien trop loin pour entendre ce qu'ils disaient, mais un sourire nonchalant apparut sur les lèvres de Carson. Il secoua sa tête blonde alors qu'un de leurs coéquipiers faisait la grimace. J'aurais bien été en peine de ne pas admettre qu'il y avait quelque chose d'attirant dans la présence sombre et menaçante de Crosby. Ou peut-être était-ce son piercing en argent à la lèvre. Je n'avais jamais été particulièrement attirée par les gars qui avaient des piercings, mais ça lui allait incroyablement bien. Et même s'il avait toujours été sympa avec moi, je trouvais sa présence intimidante.

Il était le *bad boy* des Western Wildcats.

— Est-ce que je peux ajouter que Crosby Rhodes me fait rêver ? soupira Kari.

— Je crois que tu veux plutôt dire qu'il t'effraie, rétorqua Sierra avant de prendre une grande cuillère de quinoa.

— Me fait rêver, m'effraie, c'est du pareil au même, dit Kari en haussant les épaules.

— Pas vraiment, non...

Il était facile d'ignorer la conversation alors que je suivais du regard le mouvement du groupe. Je n'étais pas la seule à les mater. Les têtes se tournèrent sur leur passage parce que tout le monde sur le campus savait qui ils étaient.

De là où j'étais assise, au fond du snack, aucun d'eux ne m'avait remarquée, ce qui était plutôt agréable parce que je pouvais mater Carson autant que je voulais sans qu'il le sache. Une fois qu'ils eurent trouvé une table de libre, Brayden se laissa tomber sur une chaise et Sydney s'assit à côté de lui tandis que Carson et Crosby s'installaient en face d'eux, m'offrant une vue parfaite.

— Meuf, tu baves dans ton sandwich, fit Sierra en me donnant un coup de coude, ce qui me sortit de mes pensées envahies par Carson.

Lorsque d'un revers de main, je m'essuyai le menton, mes trois soi-disant amies éclatèrent de rire.

— C'était une façon de parler, répondit-elle, tout sourire.

Je lui tirai la langue alors que je sentais mes joues s'échauffer et il ne fallut que quelques instants pour que je braque de nouveau mon regard sur Carson. Seulement cette fois, il y avait une fille assise à côté de lui. Plus près, elle aurait été sur ses genoux. La jalousie refit surface, me submergeant. Je n'avais pas le droit d'éprouver ça. Carson ne m'appartenait pas. Et après notre dernière conversation, je savais qu'il ne m'appartiendrait jamais.

Mon cœur se serra douloureusement. Ce n'était pas comme si on avait eu vraiment des chances de finir ensemble, lui et moi, mais l'entendre le dire aussi brutalement, ç'avait été un coup de poing dans le ventre. Après son départ, j'avais eu envie de me recroqueviller sur moi-même et de pleurer. Refusant de m'attarder sur ce sombre souvenir, je me forçai à penser à autre chose. Même si je devrais les ignorer, c'était impossible. C'était comme assister à un accident de voiture, je n'arrivais pas à détourner le regard.

La fille lui fit un sourire faussement timide avant de se pencher contre lui et d'effleurer du bout du doigt son biceps. Je n'étais pas vraiment consciente de ce que je faisais lorsque je récupérai mon téléphone dans mon sac et lui envoyai un SMS.

Des chances que tu m'aides ce soir pour les stats ?

Je ne le quittai pas du regard et une partie de moi se demandait même s'il allait réagir. La fille continuait de le toucher, se rapprochant dangereusement alors qu'il récupérait son téléphone dans sa poche. Un sourire satisfait m'échappa lorsqu'il fronça les sourcils. Peut-être n'allait-il pas faire l'effort de répondre, mais au moins il ne prêtait plus attention à ma compétitrice. Je grimaçai. Parce qu'à en croire Carson, je n'étais même pas en lice. Mes épaules s'affaissèrent. Pourquoi me faisais-je endurer une chose pareille ?

Je n'avais jamais été la fille qui se jetait sur une personne pas intéressée, au contraire. J'étais celle qui restait sur le banc de touche et qui regardait des dizaines de filles se jeter sur mon frère et Carson, voire même la majorité des gars de l'équipe. Au moment où j'allais remettre mon téléphone dans mon sac, je reçus un message.

Je peux pas, je suis occupé.

Ah ça oui, je ne pouvais qu'imaginer ce qui l'occuperait.

Ou plutôt *celle* qui l'occuperait.

Beurk.

La seule chose positive dans tout ça, c'était que la meuf à côté de lui avait l'air agacée de son manque d'attention et elle semblait fâchée, rejetant ses longs cheveux sur ses épaules. Et même si je savais que je n'aurais pas dû faire ce que j'allais faire, je ne pus m'en empêcher. J'envoyai promptement un autre message.

T'inquiète, je travaillerai avec monsieur H.

J'hésitai, admettant que je n'aurais pas dû tenter le diable. En avoir conscience ne m'empêcha pas de lui envoyer le message. Je n'eus pas à attendre longtemps pour qu'il réagisse. Même de loin, je vis sa mâchoire se contracter. Lorsque la fille tenta d'avoir de nouveau son attention en passant sa main sur son torse, il agrippa son poignet et retira sa main sans même plus d'un regard pour elle. Elle fit la moue et s'éloigna d'un pas théâtral. Eh bien, au moins, je n'allais pas avoir à les regarder flirter durant le reste du repas.

C'était déjà ça, pas vrai ? J'étais occupée à me réjouir de ma petite victoire lorsque je reçus un second message.

Hors de question !

À sa table, tout le monde parlait et riait, mais il ne prêtait pas attention à leur conversation. Lorsque Crosby passa une main devant son visage, il releva la tête juste assez longtemps pour le regarder de travers avant de contempler ses genoux.

J'imagine qu'il n'y a pas d'autre possibilité, dis-je dans un autre texto, avant d'ajouter l'émoji qui hausse les épaules.

Il passa une main dans ses cheveux avant de rejeter la tête en arrière et de contempler le plafond. Sa réaction était très... intéressante.

Très bien. À la bibliothèque. 18 h, proposa-t-il.

Trop bruyant. À ma résidence. 19 h, répondis-je. Il secoua la tête et pinça les lèvres au point de les faire pratiquement disparaître. C'était hilarant. Est-ce qu'être amusée par la situation faisait de moi une mauvaise personne ? Certainement. Je frissonnai d'anticipation et regardai mon téléphone en attendant sa réponse. Je n'étais même pas sûre de pourquoi ça me semblait si important, comme si nous avions franchi un cap dans notre relation, mais force était de constater que ça l'était. Plus il mettait de temps à répondre, plus je m'agitais, plus je me demandais si j'étais allée trop loin.

Bien.

Le soulagement m'envahit et je sentis l'air emplir mes poumons alors que je posais avec précaution mon téléphone à côté de mon assiette, tout sourire. Il suffisait de ça pour que tout me paraisse aller mieux.

CHAPITRE 27

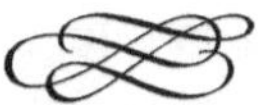

CARSON

J'enfonçai avec force le bouton d'appel de l'ascenseur et attendis avec impatience que les portes se referment. Savoir que cette décision était déjà une erreur ne m'empêcha pas de passer à l'acte. Je tapai du pied, agacée alors que les deux filles dans l'ascenseur murmuraient entre elles tout en me regardant faussement timidement derrière leurs cils. Plutôt que de croiser leur regard, je regardai droit devant moi. La dernière chose dont j'avais envie, c'était qu'on me force à faire la conversation parce que je savais déjà où ça allait m'emmener et je n'avais absolument pas envie d'y aller.

Lorsque l'ascenseur s'arrêta et que les portes s'ouvrirent au cinquième étage, je fus soulagé et les deux filles se mirent à glousser alors que je remontais le couloir au pas de charge en jetant un coup d'œil à toutes les plaques à côté des portes jusqu'à ce que je trouve celle que je cherchais. J'eus un moment d'hésitation et me demandai si je faisais ce qu'il fallait. Si j'avais été en pleine possession de mes moyens, je serais passé à autre chose et j'aurais filé d'ici tant que c'était encore possible. Une fois que j'aurais frappé, je n'allais plus pouvoir revenir en arrière. Mais sitôt que j'eus envisagé cette possibilité, je frappai contre la porte légèrement entrebâillée.

— Entrez, c'est ouvert ! fit une voix masculine grave.

Son ton nonchalant me rendit furieux. Une fois que j'en aurais fini avec lui, son ton ne serait plus aussi enjoué. Ce connard profitait de son poste à l'université pour se rapprocher d'Elle et ça ne me plaisait pas du tout. J'assurais ses arrières depuis qu'on était gosses et peu importait son âge, ça ne changerait jamais.

J'ouvris grand la porte avant d'entrer dans la petite pièce. Il était derrière son bureau et il releva la tête. Son air surpris se dissipa pratiquement immédiatement.

— Bonjour, est-ce que je peux faire quelque chose pour t'aider ? demanda-t-il en retirant les lunettes à monture noires qu'il portait avant de se réadosser dans son fauteuil.

— Je suis un ami de... commençai-je.

— Je sais qui tu es, me coupa-t-il.

Très bien. Les choses allaient être beaucoup plus simples si nous n'avions pas à faire semblant.

— Tu veux t'asseoir pendant qu'on discute ? demanda-t-il en montrant la chaise en face de lui.

Je secouai la tête. Je ne voulais pas abandonner ma position de pouvoir, même quelques minutes.

— Ce que j'ai à dire ne prendra pas longtemps.

Il haussa les sourcils, mais resta silencieux.

— Je ne sais pas ce que vous essayez de faire, mais faut que ça s'arrête !

Il ne détourna pas le regard et je ne vis rien qui ressemblait à de la culpabilité dans ses yeux bleus.

— Il semble que la situation te laisse un peu confus, Elle Kendricks est l'une de mes étudiantes dans mon cours de statistiques et rien de plus...

Je changeai d'angle d'attaque, parce que s'il pensait pouvoir m'avoir, il se trompait sur toute la ligne.

— Alors... sortir dîner avec vos étudiants, c'est normal pour vous ?

Il y eut un moment de silence où nous nous jaugeâmes l'un l'autre.

— À l'occasion, oui, j'apprécie de connaître mes étudiants plus personnellement.

Je manquai de ricaner. Oui, oui, je voulais bien te croire.

— À partir de maintenant, vous allez garder vos distances avec elle ?

— Et comment suis-je censé faire ça ? Elle est l'une de mes étudiantes, il est inévitable que nous interagissions.

Je penchai la tête et le regardai avec méfiance. Son ton calme et sa façon d'avoir réponse à tout m'agaçaient. Peut-être qu'Elle ne voyait pas clair dans son jeu, mais moi oui.

— Vous savez tout à fait de quoi je parle. Lui donner des points supplémentaires si elle travaille dans votre bureau, prendre le café avec elle, dîner… vous essayez de l'isoler et il faut que ça s'arrête.

— Tout ce que j'essaie de faire, c'est lui donner une chance d'améliorer sa moyenne avant la fin du semestre. Et tout ce qui m'intéresse chez elle, c'est de la voir réussir.

Il était tentant de le croire et de mettre rapidement un terme à cette conversation inconfortable, mais j'avais bien vu la façon dont il la matait quand il pensait que personne ne le voyait. Comme si elle était un Big Mac juteux dans lequel il avait hâte de mordre. Peut-être qu'il pensait pouvoir m'enfumer, mais ça n'allait pas marcher.

— De mon point de vue, il semblerait qu'il se passe plus de choses que ce que vous voulez bien admettre, dis-je.

— C'est une erreur de ta part, rétorqua-t-il en haussant les épaules.

— J'espère vraiment que c'est le cas parce que la dernière chose que je voudrais, c'est que quelqu'un qu'elle pense avoir ses intérêts à cœur profite d'elle.

Il croisa les bras sur sa chemise impeccablement repassée.

— Il faut que tu te rappelles une chose : elle est une jeune femme de dix-neuf ans, bien assez grande pour prendre elle-même ses décisions, tu ne crois pas ?

— Oui, acquiesçai-je, mais même si c'est une personne intelligente, il se peut qu'elle ne voie pas ce qu'est vraiment un type comme vous jusqu'au moment où il sera trop tard, et je ne peux pas laisser ça se produire. Corrigez-moi si je me trompe, mais il n'y a pas quelque chose dans le règlement qui empêche les profs de faire ami-ami avec leurs étudiants ? Ça devrait être assez simple de voir ce qu'en dit le responsable de votre département ou même le président de l'université ?

Il se crispa, et son expression satisfaite disparut.

— Est-ce que tu sous-entends là que ma relation avec Elle ait pu être d'une façon ou d'une autre inappropriée ? Ce sont des accusations extrêmement graves, dit-il.

— Vous avez raison, ce sont des accusations très graves. Et je ferai tout ce qu'il faut pour protéger cette fille de qui que ce soit qui essaierait de lui faire du mal. Vous en faites partie, monsieur Holloway. Si je ne perçois ne serait-ce qu'un soupçon de comportement inapproprié, ça ne me dérangera pas de vous signaler pour faute professionnelle, annonçai-je en agrippant le dossier de la chaise avant de me pencher pour le regarder droit dans les yeux.

Sa mâchoire se contracta et ses narines frémirent.

— Si tu as terminé, je crois qu'il est temps pour toi de partir.

Je hochai la tête et me redressai de toute ma hauteur.

— Tant que l'on s'est bien compris...

— Oh, je crois que l'on s'est très bien compris, rétorqua-t-il avec une moue dédaigneuse.

— Et passez une bonne journée, monsieur, conclus-je alors que je tournais les talons.

Lorsque je refermai la porte derrière moi, il resta silencieux.

CHAPITRE 28

ELLE

Je m'étudiai attentivement dans le miroir en pied pour m'assurer que ma tenue était parfaite. Un pull qui moulait mes formes et une jupe courte, OK. Un maquillage léger pour ne plus ressembler à la gamine avec laquelle il avait grandi, OK aussi. Cheveux parfaitement lissés pour qu'ils retombent le long de mon dos en un rideau brillant : absolument OK.

J'expirai lentement et posai mes mains sur mon ventre pour calmer les papillons qui y dansaient parce que le léger coup contre la porte de l'appartement les avait fait se déchaîner frénétiquement. Au lieu de laisser mes nerfs prendre le dessus, je me retournai et traversai la pièce commune. Ma main sur la poignée de la porte, j'attendis une seconde et me redressai d'un coup comme si je me préparais pour une bataille. Si les choses se passaient comme je l'entendais, tout allait changer entre nous. Alors bon, vous savez, pas de pression.

J'ouvris la porte. C'était Carson, et dès que nos regards se croisèrent, un frisson parcourut mon échine. Il était impossible d'imaginer ressentir ça avec quelqu'un d'autre. Peut-être était-ce malvenu de ma part de m'imposer, mais j'avais besoin de savoir ce qu'il ressentait vraiment. Je comprenais bien qu'il essayait de me le dire, mais après ce qui s'était passé dans la salle de classe l'autre matin, j'étais pratiquement certaine qu'il mentait.

Et peut-être même qu'il se mentait à lui-même. Ce soir, j'allais avoir des réponses et peu m'importait lesquelles. Parce que s'il n'y avait aucune chance pour nous, je voulais passer à autre chose, je ne pouvais pas passer ma vie à le désirer sans rien faire. Du moins, je n'espérais pas en arriver là. Ç'aurait été déprimant, pas vrai ?

— Salut ! fit-il, les lèvres pincées, le regard méfiant.

Il était évident à en juger la tension qui irradiait de lui qu'il était au dernier endroit où il aurait voulu être et je ne me faisais pas d'illusion. Je ne l'avais pas forcé à venir et ç'aurait été mentir de ne pas admettre qu'une partie de moi voulait s'en tenir là, mais au lieu de ça, je m'écartai sur le côté et le fis entrer.

— Merci d'être venu !

— Tu sais que tu ne m'as pas vraiment laissé le choix, pas vrai ? grogna-t-il.

Aïe.

Mais au demeurant, il avait raison.

— On a toujours le choix, dis-je en haussant les épaules.

Si c'était possible, il pinça encore davantage les lèvres. Il était clairement furieux, ce qui n'eut pour effet que de m'enflammer davantage. Carson entra à grandes enjambées, s'assurant de mettre autant de distance que possible entre nous avant de se diriger directement vers la table carrée à l'extrémité de la pièce. L'appartement était organisé en H : la chambre de Kari était à droite, en face se trouvait la salle de bain commune et la chambre de Sierra se trouvait à côté de celle de Kari. Puis il y avait un petit espace avec un futon, une table basse, un fauteuil et une télé. Ma chambre et celle de Madison se trouvaient dans le fond et, en face, il y avait une table et une petite cuisine équipée d'un frigo et d'un micro-ondes. Même si j'avais hâte de pouvoir vivre hors du campus l'année prochaine, j'avais aimé vivre ici avec mes amies.

— Est-ce que ça te dérangerait si on travaillait dans ma chambre ? lui demandai-je juste au moment où il posait son sac sur la table.

Il fronça les sourcils.

— À dire vrai, ça me gênerait parce qu'il n'y a aucune raison de… commença-t-il.

Au même moment, la porte de l'appartement s'ouvrit à la volée sur un large groupe de filles qui avaient les mains chargées de plats à emporter. Mes colocataires étaient accompagnées de trois autres amies du même étage, et toutes bavardaient et riaient bruyamment.

Madison fut la première à nous remarquer et son regard passa de moi à Carson avant de montrer le sac qu'elle tenait.

— Hé, on vient juste de récupérer des plats à emporter chinois et on a largement de quoi faire, vous n'avez pas faim vous deux ?

Nous fîmes tous deux signe que non. Avec l'angoisse qui tourbillonnait dangereusement en moi, je me dis que si je mangeais la moindre bouchée, elle risquait de revenir plus vite que prévu et ce n'était vraiment pas ce que je voulais pour ce soir.

— Non, merci, on allait bosser, mais c'est gentil ! dis-je.

Madison haussa les épaules tandis que les autres filles le dévisageaient, curieuses. Elle le reluquait activement, en fait, mais qui pouvait leur reprocher ? Même avec un sweat à capuche marine et un jean, il était à croquer !

— Tu ne sais pas ce que tu manques ! Je te garderai un nem, répondit-elle.

Il fallait que je sorte de là avant que les filles retrouvent leurs esprits et essaient de le distraire en lui faisant la conversation. Je ne voulais pas que les choses se passent ainsi alors je pris Carson par la main et l'entraînai jusqu'à ma chambre avant de refermer la porte derrière moi. Même ainsi, on entendait toujours les autres discuter.

Il grimaça et parcourut du regard le petit espace.

— On aurait dû se retrouver à la bibliothèque, il n'y a pas de place pour travailler ici.

Je pointai du doigt l'endroit le plus évident, le lit une place qui était contre le mur, et j'essayai de ne pas repenser à la dernière fois qu'il avait été là.

— Là, ce sera très bien.

Il contempla longuement le matelas avant de me regarder et de secouer la tête.

— N'y pense même pas.

Je fronçai les sourcils et posai un poing sur ma hanche.

— C'est quoi le problème ? Est-ce que tu as peur de ne pas réussir à te contrôler en ma présence ?

Son expression s'assombrit et je vis sa mâchoire se contracter. Mon cœur accéléra. J'avais l'impression qu'il allait sortir de ma poitrine et je craignais que Carson tourne les talons et sorte en coup de vent de ma chambre. Et je n'aurais eu ma réponse. Une seconde passa. Puis une autre.

— Finissons-en, bougonna-t-il en rejoignant le lit où il s'assit avec précaution.

La pièce faisait approximativement trois mètres par deux mètres cinquante, juste assez de place pour mon lit, une chaise et un bureau. Il y avait une commode fourrée dans le placard. En présence de Carson, la pièce semblait encore plus petite. Il dépassait le mètre quatre-vingts, tout en muscles, et un frisson me traversa le corps. En grandissant, j'adorais le regarder jouer au basket avec Brayden dans l'allée parce qu'après quelque temps, il enlevait son T-shirt et c'était beaucoup trop simple de m'installer sur la banquette à ma fenêtre et de le mater des heures durant. Aussi longtemps que je puisse m'en souvenir, ç'avait toujours été Carson.

Repoussant ces souvenirs, je pris mon livre de stats, mon cahier et un crayon papier sur mon bureau avant de m'installer à côté de lui. Prudemment, je fis attention à ne pas m'asseoir trop près de lui. Nous nous mîmes immédiatement au travail, sans notre babil habituel pour faciliter les choses. La tension pesante qui envahissait l'atmosphère ne me donnait même pas envie de faire la conversation, et je savais que j'aurais des réponses monosyllabiques réticentes en retour. Au bout d'un quart d'heure, ses épaules larges retombèrent peu à peu alors qu'il expliquait la solution d'un problème.

— Le chauffage est réglé sur combien ? Parce qu'il fait vraiment chaud ici, murmura-t-il avant de se lever, se saisissant de l'ourlet de son sweat et le faisant passer au-dessus de sa tête.

Le T-shirt gris en dessous remonta en même temps, révélant de vraies tablettes de chocolat. J'eus la sensation d'avoir la bouche pleine de coton et il me fallut toute ma maîtrise de moi-même pour m'empêcher de tendre la main et de passer mes doigts sur ses muscles bien définis. Au lieu de ça, je serrai le poing et me concentrai sur les problèmes que nous nous efforcions péniblement de résoudre.

Lorsqu'il se rassit sur le matelas, je me rapprochai de lui. Rien de dingue, juste quelques centimètres pour nos cuisses s'effleurent. Nous avions tous les deux la tête baissée sur le cahier, et il pointa du doigt l'endroit où je m'étais trompée. Pendant un moment, j'oubliai toutes mes tentatives de séduction et je fronçai les sourcils, frustrée de ne pas trouver la réponse. Je détestais *vraiment,* mais alors vraiment, les statistiques.

— Allez, c'est pas si mauvais, tu t'en sors pas mal, dit-il d'une voix douce en riant.

J'eus l'impression de retrouver le Carson des semaines précédant le moment où je m'étais jetée dans ses bras. J'écarquillai les yeux, réalisant que j'avais dû marmonner ma haine de la matière. C'était embarrassant. Mais après tout, il semblait ces derniers temps que c'était sans cesse le cas avec Carson. Une succession d'humiliation.

Nos visages à quelques centimètres l'un de l'autre, son haleine mentholée parvenant à mes lèvres et son regard cherchant à croiser le mien, il sembla réaliser combien nous étions proches et ne pas savoir quoi faire. Nous restâmes paralysés, incapables de bouger alors que le moment s'éternisait et qu'un frisson d'anticipation parcourait ma colonne vertébrale, la tension sexuelle explosant dans l'air.

Je n'étais pas certaine de savoir lequel de nous deux s'était rapproché le premier, mais tout ce que je savais, c'était que la chaleur de sa bouche contre la mienne était bien présente, m'effleurant à peine. C'était comme un rêve délicieux dont je ne voulais pas me réveiller. Alors que je me délectais de la proximité, je sentis la pression devenir plus insistante et un grognement rauque et guttural lui échappa alors qu'il ajustait sa tête de façon à ce que nous soyons parfaitement alignés. Le moment où sa langue effleura le bord de mes lèvres, j'ouvris la bouche et les sensations m'envahirent. Ses lèvres caressèrent les miennes, et c'était le seul endroit où nous étions joints. Ses dents me frôlèrent alors que le baiser se poursuivait et il ne fallut pas longtemps pour que le baiser s'emballe, comme doué d'une vie propre.

Je sentis que j'avais besoin de le toucher et passai donc mes mains sur ses épaules, remontai le long de sa nuque et fourrageai dans ses cheveux. Lorsque mes ongles frôlèrent son crâne, il écarquilla les yeux, s'éloigna et se leva d'un coup, me regardant avec horreur avant de se passer une main sur le visage. Il se mit à faire les cent pas dans la petite pièce.

— Bordel, si Brayden l'apprend, il aura ma peau, marmonna-t-il sombrement.

— On a fait pire, rétorquai-je.

Même si la réponse m'était venue naturellement, je savais que ce n'était pas ce qu'il fallait dire. Il se retourna et me dévisagea comme s'il ne pouvait pas croire que j'avais ramené ça sur le tapis.

— Oui, là c'est absolument certain qu'il me tuera !

Incapable de rester immobile plus longtemps, je me levai et il me regarda avec méfiance alors que je me rapprochais de lui. Une fois devant lui, j'hésitai avant de plaquer mes paumes sur son torse. Dès que je le touchai, je le sentis se crisper sous mes doigts.

Je rivai alors mon regard sur le sien.

— Ce que mon frère ignore ne peut pas lui faire de mal, dis-je.

— Tu en es sûre ?

Il haussa les épaules en ricanant.

— J'ai pratiquement vingt ans, il ne peut pas contrôler ma vie éternellement. Un jour ou l'autre, il faudra bien qu'il me laisse grandir. Je peux coucher avec qui je veux.

Il ne recula pas, et je me dressai sur la pointe des pieds afin d'effleurer ses lèvres des miennes.

Je vis son expression devenir orageuse.

— Il faudra me passer sur le corps si tu veux te donner à un autre, gronda-t-il.

Un mélange de joie et de soulagement m'envahit le cœur.

— J'imagine que ça ne sera pas un problème, parce qu'il n'y a que toi...

— Elle… faut que tu arrêtes de me dire des trucs pareils, répondit-il d'une voix torturée.

— Pourquoi ? lui demandai-je, incrédule.

— Tu sais très bien pourquoi, grogna-t-il.

— Tout ce que je sais, c'est que j'ai envie de toi, affirmai-je avant de poursuivre après avoir pris une profonde inspiration. Et je suis plutôt certaine que toi aussi, tu as envie de moi, que tu veux me…

Avant que je puisse finir complètement ma phrase, ses lèvres capturèrent les miennes. Cette fois-ci, il n'y avait rien de doux ou d'hésitant. Il m'embrassa avec force pour établir sa domination, sa langue plongea dans ma bouche en même temps qu'il me pressait contre lui, assez près pour que je puisse sentir son érection contre mon bas-ventre. Alors que nos langues s'entremêlaient, je ne parvenais plus qu'à penser à Carson et à combien il était agréable de le sentir me toucher à nouveau.

Lorsqu'il recula finalement, nous étions tous les deux essoufflés. Il baissa la tête jusqu'à ce que son front bute contre le mien, nos regards restant rivés l'un sur l'autre comme si nous avions tous les deux peur de détourner le regard un seul instant.

— Est-ce qu'il y a quelque chose que je puisse dire ou faire pour te décourager ? demanda-t-il.

Je sentis combien il était déchiré, et ce à sa voix autant qu'à ses yeux, dans sa tête aussi. J'esquissai un sourire, parce qu'au fond de lui, il connaissait déjà la réponse à sa question.

— Non !

Ses épaules retombèrent et il souffla.

— Je me disais bien… Il faut que j'y réfléchisse, Elle. Brayden est comme mon frère, et la dernière chose que je veux faire, c'est le blesser, dit-il en finissant sa phrase à mi-voix.

Il était tentant de le forcer à me répondre, mais au lieu de ça, je restai silencieuse, sachant qu'il devait prendre seul sa décision. J'avais secrètement espéré que cette soirée finisse comme ça, mais je ne m'étais pas attendu à voir mes espoirs exaucés.

— Très bien, acquiesçai-je.

Carson se pencha à nouveau et il m'embrassa rapidement, mais avant que je ne puisse approfondir le baiser, il se recula. La perte de sa présence et de sa chaleur m'envahit.

— Donne-moi quelques jours, fit-il.

Du bout des doigts, j'effleurai mes lèvres alors qu'il récupérait son sweat sur le lit et qu'il rejoignait la porte. Une fois qu'il eut agrippé la poignée, il se retourna une dernière fois avant de se glisser dans les parties communes. Et dès que la porte se fut refermée, je fis une petite danse de la joie.

CHAPITRE 29

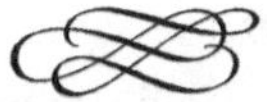

CARSON

Épuisé après deux heures d'entraînement, je laissai tomber mon casque sur le banc et retirai mon maillot et mes épaulettes. J'essuyai d'un revers de main la sueur qui perlait sur mon front. Il s'était passé quelques jours depuis que j'avais embrassé Elle et j'avais fait tout mon possible pour garder mes distances depuis, prenant un peu de recul avant de prendre une décision qui changerait tout entre nous.

Rien ne m'aidait.

Plus je me forçais à m'éloigner, plus elle venait me hanter. Non seulement elle était toujours dans mes pensées, mais je n'étais plus capable de croire que tout était sous contrôle. C'était de savoir qu'elle avait envie de moi comme moi je la désirais qui me tuait. Il m'avait fallu faire de gros efforts pour ne pas la prendre sur le petit matelas étroit de sa chambre. Il arrivait souvent que les filles se jettent dans mes bras et, bien sûr, c'était toujours flatteur, mais avec Elle, ça voulait dire bien autre chose. À dire vrai, ça voulait tout dire.

La façon dont elle avait révélé ses sentiments sans crier gare, sans fausse timidité, elle avait simplement tout dit. Et il suffisait que je me souvienne du moment où elle avait dit qu'elle avait envie de moi pour que je me mette à bander.

Honnêtement, ça ne valait rien de bon que ça m'arrive au vestiaire après l'entraînement. Je fermai les yeux et essayai de penser à tout sauf à Elle. Elle qui avait toujours eu le rôle principal de mes rêves durant trop d'années pour compter. C'était beaucoup plus simple quand elle n'avait pas idée que j'avais envie d'elle. Maintenant qu'elle comprenait la profondeur de mes désirs, elle se servait de l'information pour peu à peu faire tomber toutes mes défenses.

J'ouvris grand les yeux lorsque je sentis une main lourde s'abattre sur mon épaule. C'était Crosby et il me regardait l'air perplexe.

— Mais qu'est-ce qui t'arrive ces derniers temps, mec ? Tu es juste là les yeux dans le vague à rêvasser au milieu du vestiaire ?

— Rien, marmonnai-je en m'empourprant.

C'était l'effet que me produisait Elle et ça commençait à devenir problématique. Asher avait déjà découvert mon secret et je n'avais pas besoin qu'une autre personne voit clair dans mes mensonges.

— Tu es sûr ? Parce que tu es vraiment bizarre en ce moment… fit-il remarquer en penchant la tête sur le côté comme pour me regarder plus attentivement.

Je redressai les épaules et pouffai, espérant pouvoir éviter l'interrogatoire que je sentais venir.

— De quoi tu parles ? Je suis tout à fait moi-même…

Il fronça les sourcils.

— Oui, bien sûr…

Je sentis quelque chose remuer au plus profond de moi alors que je retirais mon pantalon trempé de sueur avant de le jeter dans le coffre à linge. Tout ce que je voulais, c'était me doucher et ficher le camp d'ici.

— J'ai bien une théorie, tu veux l'entendre ? demanda Crosby sur le ton de la conversation, me sortant de mes pensées envahies par Elle.

— Bien sûr, je suis tout ouïe…

À dire vrai, je n'étais pas du tout intéressé par ce qu'il avait à me dire, mais je le connaissais depuis assez longtemps pour savoir que le meilleur moyen pour moi qu'il me foute la paix était de le laisser parler. Si je protestais trop ou que j'essayais de le faire taire, il allait creuser davantage. Je passai mes mains sous l'élastique de mon boxer, prêt à l'enlever, lorsqu'il poursuivit :

— Je crois que tu craques pour Mini Kendricks…

— Quoi ?! m'étranglai-je, l'élastique claquant contre ma peau et ma bouche devenant d'un coup très sèche.

Il me fallut fournir un véritable effort pour ne pas élever la voix alors que je regardais les alentours pour m'assurer que personne ne prêtait attention à notre conversation.

En particulier Brayden.

Par chance, il était occupé à discuter avec Rowan de l'une des phases de jeu durant l'entraînement. Et lorsque je regardai de nouveau Crosby, toujours aussi méfiant, il esquissa un sourire satisfait qui me ficha la trouille.

— Oh, tu m'as très bien entendu la première fois, Roberts…

C'était vraiment foutrement incroyable. Moi qui croyais avoir réussi à décemment cacher mes sentiments, ce n'était apparemment pas le cas. Apparemment, tout le monde semblait être au courant. Son sourire s'élargit lorsque je me rapprochai de lui d'un pas menaçant.

— Alors j'ai raison, pas vrai ?

— Je ne veux pas parler de ça avec toi.

Je ne pus m'empêcher de regarder une seconde fois autour de nous. La dernière chose dont j'avais besoin, c'était qu'un autre de ces connards vienne foutre son nez dans mes affaires. J'avais déjà suffisamment à faire avec Crosby.

— Et pourquoi pas ? Peut-être qu'on devrait demander à Bray ce qu'il pense de son pote qui craque pour sa petite sœur, je suis sûr que ça se passera très bien… Tu me laisseras le regarder te tabasser à mort ? demanda-t-il en haussant les sourcils et penchant la tête sur le côté.

Lorsque je montrai les dents et lui décochai un coup de poing dans le torse, il se redressa de toute sa hauteur. Depuis le temps qu'on se connaissait, Crosby et moi étions devenus très bons potes, mais ça ne l'empêchait pas de chercher la merde jusqu'à ce qu'il déterre un secret juteux.

— La ferme, grognai-je.

Brayden s'interposa entre nous, me repoussant en arrière alors que son regard surpris passait de Crosby à moi.

— Mais qu'est-ce que vous foutez ? demanda-t-il.

Crosby arborait toujours son petit sourire satisfait et j'étais tenté de le faire disparaître d'un coup de poing. Il faisait souvent cet effet aux gens, exception faite de la majorité des meufs du campus. Lorsque je restai silencieux, Crosby répondit :

— Rien, je taquine juste Roberts…

Brayden leva les yeux au ciel.

— Oh, vraiment ? Et comment ça ?

— Rien, marmonnai-je.

Certainement rien que je puisse te dire.

Lorsque Crosby s'éclaircit la gorge pour couvrir son rire, je serrai les dents avec force et sentis mes poings se serrer.

— Mec, faut que tu te détendes. C'est quand la dernière fois que tu as baisé ? Parce que ça pourrait t'aider…

— Oui, c'est tout à fait ce dont notre gars a besoin, pas vrai ? ricana Crosby en se drapant les hanches dans une serviette blanche minimaliste, son regard brillant de malice.

Je pinçai les lèvres, refusant de répondre.

— T'inquiète donc pas, on te trouvera de quoi faire ce week-end, tu seras un homme neuf ! lança Brayden en me claquant l'épaule.

Crosby riait comme un bossu alors que d'un pas nonchalant il prenait la direction des douches. Je ne pouvais que le fusiller du regard. Il finirait bien par s'en prendre une.

CHAPITRE 30

ELLE

J'entortillai l'écharpe duveteuse autour de mon cou tandis que Mike et moi sortions de l'espace culturel. Les nuits étaient devenues plus froides depuis quelque temps, et bien j'aime porter des shorts et des T-shirts, mon moment préféré de l'année était celui où l'on mettait des pulls. J'aimais les bottes qui arrivaient au genou avec des jupes courtes associées à des pulls confortables, et même parfois un bonnet de laine. Soyons honnêtes, les choix étaient infinis.

— Regarde qui vient de se pointer... c'est Monsieur Grand, Canon et foutrement musclé.

Je tournai d'un coup sec la tête et rivai mon regard sur Carson comme un missile à tête chercheuse, parce que même dans l'obscurité, il n'était pas difficile de le repérer, assis sur un banc devant l'espace culturel. Mon cœur s'affola rien que de le voir.

Depuis que nous nous étions vus, j'étais constamment nerveuse ; il m'avait dit qu'il avait besoin de quelques jours pour réfléchir à la situation et il m'avait semblé important de lui accorder ça. J'avais lutté avec moi-même pour ne pas le contacter. Chaque fois que je sortais mon téléphone pour appeler ou envoyer un texto, je devais me reprendre et le remettre dans ma poche sans faire quoi que ce soit.

— S'il te plaît, dis-moi qu'il a un frère… ou même un cousin, je ne suis pas difficile, murmura Mike.

Cela eut pour effet de me sortir de mes pensées.

— Non, désolée, il est fils unique et tous ses cousins vivent loin d'ici…

— C'est dommage, commenta Mike avec un long soupir.

Je me sentis esquisser un petit sourire et lui en fus reconnaissante. Je voyais bien à l'expression sérieuse que Carson arborait que ce qu'il allait me dire n'allait pas me plaire. Alors que je me forçais à descendre les quelques marches, il se leva en fourrant ses mains dans les poches de son jean.

— Est-ce qu'il s'est passé quelque chose entre vous que je devrais savoir, parce que c'est l'impression que ça donne et je suis choqué que tu ne m'aies rien dit ? Connasse ! ajouta Mike à voix basse en me donnant un coup dans l'épaule.

Je me retournai vers lui.

— Non, dis-je.

Oui, c'était peut-être un tout petit mensonge.

— Hmm, je sais pas pourquoi, mais je te crois pas. Vous avez l'air aussi tendus l'un que l'autre, et au cas où tu te poserais la question, vous semblez tous les deux très malheureux, commenta-t-il en fronçant les sourcils tout en me jaugeant.

Son observation ne fit que confirmer mes suspicions concernant l'issue de cette conversation. Normalement, dès que j'apercevais Carson, je gravitais autour de lui comme une fleur en quête de soleil. C'était la première fois que j'avais à me forcer pour me rapprocher de lui.

— Salut, lançai-je.

Il me fallut faire de gros efforts pour contenir toutes les émotions conflictuelles qui essayaient de remonter à la surface. De plus près, je vis que Carson avait les paupières tombantes et qu'il avait l'air tendu, ce qui ne fit que renforcer ma certitude que cette conversation n'allait pas être facile. Ce n'était plus le Carson facile à vivre avec qui j'avais grandi. En y repensant, ça faisait longtemps qu'il n'avait pas été cette personne-là.

— Salut, répondit-il.

Son regard se posa sur Mike, qui restait fidèlement à mes côtés, et il finit par le reconnaître et le salua d'un hochement de tête.

— Félicitations pour votre saison, vous avez toutes vos chances pour aller aux championnats, fit Mike, radieux.

Carson le gratifia d'un sourire pincé.

— C'est l'idée, répondit-il avant de se concentrer de nouveau sur moi. Est-ce que tu as un moment pour discuter ?

J'aurais préféré refuser, mais j'acceptai. Il n'y avait aucune raison de repousser davantage cette conversation inévitable.

— Bien sûr, dis-je.

Nous vîmes tous les deux Mike se redresser comme s'il ne se rendait compte qu'à cet instant-là qu'il était de trop.

— J'imagine qu'il est temps pour moi de partir…

Je le serrai rapidement dans mes bras.

— On se voit demain, d'accord ? m'enquis-je.

Il resserra son étreinte et m'embrassa la joue.

— Appelle-moi plus tard si tu as besoin de quoi que ce soit…

Mon cœur se serra à la prise de conscience que j'allais sûrement avoir besoin d'une épaule sur laquelle pleurer. Après que nous nous fûmes écartés l'un de l'autre, Mike me salua une dernière fois de la main avant de partir et ce ne fut que lorsqu'il eut contourné le bâtiment et qu'il eut disparu de notre vue que Carson commença à parler.

— Ça te dit que je te ramène à la maison et qu'on parle là-bas ?

Je sentis mon estomac se nouer et acquiesçai. Un silence suffocant s'installa alors que nous remontions côte à côte le parking jusqu'à sa Chevrolet noire brillante, un modèle suréquipé que ses parents lui avaient offert à la fin du lycée.

À chaque pas qui nous rapprochait du véhicule, mon inquiétude atteignait de nouveaux sommets. Est-ce qu'il y avait une vraie possibilité qu'il me rejette ? Bien entendu…

Mais après la façon qu'il avait eue de m'embrasser l'autre soir, j'avais cru que la chance était de mon côté et que peut-être, juste peut-être, je valais la peine de prendre des risques. Je savais que c'était insensé parce que lui et mon frère étaient amis depuis longtemps.

Lorsque nous atteignîmes le SUV, Carson alla ouvrir sans bruit la portière côté passager. Plus ce malaise s'installait, plus je devenais nerveuse au point que cela devienne insoutenable. Je m'agrippai à mon sac à dos comme à une bouée de secours et m'installai sur le siège en cuir.

L'espace d'un instant, nos regards se croisèrent sans que l'un ou l'autre ne cherche à le détourner. Il marqua un temps d'arrêt et ma respiration s'arrêta comme si j'étais soudainement consciente de ce qui se passait, chacune de mes terminaisons nerveuses s'affolant. Mon cœur se mit à s'emballer alors que je me demandais s'il allait se rapprocher et m'embrasser. Tout mon corps se tendit vers lui, et il ferma la portière, m'emprisonnant dans le véhicule. L'air déserta mes poumons alors que tout ce qui restait d'espoir en moi se volatilisait. Je ne pus m'empêcher de me demander si quelqu'un d'autre que Carson parviendrait à me faire sentir aussi vivante.

Il n'y avait rien de plus déprimant que désirer quelqu'un qui ne vous retournait pas le sentiment. Ou qui n'était pas prêt à surmonter les obstacles qui se dressaient entre vous. Mes épaules s'affaissèrent sous le poids de la prise de conscience.

J'étais si perdue dans l'entrelacs de mes pensées que je ne m'étais pas rendu compte qu'il s'était installé sur le siège à côté de moi et qu'il avait démarré, nous faisant sortir du parking et remonter la rue bordée d'arbres qui faisait le tour du campus et qui menait à Sutton Hall.

Il garda son attention rivée sur la route. Des milliers de mots me brûlaient le bout de la langue, mais je n'en laissai sortir aucun. Quelques minutes plus tard, il se garait devant ma résidence et ce ne fut qu'à ce moment-là qu'il coupa le moteur et pivota vers moi.

Je sentis l'air rester bloqué dans ma gorge alors que je sentais mes nerfs s'affoler. Même si j'étais plutôt certaine de l'issue de cette conversation, je ne pouvais pas m'empêcher de m'accrocher à un tout petit espoir. Je n'avais jamais désiré quelqu'un comme je désirais Carson. J'aurais juste voulu qu'il éprouve la même chose.

— Je ne sais pas quoi te dire à part que je suis désolé. Je n'ai jamais eu l'intention de perdre à ce point le contrôle de la situation.

Si je pouvais revenir en arrière et effacer tout ça, tout ce qui s'est passé entre nous, pour que notre relation revienne à la normale, je le ferais.

Ses mots déchirèrent mon cœur avec la force d'un coup de poignard. La douleur était telle que je me pliai en deux. Comment pouvait-il dire une chose pareille ? Se rendait-il compte que ces sentiments bouillonnaient sous la surface depuis des années ?

— Non, dis-je en secouant la tête, refusant d'accepter cette conclusion.

J'allais devoir me battre pour ce que je voulais. J'allais devoir me battre pour lui.

— Non ? répéta-t-il, les sourcils froncés comme s'il n'était pas certain de savoir comment réagir à ma réponse..

— Quoi qu'il y ait entre nous, ça dure depuis des années et ce n'était qu'une question de temps avant que ça remonte à la surface. Toi aussi, tu dois le ressentir ! rétorquai-je alors que l'émotion me brûlait les yeux.

— Peu importe ce que je ressens, il ne peut rien se passer de plus entre nous, déclara-t-il en détournant le regard.

— Carson, pourquoi insistes-tu tellement à étouffer ça ?

Lorsqu'il me regarda de nouveau dans les yeux, je vis un fort mélange de regret et de colère que je retrouvai dans son ton.

— On en a déjà parlé, je ne vois pas pourquoi il faudrait revenir là-dessus, ça ne changerait rien.

— Brayden, crachai-je avec une moue irritée.

— Tu sais qu'il péterait complètement une durite s'il apprenait que j'ai posé un doigt sur toi.

Et lorsque je ne répondis pas, il poursuivit son explication, la mâchoire crispée et à contrecœur.

— Même si j'ai envie de toi, je ne peux pas trahir sa confiance plus que je ne l'ai déjà fait.

J'expirai longuement. Même si j'avais espéré que mon frère ne s'opposerait pas à l'épanouissement de cette relation en quelque chose de plus, quelque chose que j'avais toujours voulu ; au fond de moi, je savais que ça allait se terminer comme ça. Ils étaient amis depuis plus de dix ans. Pourtant, je ne pouvais pas m'empêcher de me sentir blessée que Carson fasse passer mon frère avant moi.

Je m'agitai sur mon siège, voulant lui faire entendre raison. Plus j'essayais de le rapprocher, plus je le repoussais.

— Dis-moi exactement en quoi le fait que nous soyons ensemble affecte mon frère ? En quoi ça lui fait du mal ?

Il cligna des yeux avant de passer sa main dans ses cheveux blonds. Il était très tentant de lisser les cheveux rebelles, mais au lieu de ça, je gardai mes mains jointes sur mes genoux.

— Brayden a toujours été un ami, probablement le meilleur que j'aie jamais eu. Peu importe la situation, il a toujours été là pour moi. La seule chose qu'il ait jamais exigée de moi, c'est que je ne fasse rien avec toi. Et même si je n'étais pas d'accord, j'ai accepté.

Ma gorge se noua, je ne parvenais plus à respirer.

— Il me tuerait s'il l'apprenait... Et tu sais quoi ? Je ne lui en voudrais même pas. Alors non, je ne peux pas laisser les choses se passer comme ça. Je ne le blesserai pas davantage.

Son ton convaincu avait durci ses traits au point de lui donner la rigidité du granit, l'air plus déterminé qu'au moment où j'étais montée à bord de son véhicule. Inconsciemment, je passai la main sur mon cœur parce que chacun de ses mots était un coup de poignard.

— Est-ce qu'il y a quelque chose que je puisse dire qui te ferait changer d'avis ? demandai-je.

Je savais que je ne devrais pas insister alors qu'il venait de me donner une réponse aussi définitive, mais je ne pus m'en empêcher. Un silence gênant s'installa, rendant l'habitacle suffoquant.

— Non.

Je mordis douloureusement ma lèvre inférieure. Je devais admettre qu'une partie de moi était prête à se battre, mais finalement, à quoi bon ? Je ne pouvais pas le forcer à sortir avec moi s'il ne le voulait pas. J'agrippai la poignée de la portière.

— Tu sais ce qui est le plus moche dans tout ça ? De savoir que j'ai attendu tout ce temps pour être avec toi parce que je croyais qu'au bout du compte, tu en valais la peine. Apparemment, je me suis trompée...

Il écarquilla les yeux, mais resta silencieusement stoïque.

Je pris mon sac avant d'ouvrir la portière, puis sortis du véhicule. Une fois sur le trottoir, je rajustai mes vêtements et relevai la tête avant de me diriger vers l'entrée de la résidence. Je ne me retournai pas une seule fois, les larmes me brûlant les joues alors que je laissais Carson là où il avait sa place.

Dans mon passé.

CHAPITRE 31

CARSON

*P*utain de bordel de merde.

Je la suivis du regard jusqu'à ce qu'elle disparaisse complètement de ma vue à l'intérieur du bâtiment de briques. Je frappai mes mains contre le volant de cuir. Une respiration sifflante m'échappa alors que la douleur envahissait mes mains. Étais-je inquiet à l'idée qu'Elle se batte davantage et rende la situation encore plus pénible ?

Oui !

C'était un soulagement de voir qu'elle avait accepté ma décision sans essayer de me faire changer d'avis. Il n'aurait pas fallu grand-chose pour me faire sauter le pas, parce que j'avais déjà l'impression d'être sur la corde raide. Un mouvement de travers et j'aurais pu tomber dans le vide. Ou plutôt dans ses bras.

Je tentai de me convaincre que c'était la meilleure chose à faire pour toutes les parties concernées, mais si c'était le cas, pourquoi tout mon être me criait de me précipiter à sa suite et d'implorer son pardon. Je savais déjà que son air peiné me hanterait jusqu'à la fin de mes jours. Elle était la dernière personne que je voulais faire souffrir, et pourtant, c'était exactement ce que je venais de faire.

Je me passai une main sur le visage. J'aurais voulu que ça finisse autrement. Maintenant que je savais qu'elle était en sécurité à l'intérieur, il n'était plus nécessaire pour moi de m'attarder ici. Il fallait que je parte avant de faire quelque chose de stupide. Quelque chose que j'allais finir par regretter dans un avenir proche. Quelque chose où j'allais finir le cul botté par le mec que j'avais toujours considéré être mon ami le plus proche. Et pourtant, je n'arrivais pas à démarrer et repartir. Je ne pouvais rien faire d'autre que continuer de regarder l'endroit où elle avait disparu de ma vue.

Démarre, connard !

Pars immédiatement !

Elle n'était même pas là pour m'avoir à l'usure et je m'effondrais déjà comme un pauvre château de cartes. J'avais déjà pris ma décision, et pourtant, ma résolution vacillait. Je repensai à tout ce que j'avais pu dire et avant que je puisse tenter de me raisonner et me dissuader de suivre mon idée de merde, je sortis de ma voiture en claquant la portière et remontai au pas de charge l'allée qui menait à la porte principale du bâtiment. Un couple sortit lorsque j'atteignis les portes vitrées, mais ils étaient trop absorbés par leur conversation et ils ne me remarquèrent pas. Je bondis en avant et saisis la poignée avant de me glisser à l'intérieur, me ruant vers l'escalier. Peut-être que le temps que j'arrive à son étage, j'aurais miraculeusement retrouvé mes esprits et fait demi-tour avant de foutre en l'air mon amitié avec Brayden.

Malheureusement, ça n'arriva pas. Je ne reconsidérais pas une seule fois ce que j'étais en train de faire, et lorsque j'arrivai à son étage, j'étais même plus déterminé que jamais. L'idée de passer à côté de ça, de passer à côté d'Elle, était insupportable et m'était impossible.

Une fois arrivé à son appartement, je frappai à la lourde porte et me dandinai impatiemment. Au moment où j'allais frapper à nouveau, la porte s'ouvrit sur l'une des colocataires d'Elle qui me dévisagea d'un air curieux.

— Oh, salut, tu es là pour voir Elle, c'est ça ? me demanda-t-elle en me jaugeant.

Elle me posait une question, mais nous savions l'un comme l'autre que c'était plutôt une affirmation. Je relevai brutalement la tête pour répondre :

— Est-ce qu'elle est là ?

L'espace d'un instant, je la vis plisser le front et je me demandai si elle allait me laisser entrer ou me dire d'aller me faire voir en me claquant la porte au nez. Mes muscles se tendirent, prêts à bondir en avant et à plaider ma cause si cela s'avérait nécessaire pour entrer. Je la vis débattre intérieurement un moment avant qu'un soupir résigné ne lui échappe et qu'elle s'écarte sur le côté pour me laisser entrer.

— Entre, fit-elle.

— Merci.

Mes épaules s'affaissèrent alors que je remontais le couloir étroit. La fille aux cheveux courts me dirigea vers le fond de l'appartement.

— Elle est dans sa chambre !

— Merci, répétai-je.

Je n'avais pas fait deux pas qu'elle m'interpella d'un ton hésitant. Je me figeai sur place.

— Carson ?

Je me retournai et la regardai d'un air interrogateur.

— Ne lui fais pas de peine, Elle ne mérite pas ça !

Ses mots furent comme un coup de poing dans le ventre, vidant mes poumons de leur air, m'empêchant de prendre une inspiration. Je ne savais pas quoi dire. Lui faire de la peine était bien la dernière chose que je voulais, mais au fond, je me demandais si c'était encore possible que cela finisse autrement.

Les lèvres pincées, je hochai péniblement la tête et me retournai. Je ne voulais pas être pris en embuscade par une autre de ses colocataires, je gardai donc le regard rivé droit devant moi. Une fois que j'atteignis la porte de sa chambre, je ne m'embêtai même pas à frapper parce qu'après la façon dont notre conversation s'était terminée, je ne voulais pas lui donner une chance de me repousser. J'abaissai la poignée et me glissai à l'intérieur avant de refermer la porte sans bruit et de m'appuyer contre elle.

Lorsque Elle me vit, elle glapit.

— Mais qu'est-ce que tu fais là ?

Elle avait clairement l'air surprise alors qu'elle se tenait immobile au milieu de la pièce, ne portant qu'un soutien-gorge rose pâle et une culotte rose. Les vêtements qu'elle portait un peu plus tôt étaient posés en une pile informe sur le fauteuil à côté de la fenêtre.

— Ça... répondis-je.

Je m'écartai d'un coup de la porte avant de réduire à néant la distance entre nous. En deux grandes enjambées, je fus suffisamment proche pour attraper son poignet et la prendre dans mes bras. Elle écarquilla les yeux, les courbes douces de ses seins butèrent contre mon torse et ma bouche s'écrasa sur la sienne. À la différence des autres fois où nous nous étions embrassés, elle ne me laissa pas immédiatement le champ libre et, au lieu de ça, elle pinça même les lèvres.

Pensait-elle vraiment que ça allait m'empêcher de prendre ce dont j'avais envie ? Ce que je savais qu'elle voulait aussi ? Ce qui m'appartenait ? Où avait-elle déjà changé d'avis entre le moment où elle était sortie de mon véhicule et celui où elle était arrivée à sa chambre ?

Réaliser que je l'avais peut-être laissée me filer entre les doigts envoya mon cœur en chute libre : je n'étais pas prêt à envisager cette éventualité. Un grognement guttural m'échappa alors que je reculais très légèrement.

— Laisse-moi t'embrasser ! exigeai-je.

Son regard se fit déterminé et elle ferma les yeux. Je ne voulais pas en rester là et je mordis sa lèvre inférieure, pas assez pour lui faire mal, mais suffisamment pour attirer son attention. J'avais déjà passé trop de temps à me refuser son goût et les sensations qu'elle me procurait. Tout cela était derrière moi. Elle me repoussait autant qu'elle m'aiguillonnait, me tentant pour que je perde le contrôle. À présent, elle allait avoir ce qu'elle demandait depuis le début et il valait mieux pour elle qu'elle décide rapidement ce qu'elle allait faire de mon attention entièrement concentrée sur elle.

Lorsqu'elle prit une profonde inspiration, je glissai ma langue dans sa bouche pour qu'elle puisse rejoindre la sienne, veloutée. Ses muscles se crispèrent un instant, et au moment où je pensais qu'elle allait protester, son corps se fit accommodant et je parvins à me détendre et ralentir. La titiller jusqu'à ce qu'elle ait autant envie de moi que j'avais envie d'elle. Pour la première fois de ma vie, tous les faux-semblants avaient disparu, je n'étais plus assez fort pour maintenir les apparences.

J'aurais voulu la manger peu à peu jusqu'à avoir dévoré tout son être, et même ça n'aurait pas suffi à satisfaire la faim infinie que j'avais d'elle. Lorsque je reculai, nous étions tous deux à bout de souffle.

— Tu m'appartiens, maintenant. J'ai passé des années à lutter contre les sentiments que j'ai pour toi, mais je refuse de le faire plus longtemps. Pour le meilleur comme pour le pire, ça va se produire. Tu comprends ?

— Je comprends, acquiesça-t-elle avant que je l'embrasse avec fougue.

À ce moment-là, Brayden était la dernière personne à laquelle je pensais et c'était exactement comme ça qu'il fallait que ça reste.

CHAPITRE 32

ELLE

Le soleil inondait la pièce, caressant mon visage alors que j'ouvrais les yeux. Il me fallut plus d'une tentative pour parvenir à me réveiller complètement, et alors que je me tournais dans les draps de coton pour m'étirer, ma jambe buta contre quelque chose de ferme.

Mais qu'est-ce…

Je tournai la tête et mon regard atterrit sur Carson, profondément endormi à mes côtés.

Je…

Oh…

Comment avais-je pu oublier, même encore un peu endormie, la façon dont il avait fait irruption dans ma chambre la veille au soir, m'avait pris dans ses bras, m'avait embrassé jusqu'à ce que je fonde ? Mes doigts se portèrent à mes lèvres, que j'effleurai en quête d'une confirmation silencieuse. Elles étaient toujours gonflées suite à l'attention ardente qu'il leur avait portées. Maintenant que les vannes avaient été ouvertes, nous ne pouvions plus revenir en arrière. Non pas que c'était ce que je voulais. Nous avions passé la nuit à nous embrasser avant de finalement nous endormir l'un contre l'autre aux petites heures du jour.

M'avait-on déjà embrassée aussi méticuleusement ?

Qu'est-ce que je racontais ?

Bien sûr que non...

Je pris une profonde inspiration et refermai les yeux, revivant chaque instant délicieux que nous avions passé ensemble. Nous n'avions rien fait en dehors de nous embrasser et nous câliner, mais ç'avait été incroyable. Encore meilleur que tout ce que j'avais pu imaginer dans mes fantasmes.

— Salut, fit une voix rauque, me sortant du tourbillon de mes pensées.

Je rouvris les yeux. Carson avait tourné la tête et riva son regard sur le mien. Ce fut tout ce qu'il fallut pour raviver le désir au plus profond de moi. Il avait l'air paisible et délicieusement échevelé, et il était très tentant de passer la main dans ses cheveux.

Je m'étais tellement habituée à résister à mon envie de le faire qu'il me fallut un instant pour me rendre compte que je ne devais plus me retenir. Presque hésitante, je tendis la main et repoussai les cheveux épais qui couvraient ses yeux. Et plutôt que de retirer mes doigts, je les laissai glisser sur sa pommette ciselée avant de caresser sa mâchoire bien définie et son menton qui picotait légèrement. Durant tout le temps où je le touchai, où j'apprenais ses traits, Carson garda son regard rivé sur le mien.

Mon attention se porta sur ses lèvres pulpeuses et douces que j'effleurai de l'index, sa lèvre inférieure était particulièrement généreuse, et un grognement lui échappa alors que ses dents se refermaient en douceur sur mon doigt. Mon regard surpris se plongea dans le sien, ma respiration s'affolant alors que ses yeux s'assombrissaient.

Avant que je ne puisse décider de ce que j'allais faire, il bondit et je me trouvai allongée sur le dos. Carson, l'air échauffé en suspens au-dessus de moi, son corps ferme sur le mien, ses avant-bras enfoncés dans le matelas à la hauteur de mes épaules, me prit au piège. Pas que j'ai pensé un seul instant m'enfuir, cela dit. Son érection ferme était nichée à la jonction de mes cuisses et tout ce qui nous séparait se limitait à des petits bouts de tissu : le tissu fin de ma culotte et son boxer en coton. Mon cœur se mit à s'emballer, battant à mes tempes.

Il me regarda attentivement alors qu'il se lançait à l'assaut de mon entrejambe et le mouvement lent me procura un millier de frissons dans tout mon corps, m'embrasant de l'intérieur.

— Est-ce qu'il y a des regrets dans ce regard sombre ? me demanda-t-il.

Des regrets ?

— Pas le moindre, dis-je.

Il continua son mouvement des hanches tandis que le plaisir continuait de grimper en moi.

— Bien, fit-il.

Je glapis et sentis le désir inonder ma culotte.

— T'as pas idée à quel point j'ai envie de toi, à quel point j'ai toujours eu envie de toi. Maintenant que tu as laissé la bête se déchaîner, y aura aucun moyen de revenir en arrière. Il est en liberté, Elle.

Mes mains se posèrent sur ses joues couvertes d'une barbe naissante.

— Je n'aurais pas voulu que ça soit autrement, il n'y a que toi que j'aie jamais désiré. Tu ne te rends pas compte qu'il n'y en a jamais eu d'autres que toi ?

Une douceur envahit son regard, prenant le dessus sur l'intensité du moment.

Je n'aurais jamais cru qu'un jour, Carson Roberts me regarderait comme si j'étais la seule fille au monde. C'était pratiquement trop beau pour être vrai. J'avais peur que le réveil se mette à sonner et que je me réveille en sursaut, me rendant compte que ça n'était rien de plus qu'un rêve un peu osé.

Le besoin de me prouver que ce qui se passait était bien réel et me fit rapprocher son visage du mien. Il s'appuya sur ses coudes et sa langue se mit à danser sur mes lèvres. Un petit cri m'échappa alors qu'il continuait de me titiller, sa langue me léchant, traçant les contours de ma bouche jusqu'au moment où je voulus crier tant le désir montait en moi.

— Tu aimes ça ? demanda-t-il et je pus à peine grogner en guise de réponse.

— Donne-moi ta langue, exigea Carson.

Presque hésitante, elle sortit d'entre mes lèvres et plutôt que de l'attirer à sa bouche, il me lécha, penchant la tête d'un côté puis de l'autre, me faisant perdre la tête, effleurant et caressant ma chair jusqu'à ce que je sois sur le point d'exploser. Au moment où je crus ne plus pouvoir tenir plus longtemps, il attira ma langue dans sa bouche jusqu'à ce que nos lèvres se retrouvent soudées. Il me fallut un instant pour me rendre compte que sa queue butait contre moi, mimant le rythme régulier de sa langue.

À présent, ma culotte était absolument trempée, son érection frottant avec insistance contre le coton, s'enfonçant d'à peine un centimètre en moi, mais je ne pus m'empêcher de me trémousser alors qu'il me clouait au matelas.

— Hmm, c'est tellement délicieux, grogna-t-il.

De minuscules feux d'artifice envahirent mon bas ventre. Trop de plaisir déferlait dans mes veines, saturant chacune de mes cellules, pour que je réussisse à former une pensée cohérente. Je ne parvenais pas à imaginer quelque chose qui puisse être meilleur que la sensation que me procurait son corps ferme contre le mien, m'emmenant vers des endroits que je n'avais jusqu'à présent que...

Un glapissement paniqué m'échappa alors qu'il s'éloignait et s'installait sur le peu d'espace qui restait sur le matelas. Il posa un bras musclé sur ses yeux, sa respiration était irrégulière et laborieuse comme s'il peinait à garder le contrôle de lui-même.

Il grogna lorsque je changeai de position contre son corps pratiquement nu et j'eus l'impression que chacune de mes terminaisons nerveuses s'enflammait après la façon dont il m'avait touché quelques instants auparavant. Même s'il n'avait pas été au plus profond de moi, j'avais été sur le point de jouir. Quelques caresses supplémentaires et j'aurais explosé.

La tension faisait crépiter l'air, rendant l'atmosphère explosive. J'étais si excitée que c'en était douloureux.

— Carson, pourquoi t'es-tu arrêté ? murmurai-je.

En soufflant, il retira son bras et revint vers moi, posant un baiser rapide sur mes lèvres.

— Même si j'ai envie de toi, je ne veux pas que ta première fois se passe comme ça. Je ne veux pas que ce soit un truc précipité alors qu'on est encore à moitié endormis. Je veux prendre mon temps et profiter. Profiter de toi. D'accord ?

Je me trémoussai. Mon clitoris palpitait, comme doué d'une vie propre. Le soulagement, et comment l'obtenir, occupait tout mon esprit. Je ne voulais pas rester là à attendre. Pas comme ça.

— J'en ai rien à faire. J'ai besoin de toi. Maintenant.

J'insistai particulièrement sur le dernier mot, espérant qu'il comprendrait que c'était lui qui avait nourri le brasier qui faisait rage en moi et qu'il fallait qu'il agisse en conséquence. Il esquissa un petit sourire qui fit pétiller son regard noisette.

— Mooh, mais est-ce que ma petite chérie serait frustrée ?

Je fis la moue.

— C'est pas drôle, c'est toi qui as fait grimper la température. Et maintenant, tu me laisserais là, à sécher sur place ?

Je sentis sa grande paume tiède effleurer ma hanche avant de se fermer sur mon sexe dissimulé par ma culotte et de le presser légèrement.

— Mais si, c'est drôle. Et puis, t'as pas l'air sèche à ce que je sens...

Un gémissement m'échappa avant que je ne puisse m'en empêcher et je ruai des hanches, tentant de me rapprocher. Il dessina des petits cercles sur mon intimité et son ton devint plus incisif, sa voix si grave que je la sentis au plus profond de moi.

— Bordel, tu es absolument trempée !

Réduisant à néant la distance entre nous, il m'effleura la bouche d'un baiser et mordit ma lèvre inférieure. Le palpitement entre mes cuisses devint si insistant qu'il me battait aux tempes. Une fois qu'il eut relâché sa prise sur mes lèvres, il murmura :

— J'aime vraiment que tu te sois préservée pour moi et que tu n'aies jamais connu d'autre queue que la mienne.

Oh, mon dieu...

— S'il te plaît, implorai-je.

La pression ferme de ses doigts était une présence constante, mais cela ne suffisait pas à me plonger dans l'abysse. C'était comme s'il se retenait délibérément. Comme s'il me donnait juste assez pour nourrir les flammes de mon désir, et rien de plus.

— Est-ce que tu veux jouir ? me demanda-t-il et je sentis son souffle chaud contre mon oreille.

Ma respiration accéléra alors que mes yeux se révulsaient dans leurs orbites.

— Tu sais bien que oui…

— Alors, enlève ta culotte.

Il n'avait pas besoin de me le dire deux fois. Mes doigts tremblants se glissèrent sous l'élastique et je fis descendre le sous-vêtement le long de mes hanches et de mes cuisses avant de le repousser d'un coup de pied. Sa main ne me caressait plus et je voulais désespérément la voir revenir. Pratiquement au point de le supplier.

— Enlève ton soutien-gorge aussi, je veux te voir toute nue pour pouvoir ne faire qu'une bouchée de toi.

Je clignai des yeux et me penchai en avant pour pouvoir passer mes mains dans mon dos et dégrafer à tâtons mon soutien-gorge. Alors que je commençais à m'impatienter, je parvins enfin à le retirer et le jeter au sol.

Le soleil radieux entrait par la fenêtre toute simple et se déversait à flots sur moi tandis que je restais allongée, parfaitement immobile. Un mélange puissant d'inquiétude, d'adrénaline et de désir bouillonnait dans mes veines, envahissant chacune de mes cellules, et Carson resta allongé à mes côtés, sa tête appuyée sur son bras et son regard brûlant se baladant tranquillement sur tout mon corps, parcourant chaque centimètre carré de peau offert. Je pouvais pratiquement sentir la caresse de ses yeux, dont l'intensité me brûlait et me rendait vivante.

— Tu es tellement foutrement belle. Et maintenant, tu m'appartiens, dit-il en me regardant dans les yeux.

Ma poitrine s'empourpra à ces mots possessifs, et ma peau prit bientôt une teinte rosée de l'extrémité de mes orteils à celle de mes doigts. J'avais attendu toute ma vie qu'il dise ça.

De son autre main, il caressa l'un de mes seins avant de titiller et tordre le mamelon. Ce mélange étrange de douleur et de plaisir se répercuta directement dans mon entrejambe, où il généra un feu d'artifice de sensations. Lorsqu'il administra le même traitement à mon autre sein, je ne pus m'empêcher de glapir et ses doigts se glissèrent jusqu'à cette partie de moi qui palpitait douloureusement.

— Tu aimes te toucher ?

Je le dévisageai.

— Quoi ?

— Je veux savoir si tu aimes te masturber, fit-il avec un rictus.

Mes joues s'échauffèrent, j'eus l'impression qu'elles étaient en feu.

— Je...

Je ne savais pas quoi répondre à cette question.

Était-on vraiment en train d'avoir cette conversation ?

Maintenant ?

Ses doigts caressèrent mes petites lèvres, en dessinant les contours tandis que je me trémoussais. Plus il me procurait de plaisir, plus il devenait difficile de me concentrer sur ce qu'il disait.

— C'est une question facile, tu réponds par oui ou par non...

Au moment où je pensais ne plus pouvoir supporter plus long-temps cette délicieuse torture, il glissa un doigt dans mon intimité. Pas jusqu'au bout, mais à deux ou trois centimètres, juste assez pour que mes muscles se contractent autour.

— Hmm, je l'ai senti, ça. Tu es tellement étroite, grogna-t-il.

Mes muscles se contractèrent à nouveau, tentant de garder son doigt prisonnier parce que les sensations étaient beaucoup trop agréables pour vouloir y mettre un terme.

— Dis-moi, Elle, je veux savoir exactement ce que tu fais le soir, toute seule dans ton lit...

Son doigt épais continua de titiller mon humidité, me précipitant vers le gouffre avant de me rattraper juste avant que je ne tombe. La frustration grimpa en moi au point que j'eus pratiquement envie de crier.

— Oui ! acquiesçai-je d'une voix étranglée en ruant des hanches au même rythme que celui qu'il avait établi. D'accord ? Oui.

— Souvent ? murmura-t-il.

— Je ne sais pas... plusieurs fois par semaine ?

Je continuai de m'agiter, le suppliant silencieusement de me faire basculer dans les affres du plaisir. Je voulais juste...

— Regarde-moi, grogna-t-il.

Je tournai la tête jusqu'à ce que je puisse river mon regard embrumé sur lui.

— Est-ce que tu penses à moi quand tu caresses ta jolie petite chatte ?

— Carson, marmonnai-je, envahie par l'embarras.

Il se rapprocha et ses lèvres restèrent en suspens au-dessus de l'un de mes tétons. Son souffle chaud me procura une myriade de frissons avant même qu'il n'eût commencé à le suçoter. Je me cambrai, décollant pratiquement du lit, et passai mes doigts dans ses cheveux épais pour le maintenir en place.

Ce qui ne fonctionna pas.

Il s'écarta et son attention se porta à nouveau sur moi avant qu'il répète la question.

— Est-ce que tu fantasmes sur moi quand tu te touches ?

Je restai silencieuse, et ses doigts s'immobilisèrent, la paume de sa main enfoncée dans ma chair tendre, me rappelant délicatement qu'il était là, qu'il me tenait, mais rien de plus. Peu importe si je me frottais contre lui, je n'allais pas avoir la satisfaction dont j'avais désespérément besoin.

— Il te suffit de répondre à la question.

— Oui, à chaque fois, finis-je par dire.

Ses lèvres se retroussèrent en un sourire et son regard s'échauffa.

— Vaudrait mieux que ça soit que moi, bébé, ou on pourrait bien avoir un problème.

Avant que je puisse ajouter quoi que ce soit, il écarta mes cuisses. Avec ses pouces, il m'étira afin d'exposer chaque centimètre de mon intimité. L'embarras m'envahit de plus belle alors que j'essayais de serrer les jambes, mais il ne me le permit pas.

— Je veux pouvoir te voir.

Un grognement m'échappa et je rougis de plus belle ; jamais personne ne m'avait regardée aussi ouvertement. Il semblait vouloir graver dans sa mémoire chaque partie de moi. Lorsqu'il m'avait fait jouir quelques semaines auparavant, ma jupe et ma culotte étaient restées en place et il s'était contenté de les baisser suffisamment pour avoir accès à mon clitoris. Aujourd'hui, c'était totalement différent. Je ne pourrais pas être plus ouverte, et avec ses mains qui maintenaient mes cuisses largement écartées, je ne pouvais rien y faire.

— Tu es tellement foutrement belle. Je veux que tu te souviennes que tu t'es donnée à moi, et qu'à présent cette chatte m'appartient. Est-ce que tu comprends ? murmura-t-il en caressant mon intimité du bout des doigts.

Il releva la tête, me mettant au défi de le contredire. La possessivité que je voyais briller dans ses orbes noisette suffit pour m'assécher la bouche.

— Oui, dis-je.

Tout ce que j'avais toujours voulu, c'était lui appartenir.

— Bien !

Il se pencha en avant jusqu'à ce que je sente son souffle tiède sur ma chair frémissante. Il se mit à laper langoureusement, du bas de ma vulve à l'endroit où mon clitoris était niché. Le plaisir déferla en moi tandis qu'il ralentissait et répétait la manœuvre, ses doigts enfoncés dans mes cuisses pour les maintenir dans cette position. À présent, je n'avais aucune envie de les refermer. Je me cambrai, m'offrant entièrement à son regard. Il voulait un festin, il allait être servi. Il encercla paresseusement mon clitoris avant d'enfoncer sa langue douce et veloutée au plus profond de mon antre chaud.

Aussi incroyable qu'ait pu être la première fois qu'il m'avait touchée, ça n'avait rien à avoir avec le plaisir qu'il me procurait à présent. J'avais l'impression d'être au paradis. Je réalisai que j'avais fermé les yeux au moment où je les rouvris, son souffle m'ayant abandonnée. Je regardai Carson d'un air interrogateur alors qu'il se plaçait au-dessus de moi, réduisant à néant la distance entre nous. Une seconde plus tard, ses lèvres étaient posées sur les miennes et il fourrait sa langue dans ma bouche.

— Tu sens ton parfum sucré sur ma langue ? Tellement bon... Il m'en faudra toujours plus, murmura-t-il.

Un gémissement m'échappa et je ne pus rien répondre d'autre. Il recula et s'agenouilla entre mes cuisses écartées. Ses doigts attrapèrent ma main et la ramenèrent entre mes jambes. Le voile qui embrumait ma vision s'éclaircit et je le regardai, perplexe.

— Je veux te regarder te toucher, expliqua-t-il.

J'ouvris une bouche béante.

Non. Il ne pouvait pas…

— Montre-moi comment tu caresses ta jolie petite chatte quand tu es toute seule et que tu penses à moi…

Oh, mon dieu.

Alors que j'allais faire signe que non et lui refuser sa demande, il baissa son boxer, révélant son membre long et épais. Incapable de le quitter des yeux, je le vis empoigner son érection.

Bordel.

Il était si dur. Si énorme.

Le désir explosa en moi comme un feu d'artifice alors que je le dévorais des yeux. Je ne réalisai même pas que mes doigts s'étaient mis en mouvement, caressant mon intimité trempée, avant qu'il grogne et se mette à aller et venir en synchronisation avec mes mouvements, du liquide perlant à l'extrémité de sa queue.

J'étais si éprise de la vision qu'il m'offrait qu'il me semblait impossible de détourner le regard. Des années durant, j'avais fantasmé sur ce que ce serait de coucher avec Carson, mais la réalité était tout à fait différente.

— C'est ça, bébé, caresse-toi pour moi, m'encouragea-t-il.

Sa voix rauque éveilla quelque chose dont je n'avais même pas soupçonné l'existence au plus profond de moi, tapie sous la surface et qui attendait qu'on le libère. Voulant lui plaire, je glissai mes doigts dans mon sexe et dessinai des petits cercles autour de mon clitoris. La petite boule de nerfs palpita alors que j'étais sur le point d'exploser. J'avais beau être tentée de fermer les yeux, je m'en abstins. Je n'avais jamais rien vu de plus excitant que Carson empoignant sa queue qui semblait devenir de plus en plus épaisse. Il ruait des hanches, se propulsant vers l'avant, son gland prenant une teinte violette plus profonde. Du liquide continuait de perler à son extrémité.

Plus je le contemplais, plus le désir en moi atteignait de nouveaux sommets, pratiquement stratosphériques. Il suffit de quelques effleurements supplémentaires pour que je rende les armes sous son regard attentif. Je me cambrai et ouvris grand les jambes jusqu'à ce que mes genoux soient plaqués contre les draps. Son nom m'échappa alors que, vague après vague, le plaisir déferlait en moi, assaillait mes sens et menaçait de m'entraîner dans les profondeurs de l'océan. Mon cœur battait douloureusement et irrégulièrement contre ma cage thoracique et résonnait jusque dans mes oreilles.

Dès que le premier gémissement m'échappa, un jet de sperme chaud s'étala sur mon bas ventre, décorant ma peau pâle. Il avait rejeté la tête en arrière et son cou était exposé, son corps entier tremblant de soulagement. La façon dont sa poigne se resserra autour de son sexe, le comprimant avec force, me soutira un autre petit spasme de plaisir.

Lorsque les sensations finirent par s'atténuer, je m'affaissai lourdement sur le matelas. Avec un soupir, ses muscles se détendirent et il relâcha son érection qui se ramollissait avec un rictus satisfait.

— Ça, c'est une bonne façon de commencer la journée, murmura-t-il.

Je parvins à peine à étouffer un rire qu'il me prenait déjà dans ses bras. Peu à peu, nous nous rendormîmes.

CHAPITRE 33

CARSON

C'était samedi soir et le rez-de-chaussée était bondé. Je bus une gorgée de ma bouteille d'eau et parcourus la foule des fêtards du regard, cherchant une fille en particulier. Toutefois, elle continuait d'être insaisissable. Elle avait donné une représentation plus tôt dans la soirée et promis de passer dès qu'elle serait terminée. L'impatience montait en moi alors que je consultai mon téléphone pour la énième fois.

Il était pratiquement vingt-trois heures.

Elle devrait déjà être là.

Même si j'avais passé la nuit précédente dans son lit, les bras enroulés autour de son corps, ce n'était pas suffisant. C'était une véritable addiction et j'étais complètement accro. J'avais passé des années à repousser mon désir et à faire comme s'il n'existait pas. Maintenant que j'avais cédé et que j'y avais goûté, il ne m'était plus possible de revenir en arrière.

Nous passions du temps ensemble dès que nous pouvions, mais ce n'était pas simple. Je vivais dans une maison avec plusieurs autres gars, dont son propre frère, et elle vivait avec trois filles dans un appartement qui laissait très peu d'intimité. Elle me faisait entrer en douce après que tout le monde se soit couché, et je partais avant qu'elles ne se lèvent. Même si je détestais les secrets, nous avions décidé de garder ça pour nous tant que nous n'aurions pas mis les choses au point.

Je fus sorti de ma réflexion lorsque je sentis une main s'abattre sur mon épaule.

— Mais qu'est-ce que tu fais là, tout seul dans ton coin ? C'est une fête, mec ! On a gagné cet après-midi, la victoire est à nous. Ça veut dire qu'il est temps de faire la fête ! lança Brayden d'une voix tonitruante pour couvrir la musique.

Mon regard se tourna vers sa copine, qui lui tenait le bras. Ils n'étaient pas ensemble depuis bien longtemps, mais il était déjà impossible d'imaginer Brayden sans elle. Ils se complétaient tous les deux.

Je détestai la bouffée de jalousie qui me traversa les veines. C'était exactement le genre de relation que je voulais. Une relation où je pouvais m'afficher au grand jour avec mon bras sur les épaules d'Elle. Pour le moment, c'était impossible. Et je n'avais aucune idée de quand ce le serait.

Je haussai les épaules. Ce n'était pas comme si je pouvais lui dire la vérité ; que j'attendais que sa sœur arrive ! Au lieu d'ajouter un mensonge à la pile qui ne cessait de croître, je restai silencieux. C'était plus simple comme ça. Brayden secoua la tête comme s'il ne comprenait pas ce qui m'arrivait. Dieu merci, c'était une bonne chose. Nous aurions de vrais problèmes si cela changeait.

— Depuis quand tu te comportes comme une garce lunatique ? demanda-t-il.

Sydney lui décocha un coup de coude dans les côtes et il eut un mouvement de recul avant de rire.

— Quoi ? C'est vrai… Il agit exactement comme ça. Je dis juste ce que je vois.

Sydney leva les yeux au ciel, puis elle me regarda d'un air entendu et pénétrant, ce qui me mit un peu mal à l'aise parce que j'avais l'impression qu'elle voyait beaucoup plus que ce que j'étais prêt à admettre. Je détendis mes épaules et essayai de me débarrasser de cette étrange sensation. Crosby et Asher m'avaient déjà percé à jour. Je n'avais pas besoin que quelqu'un d'autre, en particulier la copine de Brayden, se rende compte de ce qui se passait.

J'espérais que ce n'était rien de plus qu'un accès de paranoïa de ma part. C'était exactement ce que les secrets finissaient par provoquer. Je m'éclaircis la gorge.

— C'était serré, le match cet aprèm. On est trop près des éliminatoires pour que ça se reproduise.

La curiosité de Brayden s'évanouit immédiatement.

— Tu as raison, on a fait trop de petites erreurs qui auraient pu nous coûter cher. On a eu de la chance.

— C'est pas la chance qui fait gagner des championnats, renchéris-je.

Ouf ! J'avais réussi à entraîner la conversation dans une autre direction, même si ça nous ramenait à ce qui s'était passé plus tôt aujourd'hui sur le terrain. L'entraîneur nous avait passé un savon monumental au vestiaire et la plupart d'entre nous s'en souviendront pendant quelques jours. Et pour que l'on sache qu'il était tout à fait sérieux, il avait programmé un entraînement obligatoire à l'aube le lendemain matin alors que nous devrions normalement avoir congé le dimanche. Donc oui...

Ça craignait d'être nous.

Je jetai un coup d'œil autour de moi et remarquai quelques-uns de nos plus jeunes coéquipiers en train de boire des bouteilles de bière. Je secouai presque la tête. Ils paieraient le prix de leur connerie lorsque nous nous nous mettrions à courir avant même que le soleil ne se soit levé.

Ce soir, j'étais comme Cendrillon. J'avais prévu de partir à minuit pour profiter d'une bonne nuit de semaine. Mon attention se porta sur Brandon qui agitait la main, et avant même que je ne regarde en direction de la personne qu'il saluait, je savais déjà qui j'allais voir. Au plus profond de moi, je sentis qu'Elle venait enfin d'entrer.

Comme je voulais la jouer tranquille, j'étouffai mon excitation grandissante et pris une autre gorgée d'eau. J'avais passé des années à prétendre que cette fille n'était rien de plus que la sœur de mon meilleur ami. Maintenant qu'elle avait découvert la vérité et qu'elle m'avait obligé à avouer mes sentiments, il devenait de plus en plus difficile de faire comme si je lui étais indifférent.

Il y avait toutefois des avantages à ce que notre relation soit secrète : c'était amusant de la taquiner, de la rendre dingue, et de me rendre tout aussi dingue au passage. J'aimais caresser la peau douce de sa cuisse sous la table quand nous travaillions à la bibliothèque, ou faire des petits cercles sur sa main quand je savais que personne ne nous regardait. La chaleur inondait ses yeux, et je n'avais plus d'autre choix que de la libérer alors que je préférerais me plonger en elle.

Quand je croisai son regard, elle s'était frayé un chemin à travers la foule et était à présent aux côtés de son frère. Avec un sourire, elle étreignit brièvement Sydney. C'était quelque chose que j'appréciais particulièrement chez elle : elle était affectueuse. Il fut un temps où je ne pensais pas qu'il y avait la moindre chance que nous ayons un avenir et où je vivais pour ces contacts fugaces. Maintenant, j'avais tout ce que je voulais.

— Comment s'est passée la pièce, morveuse ?

Je grimaçai. Brayden avait toujours surnommé ainsi sa petite sœur. Son regard se posa sur moi avant de revenir sur le couple.

— Fantastique ! Sans anicroche aucune !

— Bien, acquiesça-t-il. Vous venez de finir ?

— Oui, quelqu'un organisait une autre fête pour la troupe, mais je voulais venir et fêter votre victoire ! Encore félicitations, d'ailleurs, c'était un beau match !

— Merci ! Ça s'est joué à un cheveu, mais bon, on a gagné quand même…

— T'étais sacrément bon, Bray, dit-elle avant de se tourner vers moi. Toi aussi.

— Merci, répondis-je en sentant mon cœur se gonfler dans ma poitrine.

Savoir qu'elle était dans les gradins cet après-midi était la seule motivation dont j'avais eu besoin pour m'assurer que je jouais au mieux de mes capacités. J'étais partout sur le terrain, créant des trous dans la défense et protégeant mon quarterback pendant les passes.

Vous pensiez vraiment que j'allais permettre à l'autre équipe de me ridiculiser devant Elle ?

Hors de question.

Nous passâmes quelques minutes à discuter tous les quatre avant qu'Elle ne parte aux toilettes. Après un dernier regard par-dessus son épaule, elle disparut dans la foule. Il me fallut toute ma retenue pour rester là et ne pas la suivre comme une ombre. J'étais horrifié à l'idée de la savoir seule à une fête. La majorité des gars sur place étaient nos coéquipiers et savaient qu'il valait mieux garder leurs distances avec elle, à moins qu'ils ne veuillent goûter la rage de Brayden. Et croyez-moi, personne n'en avait envie. Surtout s'il décidait de régler l'affaire sur le terrain de foot.

Lorsque je me concentrai à nouveau sur le couple, je vis que Sydney m'observait, me questionnant du regard. Merde. Je m'éclaircis la gorge et ramenai la conversation sur le match d'élimination que nous nous apprêtions à disputer. Je terminai finalement ma bouteille et inventai une excuse, prétextant qu'il fallait que je reste hydraté.

Avant que l'un ou l'autre ne puisse objecter, je partis, cherchant dans la marée humaine la chevelure sombre d'Elle. Le désir m'envahissait, m'aiguillonnait. Plus le temps passait, plus je devenais fébrile. Ce besoin d'elle envahissait tout mon être, pratiquement comme s'il s'agissait d'un être vivant de plein droit. Chaque jour qui passait, il devenait de plus en plus fort et n'avait de cesse de croître.

Dès que je l'aperçus, je fus soulagée et je changeai de direction, me précipitant dans sa direction. Elle discutait avec Easton, Sasha, Rowan, Demi et Asher, tout sourire. Les gars de la maison avaient toujours été là pour assurer ses arrières comme si c'était leur propre sœur et je leur faisais tous confiance.

En passant devant elle, j'effleurai ses doigts pour attirer son attention, et nos regards se croisèrent alors que je montais dans la chambre d'Asher. Les trois-quarts du temps, il ne la fermait pas à clef alors qu'il suffisait de baisser la poignée pour que la porte s'ouvre à la volée. J'entrai et j'attendis qu'elle arrive. Lorsque la porte grinça, je l'entraînai à l'intérieur, refermai avec précaution et attirai Elle contre moi, ses yeux s'écarquillant lorsqu'elle percuta mon torse.

— Tu m'as manquée, grognai-je avant que mes lèvres ne s'écrasent sur les siennes.

Il n'en fallut pas plus pour que sa bouche s'ouvre et que ma langue s'y aventure. Elle passa ses bras autour de ma nuque pour me tenir près d'elle, et son goût délicieux finit par calmer la bête qui rôdait sous ma peau. Je changeai de position afin de pouvoir profiter davantage d'elle, et le petit cri qui lui échappa ne fit que faire croître mon désir. J'avais l'impression d'être en feu et que rien ne pourrait étouffer ce brasier.

C'était aussi effrayant qu'excitant.

Toutes les émotions qui tourbillonnaient en moi couvaient sous la surface en attendant de remonter, et maintenant, il n'était plus possible de les retenir ou de faire comme si elles n'existaient pas. Ce ne fut que pour reprendre notre souffle que nous rompîmes le baiser.

— Toi aussi, tu m'as manqué, murmura-t-elle.

— La pièce s'est bien passée ? Tu as passé une bonne soirée ? demandai-je.

Bien que la pièce soit partiellement plongée dans l'obscurité, il était impossible de manquer la façon dont son visage s'illumina ou son ton empli d'excitation.

— C'était l'une de nos meilleures représentations, tout le monde a fait mouche et ça s'est déroulé à la perfection.

Le simple fait de l'écouter me fit sourire.

— J'en suis heureux, dis-je.

— Moi aussi, affirma-t-elle avant de poursuivre d'une voix faible. Je serai triste quand ce sera fini. On a passé tellement de bons moments ! Entre les répétitions, apprendre le texte des soirées durant, les représentations...

Voulant lui faire oublier la production et sa fin inévitable, je penchai la tête sur le côté et pressai mes lèvres contre les siennes. Les parents d'Elle l'avaient inscrite à un atelier théâtre dans leur quartier quand elle devait avoir huit ans, et elle en était tombée instantanément amoureuse. Elle n'avait jamais été aussi passionnée par un sport ou par une autre activité. Quand nous étions plus jeunes, j'aimais secrètement l'aider à répéter les répliques et la regarder se glisser sans effort dans la peau de son personnage.

Lorsque nous nous écartâmes l'un de l'autre une deuxième fois, j'appuyai mon front contre le sien. Nous étions si près l'un de l'autre que son souffle devenait le mien et vice-versa. C'était enivrant.

— Tu viens dormir chez moi ce soir ? demanda-t-elle.

J'en avais envie… Je secouai la tête.

— Non, pas avec l'entraînement à l'aube imposé par l'entraîneur…

— D'accord, alors peut-être que je devrais dormir ici.

Elle haussa les sourcils et une lueur d'espoir dansa dans ses yeux.

— Absolument pas ! Tu imagines si ton frère nous surprend ensemble ? J'ai déjà peur de sa réaction quand je lui dirai ce qui s'est passé, et ce sans visuel. S'il nous prend sur le fait, il me tuera probablement à vue.

Elle fit la moue et fronça les sourcils.

— J'espérais vraiment qu'il se détendrait un peu maintenant qu'il est avec Sydney.

— Oh, il s'est bien détendu, mais pas en ce qui te concerne. D'ailleurs, tu devrais probablement retourner à la fête avant qu'il ne se rende compte que tu as disparu. Je te rejoins dans quelques minutes, dis-je sans lui laisser le temps de répliquer.

Je voyais bien qu'elle bouillonnait et qu'elle avait envie de répondre. Au lieu de ça, elle se dressa sur la pointe des pieds et me donna un dernier baiser avant de sortir. Je sortis mon téléphone et traînai quelque temps sur le site d'infos sportives, ESPN, avant de me dire qu'il s'était écoulé suffisamment de temps pour que je puisse partir sans qu'on me remarque. Dès que je refermai la porte derrière moi, je me figeai sur place. Crosby était négligemment appuyé contre le mur, les bras croisés sur son torse. Dès que nos regards se croisèrent, il haussa un sourcil. Il arborait déjà son rictus habituel.

— On dirait bien que quelqu'un cherche à ce qu'on lui botte le cul, insinua-t-il.

— Oui, et ce quelqu'un va être toi, grognai-je, pas d'humeur pour ses conneries.

Il pouffa avant de se redresser.

— Tu sais ce qu'on dit, à trop jouer avec le feu…

Comme je refusais de répondre, il finit le proverbe.

— On finit par se brûler.

Mes épaules s'affaissèrent d'un coup parce que nous savions tous les deux que c'était vrai. Tôt ou tard, tout allait partir en fumée.

— Oui… acquiesçai-je.

CHAPITRE 34

ELLE

Même si j'avais déjà mangé ici des dizaines de fois au cours de l'année et demie passée à Western, j'étudiai attentivement le menu, hésitant entre un *wrap* au poulet sauce barbecue et un *bowl* d'aiguillettes de poulet au citron vert et à la coriandre avec du quinoa et des haricots noirs. Je commençais à croire que les habitudes alimentaires très saines de Sierra déteignaient sur moi. Sinon, comment expliquer les choix que j'envisageais ? Elle essayait de nous inciter à nous diversifier et à tenter de nouveaux plats. Sierra aimait cuisiner, c'était une activité qui l'aidait à se détendre. Elle aimait préparer des en-cas nutritifs dans le four du dortoir. Parfois, ils étaient étonnamment délicieux, comme les noix caramélisées avec un assaisonnement pour bagel par exemple. D'autres fois, ce n'était vraiment pas fameux. Je pensais surtout aux chips de chou kale au four… Je finis par choisir le *bowl* et me rapprochai de la caisse. Il devait y avoir six personnes devant moi et j'étais un peu pressée par le temps. J'espérais pouvoir commander et manger rapidement avant de filer à mon prochain cours.

— Tu sais à quel point j'ai envie de t'embrasser en ce moment ? fit une voix grave derrière moi.

Un frisson parcourut mon échine alors que je sentais le souffle chaud de Carson contre mon oreille. Il me fallut tout mon sang-froid pour ne pas me retourner et me jeter dans ses bras. Mais comment pouvais-je faire ça en plein milieu du snack grouillant d'étudiants ?

C'était impossible.

— Probablement autant que moi, murmurai-je en tournant légèrement la tête pour croiser son regard.

Il se rapprocha de moi avec un petit sourire, jusqu'au moment où je pus sentir la chaleur de son corps musclé pressé contre mes fesses. C'était moche de devoir cacher notre relation et d'être forcés à n'avoir que des moments volés. Je ne savais pas combien de temps j'allais pouvoir continuer ainsi.

— Je me disais qu'après le match ce week-end, nous pourrions quitter la ville pour la nuit, loin de tout le monde. Ça te plairait ? demanda-t-il, ce qui eut pour effet de me sortir de mes pensées.

Oui !

— Ce serait formidable, acquiesçai-je.

L'idée d'avoir Carson pour moi toute seule, ne serait-ce que pendant vingt-quatre petites heures, remplit mon cœur de tant de bonheur que j'eus l'impression qu'il allait exploser. Nous allions pouvoir sortir dîner ensemble, nous tenir par la main, ou même nous embrasser. En public.

Toutes les petites choses que les couples normaux faisaient lorsqu'ils ne cachaient pas leur relation. Il sourit largement.

— On pourrait partir à une heure d'ici, peut-être du côté de Cold...

— Et le chalet ? demandai-je avec excitation. Je pourrais demander à ma mère si on peut y aller. Je lui dirai juste que les filles veulent partir en week-end et je suis sûre qu'elle acceptera !

Son regard s'assombrit et il tourna la tête.

— Je n'aime pas beaucoup l'idée de mentir à ta mère.

Quelle différence cela faisait-il ? Pour l'instant, nous dissimulions à tout le monde la vérité, autant à nos amis qu'à nos familles.

— Si tu veux, je lui dirai, pour nous... dis-je. Ça ne me pose pas de problème.

En temps normal, je disais tout à ma mère, nous avions toujours été proches. Honnêtement, ce serait un soulagement de pouvoir en parler avec quelqu'un d'autre parce que garder tout ça pour moi me donnait l'impression que j'allais exploser.

Il se mordit la lèvre inférieure pensivement, et avant qu'il n'ait le temps de répondre, Brayden et Sydney apparurent du néant. Du moins, ce fut l'impression que ça me fit. Peut-être avions-nous été trop pris dans notre conversation pour les entendre s'approcher. Carson recula rapidement d'un pas pour rétablir une distance appropriée entre nous.

— Hé ! Tout le monde est là, lança mon frère en montrant une tablée de footballeurs en train de se chahuter à l'autre bout du snack.

Carson refusa l'offre et continua de battre en retraite.

— Désolé, faut que je décolle !

— Quoi ? Je croyais qu'on mangeait ensemble ce midi... Bordel, c'était pas ton idée, d'ailleurs ? s'étonna Brayden en fronçant les sourcils.

— Oui, je sais, mais j'ai eu un truc à la dernière minute... On se retrouve tout à l'heure à l'entraînement, fit-il en nous saluant.

L'instant d'après, il était parti et il avait disparu dans la foule. Mon frère continua de le regarder d'un air perplexe avant de se tourner vers moi.

— Quelqu'un d'autre trouve qu'il est pas comme d'habitude ces derniers temps ? Parce que sérieusement, je sais pas ce qui lui arrive...

Voilà une question à laquelle je préférais ne pas répondre, et plutôt que de mentir, je haussai les épaules. Je regardai tour à tour Brayden et Sydney, et cette dernière haussa les sourcils. Son air entendu me fit rougir et je détournai le regard. Si elle avait découvert notre secret, ce n'était qu'une question de temps avant que mon frère nous perce à jour lui aussi.

CHAPITRE 35

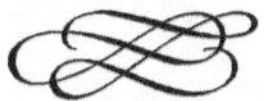

CARSON

Je montai au premier étage de la bibliothèque et cherchai Elle du regard. Je savais qu'elle avait l'intention d'y passer un long moment et je lui avais dit que j'allais passer après l'entraînement. Il ne me fallut que quelques secondes pour la trouver : elle était assise avec Mike à une table un peu à l'écart. Ses longs cheveux brun brillant dissimulaient son visage alors qu'elle était penchée sur un livre. Mike, assis en face d'elle, s'affairait sur son ordinateur portable.

Comme Elle et moi ne nous étions pas vus de la journée, j'avais très envie de pouvoir passer un petit moment en sa compagnie.

— Hé ! lançai-je.

Ils relevèrent tous les deux la tête, Elle tout sourire. Pendant une seconde, tout ce qui m'envahissait l'esprit se tut et je la contemplai d'un air ébahi. Elle était radieuse, un vrai rayon de soleil. C'était foutrement niais, mais ça n'en était pas moins vrai. J'avais passé tant d'années à nier ce que je ressentais que j'avais fini par pratiquement croire que je ne ressentais rien pour elle. Il avait toutefois fallu peu de choses pour que je réalise à quel point cette lutte était vaine. Me sortant de ma rêverie, je toussotai.

— Alors, ça avance le boulot ? demandai-je.

— Oui, on est là depuis quelques heures et j'ai déjà fait les devoirs de stats et quelques autres matières.

J'acquiesçai et me tournai vers Mike, me dandinant sur place. Je mourrais d'envie de prendre Elle dans mes bras pour l'embrasser, et je faisais preuve d'une grande retenue pour ne pas m'exécuter. Un regard entendu passa entre nous et elle pencha la tête vers son ami.

— Le pot aux roses est découvert, il sait…

Je haussai les sourcils.

— Oh, vraiment ?

Nous étions censés garder notre relation secrète dans l'immédiat parce que la dernière chose que je voulais, c'était que Brayden soit au courant. Le moment venu, je souhaitais qu'il l'apprenne de moi.

— Vous êtes adorables tous les deux, je ne pourrais pas être plus heureux… Enfin, si tu avais un frère, je serais encore plus heureux, fit Mike.

Euh…

Elle pouffa de rire.

— On en a déjà parlé, Carson est fils unique.

Elle l'interrompit avant qu'il puisse répondre :

— Et tous ses cousins vivent dans d'autres états…

— Et ses cousins éloignés ? demanda-t-il en penchant la tête.

Elle leva les yeux au ciel, riant toujours.

— Faut que tu lâches l'affaire…

Je ne savais pas de quoi ils parlaient, mais si Mike avait déjà découvert le pot aux roses, alors il n'y avait aucune raison de me priver d'un baiser rapide. Je regardai autour de nous avant de réduire à néant la distance entre nous. Mes lèvres effleurèrent les siennes, et même si cela ne suffisait pas à nourrir le désir intense que j'avais pour elle, je me sentis immédiatement apaisé. J'avais attendu toute la journée pour ça.

— Oui, tout à fait adorables, soupira Mike.

Elle sourit et rit de plus belle.

— Est-ce que tu as le temps pour une petite pause ? demandai-je.

Maintenant que je l'avais touchée, j'avais besoin de plus. Un petit bisou sage n'allait pas me suffire.

Elle acquiesça. Je la soulevai de sa chaise et l'entraînai vers les étagères du fond, où nous serions un peu plus à l'abri des regards indiscrets.

— Je bouge pas d'ici, je resterai seul et malheureux, marmonna Mike dans notre dos.

— On revient vite, répliqua-t-elle.

— Mais qu'est-ce qu'il se passe ? demandai-je d'un regard interrogateur.

— Mike te trouve sacrément canon et musclé, et pour information, je suis tout à fait d'accord avec lui ! Il voulait savoir si tu avais des frères ou des cousins qui puissent être son genre.

— Nope, y a que moi, dis-je avec un petit rire.

— C'est ce que je lui ai dit…

Une fois que nous eûmes dépassé quelques rangées de livres, je m'arrêtai et la pris dans mes bras, son corps élancé s'ajustant à la perfection contre le mien.

— Tout ce qui compte pour moi, c'est que je sois ton genre, dis-je.

— T'as pas à t'en faire pour ça, tu es *tout à fait* mon genre.

Je posai mes lèvres sur les siennes, et dès qu'elle ouvrit la bouche, j'approfondis le baiser et la plaquai contre les étagères. Elle passa ses bras autour de ma nuque, s'agrippant à moi comme si elle n'allait jamais me laisser partir. Dans l'immédiat, c'était tout ce que je voulais, ne jamais partir.

— Je suis tellement fatiguée que l'on ait à se cacher et faire semblant, murmura-t-elle lorsque l'on mit un terme au baiser pour reprendre notre souffle.

— Je sais, et c'est tout à fait pour ça que j'ai hâte de t'avoir rien que pour moi ce week-end, dis-je.

— Moi aussi, répondit-elle, le regard adouci.

Je l'embrassai à nouveau.

— On pourra en parler et s'arranger, d'accord ?

— On aura le chalet rien que pour nous, acquiesça-t-elle.

— Oh ? On dirait bien que tu as quelque chose en tête, fis-je remarquer en remuant les sourcils d'un air suggestif.

— Peut-être bien, oui, avoua-t-elle, faussement timide.

J'esquissai un sourire, mes lèvres à quelques millimètres des siennes.

— Tu pourrais m'en dire plus ? Me donner un petit aperçu ?

— Nope, tu vas devoir attendre…

— Allumeuse, rétorquai-je alors que je sentais ma queue se réveiller dans mon jogging.

Ses doigts se posèrent sur ma longueur et elle se mit à me caresser. Un grognement m'échappa alors qu'elle continuait de jouer avec mon érection croissante. En plein milieu de la bibliothèque.

Alors que j'étais sur le point de suggérer qu'on poursuive ça dans un endroit un peu plus intime, j'entendis une voix familière de l'autre côté de l'étagère.

— Mec, l'entraînement m'a vraiment tué, j'ai tellement pas envie d'être là…

— Je suis bien d'accord, mais faut que je finisse ce papier pour l'éco… et puis on pourra ficher le camp d'ici.

Bordel.

Brayden et Easton.

Elle écarquilla les yeux lorsqu'elle reconnut les voix. L'un comme l'autre pouvait se retourner à tout moment et nous voir. Il fallait qu'on file de là. Silencieusement. Si son frère nous prenait sur le fait, il me pendrait par la peau des couilles. Sans poser de question. Je compris alors qu'Elle avait raison. C'était peut-être drôle au début, le secret, les rencontres furtives, mais ça ne pouvait pas durer. À un moment ou à un autre, on allait finir par devoir lui dire. La question restait à savoir quand.

CHAPITRE 36

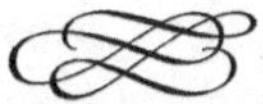

CARSON

Je me frayai un chemin à travers les arbres qui bordaient la route étroite. À présent, ils avaient complètement perdu leurs feuilles et le sol était jonché d'un épais tapis de feuillages rouge, marron et doré. Comme nous avions joué en début d'après-midi, Elle et moi avions pu partir peu après quinze heures. J'avais essayé de partir discrètement, mais j'étais tombé sur le seul gars que je tenais à éviter. Au lieu d'être honnête, je m'étais dégonflé et je lui avais dit que j'allais voir mes parents. Sans y réfléchir davantage, il m'avait mis une claque dans le dos et m'avait dit de passer un bon moment.

Omettre la vérité, c'était une chose, mentir, c'en était une autre.

Après ce week-end, il allait falloir que je lui parle et que je lui explique la situation. Je ne me faisais pas d'illusion, ça n'allait pas bien se passer. J'étais son ami depuis assez longtemps pour savoir qu'il serait furax. Je pouvais seulement espérer le convaincre que mes sentiments pour sa sœur étaient sincères et que je ne lui ferais jamais de mal.

J'avais passé la majorité de ma vie à la protéger. Il devait en être conscient, pas vrai ? Lorsqu'Elle pressa ma main, je sortis de ma rêverie et la regardai. Elle me sourit largement et je ne pensai plus à son frère. Même si je détestais avoir à agir en douce, j'étais heureux qu'on puisse prendre un moment rien qu'à nous. C'était exactement ce dont nous avions besoin.

Alors que je m'engageais sur la route bourrée d'ornières qui menait au chalet, les arbres se resserrèrent encore davantage et les branches effleurèrent pratiquement ma Chevrolet. Je venais au lac avec les Kendricks depuis que Brayden et moi étions devenus amis en primaire. J'avais tellement de bons souvenirs associés à cet endroit : pêcher, camper, nager, s'aventurer dans les bois, les feux de camp dans le jardin, les balades en quad... Pour un gamin dont les parents n'aimaient pas du tout les activités d'extérieur, c'était le paradis. Chaque année, j'attendais avec impatience nos journées là-bas.

Suite au décès de Jake quand nous étions en terminale, tout s'était brutalement interrompu et Brayden avait cessé de venir. Leur père incarnait le chalet et il y avait trop de souvenirs douloureux tapis dans l'ombre. Ça faisait quatre ans que je n'étais pas revenu dans le coin, et même si j'étais un peu triste, j'avais aussi l'impression de rentrer chez moi.

Une fois que nous fûmes au sommet de la petite colline, nous aperçûmes le lac et le chalet. Le soleil brillait fort et l'eau était calme et lisse comme du verre. Les pins et les peupliers sur l'autre rive s'y reflétaient comme sur une carte postale. Toute la végétation était beaucoup plus dense que dans mes souvenirs et c'était, là encore, un signe que beaucoup trop de temps s'était écoulé depuis ma dernière visite.

Coupant le moteur, je me tournai vers Elle et souris. Elle pressa doucement ma main en souriant à son tour. Brayden évitait de venir, mais Elle et sa mère venaient y passer le week-end de temps en temps. Elle avait fait la paix avec son passé et ne voulait plus qu'il fasse d'ombre à son avenir.

— Est-ce que tu es prête ? demandai-je.

Elle acquiesça et nous descendîmes tous les deux du véhicule. Dès que je fus dehors, je pris une profonde inspiration ; il y avait toujours eu quelque chose de vivifiant dans l'air. L'air était frais, propre et empli de l'odeur des pins. Si je fermais les yeux, je revenais à mon enfance. Et c'était une sensation réconfortante.

Ouvrant le coffre, je récupérai nos sacs. Comme nous n'avions prévu de rester qu'une nuit, nous n'avions pas pris beaucoup de vêtements. Quand nous étions passés par la petite ville voisine, nous nous étions arrêtés faire quelques achats pour avoir le nécessaire. Elle se saisit des sacs de courses et nous ramenâmes tout devant la maison. Sortant la clef de son sac à main, elle ouvrit la porte d'entrée.

Lorsque nous entrâmes, je balayai du regard le chalet spacieux, en tous points conforme à mon souvenir. Au fond de la pièce se trouvait une énorme cheminée en pierre de taille qui prenait tout un pan de mur. Un chandelier créé à partir des bois d'un cerf pendait au plafond et, plus loin, des canapés créaient un espace accueillant où il faisait bon s'asseoir devant l'enfilade de fenêtres qui surplombaient le lac. Peu importe où nous étions dans cette maison, la vue était toujours magnifique.

Elle monta nos sacs dans sa chambre au premier étage tandis que je rangeai les courses à la cuisine. Ce n'était pas un simple chalet, c'était une véritable maison. Les Kendricks n'avaient pas regardé à la dépense lorsqu'ils l'avaient fait construire quelques dizaines d'années auparavant. Tout était fait en inox et en granit, un océan de parquets brillant partout. En face de la cuisine se trouvait une salle à manger qui donnait sur la forêt et une énorme table où l'on pouvait s'installer à douze.

Le temps que je finisse de ranger la nourriture, Elle était redescendue et s'était changée, ne portant plus qu'un legging et un immense sweat des Wildcats. Lorsque j'ouvris les bras, elle vint immédiatement s'y loger pour que je la serre contre moi. Elle laissa échapper un petit soupir alors qu'elle posait sa joue contre mon torse. J'eus la sensation délicieuse que ce moment était parfait.

Je pris une profonde inspiration que je retins un moment avant d'expirer. Ce ne fut qu'à ce moment-là que je réalisai que j'étais enfin capable de souffler. Ces dernières semaines, j'avais retenu mon souffle, incapable de me détendre ou de baisser la garde. Maintenant qu'elle était dans mes bras, je ne me sentais plus suffoquer comme sur le campus. Si j'avais des doutes concernant l'utilité de prendre

Brayden pour tout lui avouer, ce n'était plus le cas. Je ne pouvais plus continuer d'agir en douce, il fallait que tout soit au grand jour.

Et peu importait les conséquences.

Comme elle ne savait pas ce qui me passait par la tête, elle pencha la tête pour que nos regards se croisent. La douceur du sien fut comme un coup de poing dans le ventre. Peut-être n'étions-nous pas ensemble depuis longtemps, mais les sentiments étaient déjà là depuis des années.

— Je suis contente qu'on ait décidé de le faire, dit-elle.

— Moi aussi, confirmai-je.

Incapable de me retenir plus longtemps, mes lèvres se posèrent sur les siennes. Contrairement à la plupart des baisers frénétiques que nous avions échangés à la dérobée lorsque nous étions seuls, cette caresse était davantage une exploration paresseuse. Le baiser était tendre et nos langues dansèrent paisiblement. Je bougeai la tête d'un côté puis de l'autre, essayant de trouver l'angle parfait. Ses bras s'agrippèrent à ma nuque avant de m'attirer plus près, jusqu'à ce que chacune de ses courbes soit au contact de mon corps ferme.

J'effleurai ses hanches avant d'empoigner ses fesses. Un grogne-ment m'échappa et je sentis mon érection se tendre contre son ventre.

Au fil des années, j'avais fait tout mon possible pour éradiquer les émotions qui bouillonnaient sous la surface quand il était question d'Elle. Aucune des filles avec qui j'avais pu coucher ne m'avait procuré quelque chose qui ressemble de près ou de loin à ce que je ressentais pour Elle. Avec un peu de recul, je me rendis compte que j'avais attendu mon heure, l'occasion de la faire mienne. Elle m'appartenait et si ça ne dépendait que de moi, rien ne changerait ça.

Pas même son frère.

Il m'avait fallu du temps pour arriver à cette conclusion, mais maintenant que j'y étais arrivé, je n'allais pas revenir en arrière ou essayer de changer d'avis.

Le désir bouillonnait dans mes veines, saturant chacune de mes cellules au point que j'avais l'impression que j'allais exploser. Lorsque je finis par mettre un terme au baiser, nous étions tous les deux à bout de souffle et elle avait l'air un peu étourdie. C'était foutrement excitant. L'envie de la prendre dans mes bras et de l'emmener dans la chambre m'envahit.

— Est-ce que tu voudrais que l'on aille un moment dehors ? demandai-je au lieu de passer mon plan à exécution.

J'avais besoin de refroidir mes ardeurs avant que l'on ne s'emporte. Derrière le rideau sombre de ses cils, elle me regarda, faussement timide.

— C'est vraiment ce que tu veux ? s'enquit-elle.

Oh, ça non. Mais je ne voulais pas non plus que tout le temps qu'on passe ici soit une histoire de sexe. Ce que j'éprouvais pour elle était bien plus fort et je voulais être certain qu'elle le sache. Je l'embrassai rapidement.

— Je crois que ça vaudrait mieux. Sortons le quad et allons nous balader, on pourra voir tout ce qui a changé depuis qu'on était gamins, suggérai-je.

Lorsque nous étions enfants, nous aimions beaucoup faire ça, tous les deux.

Son regard s'illumina.

— Carrément, ça peut être sympa !

— Puis on pourra préparer le dîner !

Elle haussa les sourcils et baissa la tête.

— Et ensuite ? poursuivit-elle.

Je me sentis sourire.

— Je ne sais pas, sûrement regarder un peu la télé avant d'aller se pieuter...

Elle eut l'air dubitative et haussa les sourcils.

— T'es pas sérieux ?!

— Le match m'a épuisé, j'espérais dormir un peu... Tu pensais à quoi, toi ? demandai-je.

D'un regard suspicieux, elle pencha la tête sur le côté.

— Je n'arrive pas à savoir si tu te fous de ma gueule.

Je la rapprochai de moi, mes lèvres en suspens au-dessus des siennes.

— Tu le sauras le moment venu, bébé...

— J'ai tellement envie de toi, Carson, dit-elle, son corps se fondant contre le mien.

Tout s'écroula en moi suite à cet aveu. Comment avais-je pu rester aussi longtemps sans la faire mienne ? Ça semblait dingue.

Alors que je me perdais dans les abysses de ses yeux, il me vint à l'esprit que lorsque nous irions au lit, ce serait différent de toutes les autres expériences passées. Il ne s'agirait pas de baiser ou de s'envoyer en l'air. J'allais lui faire l'amour, quelque chose que je n'avais jamais fait. Le fait que ce serait la première fois d'Elle allait rendre les choses encore plus spéciales. Il était important pour moi de ralentir et de rendre l'expérience la plus agréable possible pour Elle.

Ce soir, tout allait changer entre nous.

C'était beaucoup de pression, mais je ne voudrais pas qu'il en soit autrement.

CHAPITRE 37

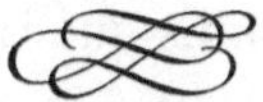

ELLE

Je mentirais si je disais que je n'étais pas nerveuse. Bien sûr, j'avais traîné sur Tumblr et écouté mes copines se raconter ce que c'était que coucher avec quelqu'un, mais je crois que nous pouvions être tous d'accord que cela faisait partie de ces choses que l'on ne pouvait pas comprendre tant que l'on ne les avait pas expérimentées en personne.

Et c'était ce qui allait se passer ce soir-là.

Cela étant dit, je ne voulais pas faire ça avec quelqu'un d'autre que Carson. Quand, allongée la nuit dans mon lit, je m'imaginais l'homme avec qui j'allais perdre ma virginité, c'était toujours lui.

De là où j'étais assise, face au grand plan de travail en granit, je le regardai s'affairer dans la cuisine spacieuse pour nous préparer à dîner. Il était venu si souvent qu'il savait parfaitement où se trouvait tout ce dont il pouvait avoir besoin pour cuisiner.

Quand nous avions fait les courses un peu plus tôt dans l'après-midi, nous avions pris de la salade, des tomates, du pain et du bacon pour faire des sandwichs. Quand on était gamins, ma mère nous en préparait quand nous revenions après avoir nagé ou pêché toute la matinée. Il y avait là quelque chose de familier dans ce plat qui calmait les papillons qui dansaient dans mon ventre.

Je changeai de position, me demandant si faire quelque chose de futile m'aiderait à me détourner l'esprit de ce qui allait se passer quelques petites heures plus tard. Même si j'en avais très envie, ça ne voulait pas dire que je n'étais pas inquiète.

Et si je n'y arrivais pas et que je le décevais ?

Ou si ça faisait vraiment mal ?

Ou si je détestais ça ?

Ce n'étaient plus des papillons que j'avais dans le ventre, mais des ptérodactyles qui essayaient de se débattre pour sortir... Il me fallut fournir un effort pour faire disparaître la boule d'angoisse qui m'obstruait la gorge et je toussotai.

— Tu es sûr que je ne peux pas t'aider ? demandai-je.

Carson, qui s'affairait devant la cuisinière, le bacon crépitant dans la poêle, se retourna vers moi. Il avait passé un torchon sur son épaule et ça lui donnait un petit côté homme au foyer que je trouvais délicieux.

— Non, tout est sous contrôle, tu n'as rien à faire.

Je reposai mes mains sur mes genoux et pris une profonde inspiration avant d'expirer longuement. Une fois que les tranches de bacon eurent bien doré, il les déposa sur une assiette couverte de papier absorbant et il mit quatre tranches de pain de mie dans le grille-pain. Tout en fredonnant, il sortit la mayonnaise et la salade du réfrigérateur avant de couper d'une main experte les tomates. Une fois les toasts prêts, il monta les sandwichs et les coupa en diagonale avant de les déposer sur l'îlot central avec deux petits paquets de chips.

— Le dîner est servi, annonça-t-il avec un petit sourire.

— Merci.

Nous mangeâmes de bon cœur, évoquant tout ce qui avait changé ici depuis sa dernière venue cinq ans plus tôt. Nous avions eu beaucoup de mal à surmonter la perte de mon père, mais ç'avait été particulièrement dur pour Brayden, qui était très proche de lui. Mon père était un footballeur professionnel, et dès que mon frère avait su marcher, il lui avait mis un ballon entre les mains. Quand ils venaient au chalet, ils passaient beaucoup de temps en extérieur ; ils pêchaient, s'aventuraient dans les bois, partaient en quad et campaient.

Même si j'aimais la nature, j'étais plus comme ma mère : ni elle ni moi n'étions particulièrement enthousiastes à l'idée de dormir dehors quand on pouvait avoir un très bon lit au chaud là où les insectes, ou quoique ce soit de plus gros, ne pouvait pas venir nous trouver.

Une fois que nous eûmes fini les sandwichs, je déposai nos assiettes dans l'évier ; nous laverions la vaisselle plus tard. Un frisson d'inquiétude me parcourut et je me retournai. Carson m'observait très attentivement.

— Tu veux regarder un film ? me demanda-t-il après un temps de silence.

L'air qui était resté coincé dans mes poumons sortit d'un coup. C'était absolument insensé de se dire que je pouvais tout autant vouloir et redouter quelque chose. Il me fallut fournir un véritable effort pour me décontracter.

— Pourquoi pas ?

Son regard pénétrant ne dévia jamais du mien alors qu'il se levait du tabouret et me tendait sa main. Ce ne fut pas une décision consciente de ma part, mais avant que je puisse y réfléchir, je me mis en mouvement et sa main se referma sur la mienne. Je tirai légèrement, et cela suffit à me faire atterrir dans ses bras. Une partie de mon angoisse se dissipa à ce contact tout ce qu'il y a de plus innocent.

— Tu sais que nous n'avons aucune obligation, Elle. On peut se détendre et profiter du chalet si c'est ce qui te fait envie, pas de pression hein !

J'acquiesçai.

Bien sûr qu'il allait dire ça. Carson ne me forcerait jamais à faire quelque chose que je n'étais pas prête à faire. Je sentis que la peur en moi était davantage liée au fait que tout m'était inconnu. J'avais une petite idée de ce à quoi je devais m'attendre, mais les détails n'étaient pas bien clairs. Sans aucun doute, il allait en faire la meilleure expérience possible et n'allait rien tenter qui me fasse volontairement du mal. Cette prise de conscience fit se dissiper la tension résiduelle et je relevai la tête, rivant mon regard sur le sien. Je me dressai sur la pointe des pieds, mes lèvres effleurant les siennes. Chez Carson, tout était ferme et dur.

Sauf ses lèvres.

Elles étaient douces et pulpeuses.

Un frisson me parcourut quand je repensai à ce que j'avais éprouvé lorsqu'ils les avaient posées sur une certaine partie de mon anatomie et le plaisir que Carson avait pu me procurer.

— En y réfléchissant bien, dis-je, m'étonnant moi-même, je ne veux pas regarder un film.

— Oh ! Qu'est-ce que tu veux faire alors ? Prendre un bain dans le jacuzzi ? Faire rôtir des marshmallows sur le brasero ? Il y a toujours eu beaucoup de jeux de société à l'étage, on pourrait jouer. Tu adorais jouer au Monopoly quand on était gamins, lança-t-il en fronçant les sourcils, étonné, mais enchaînant les suggestions sans me laisser le temps de répondre.

J'adorais toujours autant jouer au Monopoly et je finissais toujours propriétaire des Champs Élysées et de la Rue de la Paix, que je blindais d'hôtels. Les autres joueurs finissaient toujours par faire banqueroute à cause de moi. Mais aussi amusant que ça pût être, ce n'était pas ce que j'avais en tête ce soir.

Je pris une inspiration, hésitante, et me forçai à dire ce dont j'avais vraiment envie.

— Je veux que tu me fasses l'amour.

— Maintenant ? demanda-t-il, impossiblement immobile.

Pinçant les lèvres, je hochai la tête rapidement. Je n'avais jamais été plus certaine de quoi que ce soit dans mon existence. J'avais envie de Carson et j'avais envie de lui immédiatement. Il y avait quelque chose de très gratifiant à être celle qui donnait de la voix à notre désir. Comme si c'était moi qui avais le contrôle de la situation.

Il me jaugea longuement, comme s'il parvenait à lire sur mon visage les émotions conflictuelles qui faisaient rage en moi. Son regard s'adoucit et il baissa la voix :

— Tu en es sûre ? Tu as l'air nerveuse…

— Je le suis, mais ça ne veut pas dire que je n'en ai pas envie, admis-je.

J'attendais depuis si longtemps qu'il me fasse sienne.

— D'accord, montre-moi le chemin… dit-il et je vis son regard s'embraser.

Euh ?

— Tu veux que je… commençai-je tout en lui faisant signe de me suivre en direction de l'escalier.

Lorsque je continuai de le dévisager, espérant avoir mal compris, il m'embrassa sur la bouche avant de murmurer.

— Je veux que tu me prennes par la main et que tu m'emmènes dans ta chambre, Elle ! Montre-moi à quel point tu en as envie.

Les ptérodactyles firent un retour en force. Mon cœur s'affola avec force dans ma poitrine au moment où j'agrippai sa main.

— D'accord !

Je pouvais le faire. Ce n'était pas grand-chose. À chaque pas qui me rapprochait de l'escalier, j'essayai de ne pas me mettre à trop réfléchir à la situation. Une fois que nous arrivâmes au premier étage, j'ouvris la voie, traversant la pièce à vivre spacieuse où se trouvaient un canapé confortable et un grand écran de télé. Carson ne s'était pas trompé, il y avait aussi un placard rempli de jeu de société.

Au lieu de nous arrêter, nous remontâmes le long couloir où se trouvaient quatre des cinq vastes chambres toutes pourvues d'une salle de bain attenante. La mienne était la dernière au bout du couloir à gauche. Toute la maison avait un petit côté scandinave, y compris donc ma chambre. Les murs étaient peints en gris bleuté clair et les plinthes étaient blanches. À côté du lit se trouvaient une commode surmontée d'un grand miroir et une table de chevet en bois sombre. Le mobilier était sobre, mais fonctionnel. En face était suspendue une tête de cerf en céramique. Le couvre-lit était assorti aux murs et au fauteuil moelleux dans le coin de la pièce.

Un mélange puissant d'excitation et d'angoisse déferla dans mes veines alors que je le faisais entrer dans ma chambre, dans mon espace personnel. À présent qu'il était là, je n'étais pas tout à fait certaine de savoir quoi faire. Je relâchai ma prise sur sa main et mon bras retomba le long de mon corps. L'inquiétude fit rage de plus belle en moi.

— Viens-là, Elle, fit-il dans un murmure si rauque qu'au plus profond de moi, je fus ébranlée.

Il suffisait d'un pas et nous allions être poitrine contre torse. J'inspirai rapidement et il leva la main, m'effleurant doucement la joue avant de la glisser sur ma nuque. Précautionneusement, il me rapprocha de lui jusqu'à ce que ses lèvres trouvent les miennes. Chaque caresse était douce, à peine esquissée qu'elle finissait déjà.

Entre les baisers, il chuchota :

— Je veux que tu sois certaine, Elle. Si tu n'es pas prête, nous ne sommes pas obligés de continuer. Ce n'est pas pour moi, Elle, tout est pour toi ! Je ne pourrais pas accepter que tu regrettes ensuite. Cette expérience est trop importante pour laisser ça se passer comme ça.

Ses mots firent l'impensable et apaisèrent toutes les émotions qui faisaient rage en moi.

— Je suis prête. Je n'ai jamais voulu quelqu'un d'autre que toi. Même avant que je comprenne tout à fait ce que ça impliquait.

Il se rapprocha juste assez pour observer mon visage.

— Si tu veux ralentir ou t'arrêter à n'importe quel moment, tu n'as qu'à le dire, c'est toi qui as le contrôle de la situation. Compris ?

Je hochai la tête dans un mouvement saccadé et il déposa une myriade de baisers papillons à la commissure de mes lèvres avant de suivre ma mâchoire, qu'il caressa avec ses dents. Un instant plus tard, sa langue sortait pour apaiser la peau sensible. Un gémissement m'échappa alors que je découvrais ma gorge pour qu'il puisse la dévorer.

Ses mains passèrent de ma nuque à mes épaules, balayant ma cage thoracique avant de s'aventurer sur tout mon corps. Il me serra contre lui jusqu'à ce que nous soyons parfaitement alignés et que je puisse sentir son désir.

Mes doigts agrippèrent le tissu de son T-shirt, glissant sur ses muscles bien définis. Je remontai lentement le vêtement de coton doux. Il me mordit délicatement, juste assez fort pour me laisser haletante, et il recula d'un pas jusqu'à ce que je n'aie pas d'autre choix que de laisser retomber mes bras. D'un mouvement souple, il saisit son vêtement et le retira avant de le jeter au sol.

Dès que le T-shirt eut disparu, je m'arrêtai un instant, admirant la vue. Tout chez Carson était ferme et parfait, digne d'une sculpture. De ses épaules larges à ses biceps massifs, il était évident qu'il passait des heures à la salle. Son torse était bien défini, comme fait de marbre, avant de s'affiner en une taille élancée. Une ligne de poils descendait de ses abdos avant de disparaître dans son jean.

Je n'avais pas réalisé qu'il se tenait parfaitement immobile, me laissant l'observer à loisir, jusqu'à ce que mon attention se porte sur son visage et que je vis à quel point il prenait sur lui pour ne pas me sauter dessus. Un feu d'artifice de désir pétilla en moi, trempant ma culotte. Bon sang, il était sublime.

Le mot ne convenait pas pour décrire la plupart des mecs, mais c'était le seul qui me venait à l'esprit quand je pensais à Carson. Chaque fois que nous étions ensemble, je luttais pour ne pas tendre le bras et repousser les mèches blondes épaisses qui retombaient sur ses yeux. Je comprenais tout à fait pourquoi les filles se jetaient dans ses bras depuis ses quatorze ans. Je me souvenais même qu'il ne laissait pas indifférentes les plus jeunes de nos enseignantes quand nous étions au lycée. Je ne pouvais pas le revendiquer, mais il ne manquait jamais d'allumer une tempête de jalousie en moi. J'avais horreur de ça.

Ce qui me semblait surréaliste aujourd'hui, c'était qu'il me désirait depuis aussi longtemps que je le désirais secrètement. Comment était-ce possible ? Six mois plus tôt, je n'aurais jamais pu imaginer une chose pareille. Deux mois plus tôt, la possibilité que l'on soit ensemble me paraissait absurde.

Et pourtant, nous y étions.

Je repoussai ces pensées et réalisai qu'il venait de poser ses mains sur l'ourlet de mon sweat.

— Est-ce que je peux te l'enlever ? demanda-t-il.

J'acquiesçai et mon cœur s'emballa dans ma poitrine. Ce n'était pas comme s'il ne m'avait jamais vue nue, mais tout de même… Je savais exactement où cela allait me mener.

Il devait avoir senti mon hésitation parce qu'il me prit dans ses bras et m'embrassa à nouveau, suçotant ma lèvre inférieure. Quand il me sembla que j'étais sur le point de me liquéfier à ses pieds, il relâcha sa prise dans un bruit humide. Son regard resta rivé sur le mien lorsqu'il souleva le tissu épais de mon sweat pour le retirer délicatement avant de l'envoyer rejoindre son T-shirt par terre.

Son attention se porta sur ma poitrine, et je pus pratiquement sentir la chaleur de son regard caressant ma peau dénudée.

— Et ton soutien-gorge ? s'enquit-il.

Je déglutis.

— Tu peux l'enlever, dis-je péniblement.

Sans plus attendre, il passa ses mains dans mon dos et dégrafa le sous-vêtement. Les bretelles fines glissèrent le long de mes bras, et les bonnets soyeux retombèrent, révélant mes seins. Délicatement, il retira complètement mon soutien-gorge rose pâle et l'ajouta à la pile croissante de vêtements que nous avions retirés.

La respiration laborieuse, j'étais à présent pratiquement nue devant lui à l'exception de mon legging et il me fallut beaucoup de courage pour ne pas lever les bras et me protéger de son regard perçant. Il approcha lentement ses mains, et lorsque sa peau toucha la mienne, je me mordis la lèvre inférieure alors que des sensations nouvelles naissaient en moi.

— Est-ce que tu sais comme tu es belle ? J'ai passé des années à rêver de tes seins, à vouloir les toucher comme je suis en train de le faire, murmura-t-il tout en m'effleurant.

Ses mots prononcés à mi-voix réveillèrent immédiatement mon entrejambe. Après cette torture qui me fit me trémousser sur place, son regard se riva de nouveau sur le mien. Le brasier qui consumait ses orbes dorés manquèrent de peu de me brûler moi aussi. Il se pencha, tête baissée, et son souffle chaud caressa ma poitrine. Du bout de la langue, Carson se mit à lécher mon mamelon avant de le suçoter. Je me mis à frissonner sous l'avalanche de sensations qui menaçaient de m'ensevelir.

Quand je pensais ne plus pouvoir tenir, il relâcha sa prise avant d'offrir à mon autre sein le même traitement. Je passai mes doigts dans ses cheveux blonds, effleurant son cuir chevelu pour le maintenir là où il était. Lorsqu'il s'écarta, je sentis l'air frais du chalet sur ma peau nue et humide, et j'en eus la chair de poule.

Je le regardai, les yeux mi-clos, ne sachant pas à quoi m'attendre.

Au lieu de faire ce à quoi je m'attendais et de se redresser de toute sa hauteur, Carson s'agenouilla devant moi. Son regard se riva sur le mien alors qu'il embrassait mon nombril. L'air resta bloqué dans mes poumons alors que ses doigts se posaient sur l'élastique à ma taille, juste avant qu'il ne fasse descendre le vêtement jusqu'à mes chevilles. Je posai mes mains sur ses épaules alors que, une jambe après l'autre et en prenant de grandes précautions, il me retirait complètement mon legging. À présent, je ne portais plus qu'une culotte rose pâle.

Alors qu'il continuait de m'observer, mes mains furent attirées par son visage que je pris entre mes paumes, caressant la barbe naissante qui couvrait sa mâchoire bien dessinée. Il y avait tant de tendresse dans son regard, une tendresse que je n'aurais jamais cru possible, et cela ne fit que renforcer en moi la certitude que ce que nous faisions était la bonne décision et que l'attente en avait valu la peine.

Détournant le regard, il se pencha en avant et déposa un baiser délicat sur mon sexe encore couvert. Puis il se redressa, et je passai mes bras autour de sa nuque pour le rapprocher de moi. Ses mains se frayèrent un chemin le long de ma cage thoracique avant de saisir mes fesses. Lorsqu'il me prit dans ses bras, je passai mes jambes autour de sa taille. Il se retourna et se dirigea vers le lit situé en plein milieu de ma vaste chambre. Lorsque sa bouche s'empara de la mienne, nos langues s'entremêlèrent et il nous installa sur le matelas, son corps ferme me clouant sur place. Il se rajusta de façon à ce que son érection massive puisse frotter contre mon intimité. Chaque caresse lente donnait l'impression que l'on jetait un rocher énorme dans un étang calme, l'onde de désir vibrant, et je pouvais en sentir les répliques jusqu'au bout de mes doigts et de mes orteils.

À chaque mouvement subtil de sa part, le plaisir grimpait en moi, et lorsque la sensation devint pratiquement insoutenable, il arrêta et se mit à déposer une myriade de baisers brûlants le long de ma mâchoire, ma gorge et le long de mes clavicules, poursuivant son chemin jusqu'à mon nombril avant de finir plus bas encore. Carson glissa ses doigts sous l'élastique mince et descendit le petit bout de tissu : j'étais à présent complètement nue.

Son regard échauffé se riva sur le mien, et avant qu'il ne puisse me poser la question, je déclarai dans un murmure :

— J'en suis sûre.

Les yeux pétillants de malice, il esquissa un sourire.

— D'accord !

Il s'installa à genoux et me fit écarter les cuisses jusqu'à ce que je sois complètement exposée. Je pouvais pratiquement sentir la brûlure de son regard sur moi. Ses mains se posèrent sur mes cuisses et ses pouces effleurèrent ma chair sensible.

— Tellement belle, grogna-t-il avant de baisser la tête.

Un instant plus tard, je sentis son souffle chaud et me trémoussai alors qu'il me maintenait fermement en place. Je voulais désespérément qu'il me touche. L'anticipation était à peine supportable. La douceur veloutée de sa langue alluma une tempête de sensations en moi, c'était comme un feu d'enfer nourri au petit bois sec. Je ne pus m'empêcher de me demander si j'allais survivre lorsqu'il me lécha une nouvelle fois, ciblant directement mon clitoris. La petite boule de nerfs palpita douloureusement alors qu'il plongeait sa langue en moi. Il ne me fallut pas longtemps avant de commencer à danser dangereusement près du gouffre. Je continuai de fourrager dans ses cheveux et me cambrai.

— Hmm, tu as tellement bon goût, je pourrais passer la nuit à faire ça, lâcha-t-il d'un ton appréciateur.

Oh, mon dieu. Je n'étais pas certaine de tenir le coup. Je sentais déjà que j'étais en train de me disloquer. Un gémissement m'échappa et je n'aurais pas pu donner d'autres réponses à ce moment-là.

— Est-ce que tu es prête à jouir pour moi, bébé ?

Cette question suffit à me précipiter dans l'abysse et l'oubli. Tous mes muscles se tendirent alors que je gémissais mon orgasme. Un feu d'artifice explosa derrière mes paupières closes tandis que Carson continuait de s'affairer pour être certain de récupérer tout mon plaisir jusqu'à la dernière goutte. Ce ne fut que lorsque je me retrouvai complètement assommée par le plaisir qu'il embrassa une dernière fois ma chair plus que sensible et qu'il releva la tête. Il remonta pour arriver à ma hauteur et pressa sa bouche contre la mienne.

— Est-ce que tu as aimé ? demanda-t-il.

— Oui, bredouillai-je.

Il eut un rictus satisfait.

— Tu es prête pour la suite ?

— Mmmh, marmonnai-je.

Il semblait impossible qu'il puisse y avoir autre chose, parce que je me sentais dans un état de complète béatitude, comme si je flottais sur un nuage. Ce n'était pas le premier orgasme qu'il m'avait procuré, mais c'était certainement le plus intense.

— Est-ce que tu en es certaine ? Il n'est pas encore trop tard pour nous arrêter, fit-il remarquer.

Même si j'avais l'impression que chacun de mes bras pesait une tonne, je me forçai à les relever pour effleurer du bout des doigts sa barbe naissante.

— Affirmatif, dis-je, aucun regret.

— OK, dit-il avant de se relever.

Il me fallut fournir un effort herculéen pour parvenir à m'appuyer sur mes coudes et le regarder déboutonner son jean et repousser le vêtement le long de ses cuisses musclées avant de s'en libérer d'un coup de pied. Je sortis de ma torpeur lorsque son boxer rencontra un destin similaire. Son érection épaisse était libre, comme douée d'une vie propre. Pendant un instant, Carson resta à l'extrémité du lit, les jambes écartées comme s'il se préparait pour une tempête, me laissant simplement le contempler à loisir.

Il avait un corps sublime.

Ferme et musclé.

Très viril, les muscles bien dessinés et quelques poils blond foncé qui partaient de son torse et descendaient le long de son ventre jusqu'à sa queue et recouvraient ses cuisses. Même si je venais juste de jouir, une nouvelle vague de désir me submergea. Inconsciemment, j'ouvris les cuisses. Son regard se posa sur mon entrejambe et, si c'était possible, son sexe enfla encore davantage, devenant même plus ferme et plus épais.

Le désir m'envahit au point d'être la seule chose sur laquelle je parvenais à me concentrer. Il s'accroupit pour récupérer son jean et fouilla dans la poche. Une fois qu'il se releva, je remarquai le petit paquet en aluminium qu'il tenait. Ce ne fut qu'à ce moment-là que je me rendis compte que nous n'avions pas parlé contraception.

Je passai ma langue sur mes lèvres sèches.

— On n'est pas obligés d'utiliser ça, je prends la pilule.

Il fronça les sourcils.

— Tu es sûre ? Ça fait six mois que je n'ai couché avec personne, je suis clean, mais je ne veux rien faire qui puisse te mettre en danger. Si tu veux que je mette une capote, ça me pose pas de problème, dit-il.

S'il s'agissait d'un autre homme, je n'aurais même pas mentionné que je prenais la pilule. Mais c'était Carson. Non seulement je lui faisais confiance pour me dire la vérité, mais aussi pour me protéger.

— Ça va aller, le rassurai-je.

Il mordit sa lèvre inférieure comme s'il débattait mentalement de la marche à suivre. Les quelques secondes que dura sa réflexion furent une véritable torture et j'écartai plus largement les cuisses, voulant mettre un terme à cette conversation.

— Pas de capote, réitérai-je.

Ses pupilles se dilatèrent, le noir prenant le dessus sur le brun doré alors qu'il gardait son regard fixé sur moi. L'emballage carré tomba au sol alors qu'il revenait sur le lit et montait jusqu'à moi. Lorsqu'il atteignit mon entrejambe, il pressa sa bouche contre la mienne avant de s'étirer, l'extrémité de sa queue effleurant mon intimité.

Son regard ne dévia pas et il s'arrêta un moment, immobile.

— Toujours d'accord ?

J'acquiesçai et passai mes bras autour de sa nuque pour le rapprocher de moi. Je pris une profonde inspiration alors qu'il entrait en moi avec précaution. Mes muscles s'étirèrent de façon à l'accueillir, et même si je ruisselais d'envie, j'eus un peu mal, ce qui me fit grimacer légèrement.

Sa mâchoire se contracta.

— Bon sang, bébé ! J'ai jamais fait ça sans capote et j'arrive pas à croire combien c'est bon, tu es tellement étroite, j'ai l'impression que tu m'as prise dans un étau… c'est trop bon… je ne vais pas tenir longtemps, grogna-t-il.

La sueur commença à perler sur son front tandis qu'il avançait lentement en moi. Il n'était entré qu'à moitié, et il me semblait déjà qu'il n'y avait plus assez de place pour lui.

— Est-ce que ça va ? demanda-t-il, la voix vibrante de tension.

Je pinçai les lèvres et acquiesçai.

— Est-ce que tu veux que j'arrête ? Tu n'as qu'à le dire et on n'ira pas plus loin.

C'était tentant. Toutes les délicieuses vibrations qui électrifiaient chacune de mes terminaisons nerveuses s'étaient volatilisées. Mais malgré la douleur et l'inconfort, je ne me voyais pas mettre un terme à ce qui était en train de se passer entre nous. Plus que tout, je voulais expérimenter ça avec Carson. Je savais que ma première fois allait être douloureuse, mais je savais aussi que ça irait mieux ensuite.

— Non, je veux continuer.

Il entama un lent mouvement de va-et-vient avant de buter contre une barrière. Il me regarda alors d'un air torturé.

— Ça va te faire mal, et c'est bien la dernière chose que je veux, expliqua-t-il.

La douceur de son ton m'apaisa, il allait être plus facile de continuer. Personne d'autre n'aurait pris le temps et la prévenance que Carson avait eus pour moi et c'était ce qui faisait toute la différence.

— Ça va aller, je vais tenir le coup, insistai-je.

— Donne-moi ta bouche, j'étoufferai tes cris.

Je relevai la tête, offrant mes lèvres. Dès qu'il y posa les siennes, j'ouvris la bouche afin qu'il puisse y glisser sa langue, qui se mit à danser avec la mienne. Alors que me laissais absorber par le baiser, ses hanches adoptèrent un rythme régulier et gagnèrent peu à peu en vitesse et en intensité, m'assaillant jusqu'à ce que la fine membrane finisse par céder sous le coup de boutoir ultime et qu'il se retrouve enfoui en moi jusqu'à la garde. La douleur m'envahit et un sanglot étouffé m'échappa. Comme il l'avait promis, il étouffa tous mes sanglots. Des larmes chaudes perlèrent au coin de mes yeux alors que ses mouvements s'interrompaient, me laissant le temps de m'habituer à l'incursion.

Ce ne fut que lorsque je me fus calmée qu'il se retira assez pour croiser mon regard.

— Je suis désolé, Elle, j'aurais vraiment voulu que ça se passe autrement, dit Carson.

Je ne pus m'empêcher d'avoir l'impression d'être un gros bébé pour avoir fait tout un plat de ce qui était plus un rite de passage qu'autre chose. Toutes les femmes qui avaient fait ça passaient par là.

— C'est pas grave, ça ne fait plus aussi mal maintenant, affirmai-je.

Effectivement, je n'avais plus l'impression que je venais de recevoir un coup de poignard. C'était à présent quelque chose de plus lancinant.

— Bien ! Heureusement, ça devrait aller de mieux en mieux. Je vais bouger un tout petit peu, d'accord ? s'enquit-il en embrassant les larmes qui perlaient jusqu'à toutes les avoir fait disparaître.

J'acquiesçai, me préparant mentalement à l'inconfort qui allait revenir en force. Appuyé sur ses coudes, il retira sa queue dure, et au moment où je pensais qu'il allait sortir complètement, il entra à nouveau avec précaution. Mes muscles s'étirèrent pour accommoder son membre, mais cette fois, la brûlure fut moins intense. C'était loin d'être agréable, mais je n'avais plus du tout l'impression qu'on me poignardait de l'intérieur.

— Tu dois me dire si ça fait mal et j'arrêterai, me dit-il.

Même si ses coups de reins étaient modérés, ils étaient assurés. À chaque fois, la douleur continuait de s'estomper, au point de n'être plus qu'un léger picotement. Au bout d'un moment, même cette désagréable sensation disparut, et je me retrouvai à ruer précautionneusement des hanches au même rythme que les siennes. Il ne fallut pas longtemps pour que nous nous mettions à bouger ensemble et que le plaisir commence timidement à m'envahir.

— Tu es tellement étroite, je n'ai jamais ressenti ça, grogna Carson.

Sa respiration se fit laborieuse et son rythme plus intense. À chacun de ses va-et-vient, je me rapprochai du sommet.

— Bordel, je vais jouir, marmonna-t-il en serrant les dents.

Tous ses muscles se tendirent tandis que son érection durcissait encore un peu plus. Un gémissement guttural s'échappa de ses lèvres.

Je l'entourai de mes bras, le serrant contre moi alors qu'il perdait le contrôle. Son orgasme sembla durer une éternité jusqu'à ce que finalement ses muscles se relâchent et qu'il s'effondre. Enfouissant son visage dans le creux de mon cou, son souffle chaud m'effleura alors qu'il embrassait ma gorge et se retirait.

— Je suis désolé, j'aurais voulu tenir plus longtemps, s'excusa-t-il.

— Ne t'excuse pas, c'était parfait.

Il chercha mon regard.

— Je sais que ça fait mal au début, mais après, ça allait mieux ?

Je hochai la tête et lui fis un petit sourire.

— Oui, ça allait bien mieux.

— Ça sera encore meilleur la prochaine fois, je te le promets. Si j'avais pris le temps d'y penser, je me serais branlé avant et j'aurais peut-être pas joui aussi vite.

Haussant les sourcils, je me mis à rire.

— Tu te serais masturbé pour essayer de tenir plus longtemps ? demandai-je.

La blancheur éclatante de ses dents ressortit dans la pièce sombre quand il sourit.

— Oui, comme je te l'ai dit, ça faisait un moment que j'avais rien fait alors j'aurais dû me douter que ça allait finir comme ça.

— Six mois, c'est ça ? demandai-je.

— Si je ne pouvais pas faire ça avec toi, je ne voulais pas le faire avec quelqu'un d'autre…

Mon cœur se serra sous le coup de l'émotion. Carson se pencha en avant et s'empara de ma bouche. Au moment où j'allais répondre à son baiser, il rompit le contact et descendit du lit, se relevant. J'eus à nouveau mal, mais avant que je ne puisse lui demander ce qu'il allait faire, il me prit dans ses bras, me serrant contre son torse.

— Mais où va-t-on ? glapis-je alors qu'il me réinstallait dans ses bras.

— Je crois qu'une bonne douche chaude ne nous ferait pas de mal.

Ah.

— Ça devrait apaiser la douleur, murmura-t-il à mon oreille.

Mes joues s'empourprèrent alors que j'enfouissais mon visage dans le creux de son cou.

— Si tu le dis, marmonnai-je, bien que l'idée de nous doucher ensemble ne me déplaisait pas.

Il me porta jusqu'à la salle de bain, me posa à côté du lavabo et se retourna pour entrer dans la douche. Je ne pus m'empêcher d'admirer son cul ferme. Comme tout le reste de sa personne, il semblait fait de granit. Son corps était si ferme. Même cette partie de lui à présent molle et douce.

Une vague de chaleur m'envahit et une fois que la vapeur se mit à envahir l'espace, il se retourna et s'avança d'un pas en haussant les sourcils. Les yeux écarquillés, je me redressai légèrement.

— Quoi ?

— Je sais à quoi tu penses, tu peux oublier ça…

— Oublier quoi ? demandai-je, ne sachant pas du tout de quoi il parlait.

Il me rejoignit rapidement avant de me prendre dans ses bras.

— Même si j'ai très envie de revenir dans ta jolie petite chatte, ce n'est pas possible.

Sa main se glissa entre nos corps joints, ses doigts pressant contre mon intimité, et je grimaçai lorsqu'il me pénétra.

— Exactement…

J'étais sur le point de protester lorsqu'il poursuivit dans un murmure.

— Mais ça ne veut pas dire que je ne vais pas te lécher et t'embrasser.

Mon désir reprit de l'ardeur lorsque je me rendis compte que c'était exactement ce que je voulais. Il me prit dans ses bras et me plaqua contre son torse, me faisant entrer dans la douche envahie de vapeur. Alors que mon visage était enfoui contre son torse musclé réconfortant, je me fis la réflexion que je n'aurais pas voulu être ailleurs que là où je me trouvais en ce moment.

CHAPITRE 38

ELLE

Mes paupières s'ouvrirent et je me réveillai en m'étirant. Dès que je me déplaçai, je me rappelai immédiatement que je n'étais plus vierge. Il y avait une douleur entre mes jambes qui n'était pas là avant.

La nuit dernière avait été…

En un mot…

Extraordinaire.

Je n'avais peut-être pas eu d'orgasme quand il était en moi, mais j'avais aimé sentir son poids sur moi, m'enfonçant dans le matelas, et la façon dont il s'était enfoui au plus profond de mon corps. La plénitude. Le rythme que nous avions naturellement trouvé. C'était une proximité telle que je n'avais jamais connue avec un autre être humain, et je ne pouvais pas imaginer ressentir cela pour quelqu'un d'autre. Pour moi, il n'y avait que Carson.

Roulant dans le lit, mon regard se posa sur mon homme endormi. Ses cheveux blonds étaient ébouriffés et il était trop tentant de tendre la main et d'y passer mes doigts pour repousser les mèches qui lui tombaient sur les yeux. Je le dévorai des yeux, m'attardant sur ses traits sublimes, ses sourcils épais, ses pommettes saillantes et ciselées, puis sur sa mâchoire ferme couverte d'un léger duvet. Son nez devrait être droit, mais il présentait une petite bosse qui s'était formée après qu'il l'eut cassé quelques années auparavant. D'autres y verraient peut-être un défaut, mais je pensais que ça donnait du caractère à son visage. Il était beaucoup trop joli avant.

Je ne pus m'empêcher de sourire. Il serait furieux s'il savait que je disais de lui qu'il était joli. Un petit soupir m'échappa. J'étais tellement... *quelque chose*... de ce gars. Avoir couché avec lui n'avait fait qu'intensifier les émotions qui bouillonnaient sous la surface et qui manquaient de déborder, les rendant encore plus indéniables.

Mon regard s'attarda sur son torse. Durant la nuit, le drap s'était enroulé autour de sa taille, couvrant la partie de son anatomie qui me rendait la plus curieuse. La veille, sa queue avait été dure comme la pierre avant de ramollir à la salle de bain, même si ça n'avait pas duré très longtemps. Sous la douche envahie par la vapeur, il avait enduit ses mains de savon et les avait passées sur mon corps. Il avait suffi de quelques minutes pour qu'il bande à nouveau.

Je n'avais pas eu beaucoup de temps pour l'observer, du moins pas autant que j'en avais eu envie. Je mourrais d'envie de savoir à quoi il ressemblait aux petites heures du jour. Je mordis ma lèvre inférieure alors que j'envisageais de jeter un rapide coup d'œil. Il s'écoula une trentaine de secondes avant que ma curiosité ne prenne le dessus et que j'abaisse délicatement le drap. La dernière chose que je voulais, c'était qu'il se réveille et s'aperçoive que je le matais comme un pervers. Mon regard se reporta sur son visage avant que je ne baisse à nouveau la tête. Je voulais pouvoir le contempler à loisir sans qu'il le sache. À dire vrai, je l'avais déjà maté des heures durant, mais jamais cette partie-là de lui, et jamais lorsqu'il était si peu vêtu ou, comme maintenant, complètement nu.

Alors que le drap glissait le long de sa taille puis de ses hanches, son sexe se dévoila lentement. Mon souffle se bloqua au fond de ma gorge tandis que je le regardais avec fascination. Son membre jaillissait d'une touffe de poils blond foncé, se courbant le long de son bas-ventre. J'avais déjà vu des photos de pénis, Madison nous avait déjà montré quelques fois les *dick picks* qu'elle recevait, mais je n'avais jamais trouvé ça particulièrement beau.

J'éprouvais toutefois autre chose en contemplant celui de Carson. Même au repos, il était long et épais. Je m'assurai qu'il dormait toujours profondément. Sa poitrine continuait de se soulever et de s'abaisser en rythme.

Voulant l'inspecter de plus près, je me rapprochai. Presque toutes les fois où je l'avais senti ou que j'avais aperçu son membre, il bandait. Là, c'était tout à fait différent. Il semblait pratiquement doux, pas aussi intimidant. Lorsque l'envie de tendre la main pour le caresser se fit sentir, je me mis à serrer le poing pour m'en empêcher, mes ongles s'enfonçant dans ma paume.

C'était une étrange sensation que de réaliser à quel point j'étais fascinée par cette partie de lui. Plus je le regardais, plus ma curiosité s'exacerbait. Des souvenirs de ce que j'avais ressenti lorsqu'il m'avait touchée et baisée me revinrent à l'esprit. Se pouvait-il qu'il apprécie ce genre de caresse, lui aussi ? Le prendre dans ma bouche serait-il aussi bon pour lui que pour moi ?

J'avais entendu mes amies raconter assez d'anecdotes pour savoir que les gars aimaient les pipes. Et je ne l'admettrai jamais à Carson, mais le moment où il m'avait léchée et embrassée avait été bien plus agréable que le sexe. Se pouvait-il que cela change au fil du temps ? Je n'en avais pas la moindre idée…

Incapable de résister plus longtemps, je tendis la main et, du bout du doigt, j'effleurai l'extrémité de son membre. Une douceur de velours. C'était le seul qualificatif qui me venait à l'esprit. Je recommençai ma caresse, débutant cette fois-ci par le gland protubérant jusqu'à la base, avant de passer mes doigts sur ses bourses. Ils étaient aussi très doux. Je les pris dans mes paumes, désireuse d'en connaître le poids et la sensation. Je pressai prudemment sa chair avant de le caresser. J'étais tellement captivée par la vue que je sursautai lorsqu'il se déplaça sous moi. En quelques secondes, sa queue se raidit, elle n'était plus recourbée contre son bas-ventre. Au contraire, elle s'élevait et devenait plus dure.

Plus longue.

Plus épaisse.

Lorsque je levai les yeux, l'électricité grésilla dans mes veines lorsque nos regards se croisèrent. Je m'éclaircis la gorge pour essayer de dissiper la honte qui menaçait de m'envahir.

— Bonjour ! dis-je.

Carson esquissa un petit sourire.

— Salut ! Bien dormi ? demanda-t-il d'une voix rauque qui me donna la chair de poule.

Il me fallut faire de gros efforts pour me concentrer sur ses mots et non sur ce qu'ils me faisaient.

— Oui, et toi ? demandai-je.

— Jamais aussi bien, répondit-il.

Son regard s'embrasa. Lorsqu'il s'étira, je vis ses muscles se contracter et son érection enfler. Je l'observai attentivement alors que je me rapprochais de lui pour poser ma langue sur son gland. Dès que j'entrai en contact avec lui, il laissa échapper un grognement guttural. J'agrippai son membre à pleines mains et commençai à faire virevolter ma langue sur l'extrémité. Sa queue était comme une barre de métal dans une enveloppe de soie et j'étais insatiable. Tout ce que je voulais cette fois-ci, c'était prendre le temps d'explorer chaque centimètre de son corps.

— Elle, grogna-t-il en s'agitant à côté de moi.

Je ne le quittai pas du regard tandis que je me mettais à le sucer. Il n'en fallut pas plus pour qu'il ferme à moitié les yeux.

— Tu joues avec le feu, me mit-il en garde.

Je le libérai quelques instants plus tard.

— Oh, vraiment ? Parce que j'avais surtout l'impression de jouer avec ta queue, plaisantai-je.

Il laissa échapper un grondement rauque qui lui donna un air animal. Carson, que je connaissais depuis l'enfance, avait toujours eu une maîtrise impeccable de lui-même. Voir cette façade s'effriter, ne serait-ce qu'un petit peu, était foutrement sexy. Surtout sachant que c'était à cause de moi.

— Bordel ! Tu sais depuis combien de temps je rêve que tu fasses ça ? siffla-t-il alors que l'air frais de la pièce effleurait sa peau humide.

Je fis signe que non.

— Des années, avoua-t-il, avant de murmurer : Plus encore, si je suis parfaitement honnête.

Se rendait-il compte à quel point son aveu m'excitait ?

— Et maintenant, je fais de ton rêve une réalité, dis-je.

Avant qu'il ne puisse répliquer, je le repris en bouche. Je n'avais jamais fait ça alors je me dis que j'avais encore à apprendre. Carson posa la paume de sa main sur le haut de ma tête et écarta les cheveux qui me retombaient sur les yeux. Peut-être que je ne m'y prenais pas exactement comme il fallait, mais il n'avait pas l'air de s'en préoccuper. À en juger son expression, il semblait même apprécier. J'avais toujours été bonne élève après tout. Sauf en maths. Heureusement, ceci n'avait rien à voir avec les équations algébriques ou les statistiques.

— Hmm, c'est tellement bon, bébé, dit-il en se cambrant.

Mes mouvements se firent plus intenses. Plus que tout au monde, je voulais le faire jouir. Je voulais lui donner autant de plaisir qu'il m'en avait procuré.

Au moment où je sentis ses muscles se tendre, la porte d'entrée du chalet s'ouvrit à la volée et se referma avec fracas. À peine une seconde plus tard, j'entendis des hurlements furieux au rez-de-chaussée.

— Elle ?

J'écarquillai les yeux et ma bouche se resserra sur le membre ferme de Carson. Lorsque celui-ci laissa échapper un sifflement, je relâchai précipitamment ma prise avant de me relever à la hâte et de remonter les couvertures sur mon corps nu.

— Carson ! cria de plus belle mon frère, sa voix se rapprochant alors qu'il traversait en hâte le rez-de-chaussée et montait les marches quatre à quatre.

— Bordel ! Habille-toi, fit Carson en descendant du lit.

Mon cerveau se mit à faire la roue et je restai immobile.

M'habiller.

Oui.

Brayden.

Il ne m'en fallut pas plus pour me précipiter hors du lit. Je balayai la pièce du regard pour retrouver mon sweat et mon jean qui traînaient par terre avant de me précipiter à la salle de bain. Heureusement, Carson était un peu plus avancé que moi, il portait déjà son boxer et remontait son jean.

Je claquai la porte de la salle de bain et enfilai à la hâte le sweat, les mains tremblantes. Je mis ensuite mon pantalon. De l'autre côté de la porte, j'entendis mon frère hurler :

— C'est quoi ce bordel ?

Je grimaçai et fermai les yeux avant de me forcer à les rouvrir. Il était très tentant de rester cachée derrière la porte épaisse, mais je ne pouvais pas laisser Carson seul face à Brayden. À en juger son ton, je pouvais déjà dire qu'il était sur le point de péter une durite. J'avais déjà vu mon frère s'énerver, mais jamais contre moi. Ou contre son ami.

Je pris une profonde inspiration et agrippai la poignée avant d'ouvrir la porte et d'en passer le seuil. Je dus me forcer à avancer et la tension lourde qui saturait l'air rendait l'atmosphère pratiquement irrespirable. Je me figeai. Brayden tourna immédiatement la tête vers moi, les yeux écarquillés. Il restait sur le seuil de la porte comme s'il était un vampire qui devait attendre d'être invité pour pouvoir entrer. L'avais-je déjà vu un jour me regarder d'un air aussi choqué et incrédule ?

Il était presque difficile de soutenir son regard. Je vis du coin de l'œil de longs cheveux blonds un peu plus loin dans le couloir et je me rendis compte que Sydney était avec lui. Durant de longues secondes, il n'y eut rien de plus que le silence et les tambourinements frénétiques de mon cœur qui battait la chamade, se heurtant à ma cage thoracique et remplissant mes oreilles jusqu'à ressembler au grondement sourd de l'océan. D'un moment à l'autre, mon cœur allait sortir de ma poitrine.

Brayden avait serré les poings, mais ses mains pendaient mollement à ses côtés tandis qu'il continuait de me dévisager comme s'il ne savait pas qui j'étais.

— Qu'est-ce que tu fous là, Elle ?

Je passai ma langue sur mes lèvres.

Dis-lui la vérité, c'est tout !

J'ouvris la bouche, mais rien ne sortit. Quelques douloureuses secondes plus tard, je me recroquevillai sur moi-même. Comme je ne répondais pas, son attention se porta sur Carson qui s'était discrètement rapproché de moi. Une fois qu'il fut assez près, il passa son bras autour de mes épaules et me serra contre lui. Il était torse nu et ne portait qu'un jean.

Les yeux de mon frère s'écarquillèrent, reflétant un mélange de colère et de trahison.

— Mais c'est quoi ce bordel ? Qu'est-ce que tu fous avec ma sœur ? demanda-t-il.

Sa voix sembla ricocher sur les murs jusqu'à l'intérieur de ma tête.

Son bras m'enveloppant, protecteur, Carson se redressa de toute sa hauteur.

— Nous sortons ensemble.

— Tu te fous de moi ! rugit Brayden en se rapprochant de nous d'un pas menaçant.

Sydney se précipita et l'agrippa par le bras, ses doigts s'enfonçant dans son biceps, mais il ne lui accorda pas un seul regard. Toute son attention était rivée sur son ami.

— Est-ce que tu es vraiment en train de me dire que tu t'envoyais en l'air avec ma sœur ?

Carson pinça les lèvres et ses muscles se tendirent.

— Allez, mec ! Tu sais très bien que ce n'est pas comme ça...

Les yeux de Brayden menaçaient à présent de sortir de leurs orbites alors qu'il éclatait d'un rire sans joie.

— Tu sais quoi ?

Il ne s'interrompit pas assez longtemps pour lui laisser une chance de répondre.

— Je ne sais rien du tout parce que je n'avais pas la moindre idée que tu faisais des trucs derrière mon dos avec Elle, bordel ! Tu savais très bien que ça allait me rendre furax et tu l'as fait quand même !

Carson resserra sa prise sur moi, me collant pratiquement à lui.

— J'allais t'en parler après ce week-end, dit-il.

— Je suppose qu'on a plus besoin d'avoir cette conversation, n'est-ce pas ?

Les épaules de Carson s'affaissèrent sous le regard désapprobateur de Brayden.

— Pour ce que ça vaut, je suis désolé de ne pas te l'avoir dit plus tôt. Dès que je me suis rendu compte qu'il allait se passer quelque chose, j'aurais dû venir te le dire.

— Non, il n'aurait rien dû se passer ! Tu n'avais rien à faire avec Elle ! Fin de l'histoire ! dit Brayden en enfonçant un doigt accusateur dans son torse.

— J'ai toujours eu des sentiments pour Elle, ça n'aurait jamais pu finir autrement. C'était impossible… contra Carson.

Mon frère passa sa main dans ses cheveux et je pouvais pratiquement voir la fumée lui sortir des oreilles.

— C'est vraiment tordu et tu le sais parfaitement ! Je te faisais confiance pour veiller sur elle et au lieu de ça, tu as abusé d'elle !

Je secouai la tête. Il se trompait sur toute la ligne, ce n'était pas ce qui s'était passé.

— Bray…

Il me regarda d'un air glacial.

— Récupère tes affaires, je te ramène à la maison !

Tous mes muscles se tendirent et je fronçai les sourcils.

— Quoi ? Non ! Je suis adulte, tu n'as pas le droit de me dire ce que je dois faire ! protestai-je.

— Tu veux parier ?

Lorsque Brayden se rapprocha encore de nous, Carson murmura :

— Pourquoi n'irais-tu pas attendre en bas ? Laisse-moi parler à ton frère en privé.

Les laisser seuls quand l'atmosphère était aussi explosive était une idée désastreuse. Ils avaient toujours été amis et je n'avais pas le souvenir de les avoir vu se fâcher un jour. Je ne voulais pas qu'ils se fâchent pour la première fois par ma faute.

— Je reste ici ! insistai-je.

— S'il te plaît, Elle ! Pars. Laisse-moi arranger ça, tout va bien se passer, réitéra Carson. Je te le promets.

Mes épaules s'avachirent lorsqu'il retira son bras et qu'il me poussa doucement en direction de la porte. Quand je fis quelques pas trébuchant en avant, Sydney se faufila devant Brayden et passa un bras réconfortant autour de ma taille, me serrant contre elle. Elle me regarda d'un air empli de compassion avant de me guider sans bruit vers le couloir. Elle n'avait pas l'air surprise, et je commençai à suspecter qu'elle s'était doutée de quelque chose. Alors que je m'éloignais de mon frère, je sentis sur moi son regard furieux. Je m'humectai les lèvres.

— S'il te plaît, Bray ! C'est ton meilleur ami et... je l'aime, me forçai-je à admettre.

La colère crispa encore un peu plus ses traits. Sa mâchoire se bloqua, le muscle palpitant dans sa joue. Il ne répondit rien, et Sydney s'écarta de moi pour récupérer mon sac de voyage avant de me faire sortir de la pièce et remonter le couloir.

Je ne comprenais pas comment la nuit la plus parfaite de toute mon existence s'était transformée en mon pire cauchemar, mais c'était pourtant bien ce qui venait de se passer. Dans l'immédiat, il ne semblait pas possible d'y remédier.

CHAPITRE 39

CARSON

Au moment où Elle franchit le seuil, elle s'arrêta un instant, jetant un coup d'œil par-dessus son épaule jusqu'à ce que nos regards se croisent. La peur et l'inquiétude hantaient son regard sombre. Et après cette confrontation, elle était d'une pâleur fantomatique. Le besoin de la réconforter m'envahit. Tout ce que je voulais faire, c'était la rejoindre et la prendre dans mes bras, la serrer contre mon torse et lui dire que tout allait bien se passer. Au lieu de ça, je restai rivé sur place. Avant que je puisse esquisser un semblant de sourire, elle disparut, me laissant seul avec le gars que j'avais toujours considéré comme mon meilleur ami.

Je reportai avec réticence mon attention sur lui. Ses jointures avaient blanchi tant il serrait les poings et sa fureur se lisait dans ses yeux. Nous nous étions rencontrés en primaire et nous étions restés très proches depuis. Je l'avais déjà vu plusieurs fois péter une durite et en venir aux poings, mais la plupart du temps, je me tenais à ses côtés, prêt à intervenir si c'était nécessaire. Je ne m'attendais pas à ce que cette rage soit dirigée contre moi un jour.

D'accord, c'était peut-être un mensonge.

Il y avait bien une raison pour laquelle j'avais essayé de garder mes distances avec Elle et de dissimuler mes sentiments pour la belle brune. Au fond de moi, je savais que Brayden aurait un problème avec ça. Et je n'avais pas tort.

En croisant son regard incisif, je n'étais pas certain de savoir quoi dire pour effacer le sentiment de trahison qu'il devait éprouver. Il se rapprocha de moi en grognant.

— Tu as vraiment un sacré toupet de l'avoir fait venir ici ! Au chalet de la famille !

Son ton ne me plaisait vraiment pas et je me redressai de toute ma hauteur.

— Nous sortons ensemble depuis quelques semaines et nous voulions avoir le temps d'en parler et de mettre les choses à plat, ça nous semblait être le bon endroit pour le faire.

Il balaya la pièce du regard et s'arrêta sur le lit défait.

— On dirait bien que vous avez fait autre chose que parler, fit-il sur un ton glacial.

La colère m'envahit et je pinçai les lèvres. Je ne voulais rien dire qui empirerait la situation ou que je pourrais regretter une fois que nous nous serions calmés, mais je n'allais pas parler avec lui de ma relation physique avec Elle. Je me contrefichais qu'il soit son frère. Ce que nous faisions en privé ne le regardait absolument pas.

Lorsque je ne répondis pas, il fronça les sourcils.

— Quoi ? T'as rien à ajouter ?

Je croisai les bras sur mon torse.

— Je te l'ai déjà dit, j'ai des sentiments pour elle, depuis longtemps. Et si ce n'était pas sérieux, je n'aurais jamais fait quoique ce soit, plaidai-je.

Je cherchai dans son regard un signe d'apaisement, mais je n'en vis aucun.

— Est-ce qu'il y a quelque chose que je puisse dire qui ferait une différence pour toi ? m'enquis-je tout de même.

— Non, rétorqua-t-il avec un rictus mauvais.

— Écoute... commençai-je en me passant une main dans les cheveux.

— Depuis la mort de mon père, j'ai toujours fait de mon mieux pour protéger Elle. Et moi qui croyais que je pouvais te faire confiance pour faire de même ! Je me suis trompé sur toute la ligne, pas vrai ? Tout ce que tu as fait, c'est profiter d'elle ! Et tu m'as menti en me racontant des conneries, en me disant que t'allais voir tes vieux pour le week-end, fit Brayden avec un rire sans joie.

Je grimaçai. Il n'avait pas tort sur ce point.

— Je suis désolé, je n'ai jamais eu l'intention d'aller aussi loin sans t'en parler, marmonnai-je, me sentant comme le dernier des connards.

— Tu sais quoi ? Si tu étais vraiment un ami, t'aurais été honnête dès le début ! Au lieu de ça, tu dissimules ta « relation » comme une petite salope, dit-il en ricanant.

Ses mots furent comme un coup de pied dans les couilles. Nous avions été amis depuis plus de dix ans et j'avais toujours été à ses côtés. Brayden pensait-il vraiment cela de moi ? Je sentis une partie de ma culpabilité se dissiper et se transformer en colère.

Est-ce que je lui devais des excuses pour avoir agi en douce et ne pas avoir été honnête avec lui ? Oui, bien sûr ! Mais s'il y avait bien quelqu'un qui savait quel genre d'homme j'étais, c'était lui. Je ne ferais jamais rien qui puisse nuire à sa famille.

Je changeai de position alors que la tension envahissait chacun de mes muscles, me donnant la sensation d'être une bombe de fureur qui pouvait exploser d'un moment à l'autre.

— Tu es au courant qu'Elle n'est plus une gamine ? Elle est bien assez grande pour sortir avec qui elle veut et prendre des décisions par elle-même. Tu dois arrêter d'essayer de contrôler sa vie.

Ses joues s'empourprèrent avant de virer carrément écarlates lorsqu'il enfonça un doigt accusateur dans mon sternum.

— Ne t'avise pas de me dire ce que je dois faire quand il s'agit de ma famille. J'ai toujours fait ce qu'il fallait pour la protéger des connards qui auraient pu la blesser ! Elle mérite le meilleur ! cracha-t-il.

Le venin de ses mots m'atteignit directement.

— Qu'est-ce que tu essaies de dire ? Que je suis un connard comme les autres ? Ou que je vais la traiter comme de la merde ?

Je ne lui laissai pas le temps de répondre.

— Tu me connais mieux que personne. Du moins, c'est ce que je pensais. J'ai toujours considéré ta famille comme la mienne. Tu es comme un frère pour moi. Je ne ferais jamais rien pour manquer de respect à la mémoire de ton père, et cela inclut de vous blesser, toi, ta mère, ou Elle. J'aime cette fille, bon sang !

Mes épaules s'affaissèrent sous le poids de cet aveu.

— Ça fait un moment que je l'aime. J'ai eu beau essayer de nier mes sentiments, à moi comme à elle, je n'y arrivais plus.

— N'importe quoi ! Tu savais qu'elle craquait pour toi et tu as profité d'elle ! Tu pensais avec ta queue, c'est tout ! Et tu espérais que je n'en saurais rien, fit-il en se rapprochant de moi.

Était-il devenu dingue ? Je secouai la tête alors qu'une nouvelle vague de colère m'envahissait, me faisant trembler, ma voix vibrant sous le coup de l'émotion.

— Tu sais très bien que ce n'est pas ce qui s'est passé.

— Ce que j'ai appris aujourd'hui, c'est que je ne sais rien du tout et encore moins quand ça te concerne.

Il se rapprocha très près de moi, envahissant tout mon espace personnel au point que nous nous touchions presque. Ses mots vidèrent mes poumons de leur air, je ne parvenais plus à respirer. Je clignai des yeux, tentant de sortir de la brume épaisse où je me retrouvais égaré. Je fus sorti de ma torpeur lorsque je sentis son poing contre la peau nue de mon torse et je reculai d'un pas.

— Je ne vais te le dire qu'une fois, tu gardes tes distances avec Elle ! Et pendant que tu y es, rends-moi service et fais pareil avec moi ! Parce que si je te vois avec elle de près ou de loin, je vais te... menaça-t-il.

Je me préparai à un nouveau coup de poing. Brayden avait beau être grand et musclé, moi aussi. Nous avions toujours été de force égale. Je relevai le menton et plongeai en avant, fondant sur lui.

— Quoi ? Qu'est-ce que tu feras ? lui demandai-je face à ses menaces en suspens.

— Provoque-moi et tu vas très vite le savoir ! fit-il en fronçant les sourcils.

Avant que je ne puisse répondre, il s'éloigna et quitta la pièce à grandes enjambées. Il était difficile de croire que notre conversation avait pu dévier ainsi. Je me doutais qu'il allait être furax, mais je ne m'étais jamais attendu à ce qu'il mette un terme à notre amitié. Pas comme ça.

— Brayden ! l'interpellai-je et il s'arrêta, se retournant juste assez pour pouvoir me fusiller du regard.

— Je le pense vraiment, garde tes distances avec elle et moi !

Il fit volte-face, disparaissant dans le couloir et descendant l'escalier bruyamment. La porte d'entrée claqua. J'expirai longuement. Son véhicule démarra, et quelques instants plus tard, j'entendis les pneus crisser dans l'allée bordée d'arbres qu'il remontait. Frustré, je passai une main dans mes cheveux, ne sachant pas trop ce qui allait suivre maintenant.

CHAPITRE 40

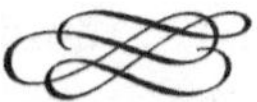

ELLE

on cœur s'emballait douloureusement dans ma poitrine alors que je m'agrippais à la poignée pour ne pas valdinguer sur la banquette arrière. Brayden fonçait sur la route étroite, frôlant les branches dénudées comme si nous volions dans l'espace à grande vitesse. Je mordis ma lèvre inférieure pour réprimer un cri. À tout moment, il allait rentrer dans un arbre et nous tuer tous les trois.

Sydney devait ressentir cette tension elle aussi parce qu'elle posa sa main sur son avant-bras, enfonçant ses ongles dans son sweat.

— Bray, ralentis, dit-elle.

Même si son ton était mesuré, son inquiétude était perceptible. Lorsque le regard furieux de Brayden croisa le mien dans le rétroviseur intérieur, je réussis à le soutenir une seconde avant de tourner la tête. Non seulement j'étais furieuse contre lui, mais j'étais aussi humiliée au plus haut point. Comment avait-il pu entrer comme ça et réduire à néant ma relation avec Carson ? Qui lui donnait le droit de faire ça ?

Il n'était pas mon père !

Mon esprit tournait à plein régime. Je me demandais toujours comment j'avais pu passer du septième ciel à la banquette arrière du pick-up de Brayden, quittant à fond de train le seul gars pour qui j'ai eu des sentiments.

Lorsque le chemin de terre déboucha sur une intersection, Brayden se lança à vive allure sur la départementale. Le seul avantage était qu'à présent, la forêt s'était éclaircie et que nous n'étions plus entourés d'arbres. Sydney et moi soupirâmes de soulagement d'être sorties vivantes et entières de là. Mon frère mit le pied au plancher et le pick-up fit un bond en avant. Un rapide coup d'œil me fit savoir que l'on roulait à plus de trente kilomètres-heure au-dessus de la limite autorisée.

Ne sachant pas quoi dire, je regardai le paysage défiler par la fenêtre. La campagne était parsemée de bosquets et de champs endormis durant l'hiver, attendant de renaître au printemps. D'ordinaire, cela suffisait à me tranquilliser l'esprit et à m'apaiser, mais ce jour-là je ne trouvais ni joie ni soulagement dans le paysage. Le silence dans l'habitable était oppressant et lourd de non-dits. Je n'étais pas certaine de pouvoir tenir encore longtemps avant que cela finisse par m'étouffer.

— Mais à quoi tu pensais ? Quelle idée d'allée se maquer avec l'un de mes coéquipiers, lança Brayden.

Je relevai brusquement la tête, détournant le regard d'une grange en bois rouge à la peinture écaillée au milieu d'un champ où paissaient des chevaux pour river mon regard sur le rétroviseur intérieur de façon à pouvoir regarder son reflet.

— Et pourquoi ça ?

— Pourquoi ? Parce que Carson est mon ami, l'un des rares en qui j'avais confiance. Mais c'est foutu, pas vrai, parce que ce connard n'aurait jamais dû profiter de toi comme il l'a fait, dit-il, les yeux exorbités.

Je fermai les yeux pour essayer de bloquer ce qu'il venait de dire.

— Il n'a jamais profité de moi !

Pourquoi ne réalisait-il pas se rendre compte que j'étais assez grande pour prendre mes propres décisions ? Il n'avait pas à se mêler de ma vie sentimentale.

— Oh que si ! Tout le monde sait que tu craques pour lui depuis que tu es gosse !

Je pâlis. La nausée tourbillonna dans mon ventre avant de remonter dans ma gorge, menaçant de m'étouffer. Il haussa les sourcils lorsque je ne répondis pas.

— Quoi ? Tu croyais vraiment que c'était un secret ? Bordel, il savait tout ! Je lui ai dit au lycée que s'il tenait à sa peau, il avait intérêt à garder ses distances avec toi…

Je m'avachis sur la banquette arrière alors que nous traversions la campagne à vive allure. Ma tête retomba lourdement sur l'appui-tête, et tout ce que je pouvais regarder sans le voir vraiment, c'était le plafond du véhicule. Il était embarrassant de me rendre compte que depuis ce moment-là, j'avais porté mon cœur en bandoulière. Tant de pensées m'envahissaient l'esprit que je peinais à les aligner de façon cohérente. Quand je retrouvai finalement ma voix, je relevai la tête et je le dévisageai dans le rétro. Je sentais toujours la colère irradier de lui.

— Pourquoi tu as fait une chose pareille ?

Son regard se riva sur le mien par l'entremise du miroir.

— Fait quoi ? Qu'est-ce que j'ai fait qui soit si terrible ?

— Tu savais ce que j'éprouvais pour Carson et tu as fait tout ton possible pour me mettre des bâtons dans les roues. C'est un gars merveilleux qui n'a jamais été autre chose qu'un excellent ami, non seulement pour toi, mais aussi pour moi. Et pour une raison ou une autre, ce n'était pas suffisant pour toi ? Ou pour moi ? Qui es-tu pour décider ce qui vaut le mieux pour moi ? Qui es-tu pour prendre des décisions qui m'impliquent sans me demander ce que *moi*, je veux ? demandai-je d'une voix tremblante alors que le ressentiment m'envahissait tout entière.

Il écarquilla les yeux et serra la mâchoire.

— Tu ne vois pas qu'il a profité des sentiments que tu as toujours eus pour lui ?

Je levai les yeux et les mains au ciel.

— Mais bon sang, faut que tu arrêtes ces conneries hyper protectrices, laisse-moi vivre ma vie, arrête de vouloir me garder dans une tour d'ivoire. Est-ce que tu te rends compte que j'ai dix-neuf ans et que jusqu'à hier soir, j'étais toujours vierge ? À dix-neuf ans, m'emportai-je, mon cœur battant si fort que je l'entendais battre à mes tempes, assourdissant le reste.

Ses joues s'empourprèrent vivement.

— Elle...

— Non ! Tu fais la fête, tu couches avec qui tu veux depuis que tu as seize ans, et pour une raison qui m'échappe, personne ne remet ça en question. Personne ne t'a empêché de faire ce que tu voulais, personne n'a essayé de te contrôler. On a grandi dans la même famille et on n'aurait pas pu avoir deux expériences plus différentes... Pourquoi ça ? demandai-je en me penchant en avant malgré la ceinture de sécurité qui me retenait.

Il se concentra à nouveau sur la route et pinça les lèvres au point qu'elles deviennent à peine perceptibles.

— C'est parce que tu es un garçon et moi une fille, c'est pour ça ? poursuivis-je sur un ton accusateur.

— Bien sûr que non, bougonna-t-il, mais il ne paraissait plus aussi indigné qu'au début de notre conversation.

— Est-ce que d'une façon ou d'une autre, je suis plus fragile ou pas équipée comme toi pour prendre les mêmes décisions rationnelles ? Peut-être que je ne suis pas aussi intelligente ou capable de prendre soin de moi ? insistai-je lorsqu'il ne répondit pas.

— Tu sais que ce n'est pas le cas...

— Alors pourquoi ?

Je sentis la ceinture de sécurité se tendre et ma voix gagner en volume. Je n'étais pas certaine d'avoir été un jour aussi furieuse, mais vous savez quoi, ça faisait du bien de pouvoir enfin dire tout ça. Parce que ça faisait bien trop longtemps que ça durait et il fallait que ça s'arrête.

— Allez, Bray ! Je veux des réponses ! C'était quoi l'idée ? Tu allais protéger ma vertu jusqu'à ce que j'aie quarante ans ? Ou alors tu pensais à un joli mariage arrangé ? m'obstinai-je à demander.

L'ambiance déjà oppressante dans le véhicule devint absolument suffocante.

— Maintenant, ça devient franchement ridicule, dit-il en pouffant avec aigreur.

— Ce n'est pas moi qui suis ridicule, criai-je, c'est toi. Je suis certaine que Sydney a couché avec qui elle voulait et que personne n'a essayé de l'en empêcher.

Même si j'avais essayé de ne pas mentionner sa copine dans notre dispute, je changeai de position pour pouvoir la regarder. Je ne la connaissais peut-être pas très bien, mais j'avais vu dès notre première rencontre qu'elle n'était pas le genre de fille qui acceptait que quiconque lui dise quoi faire. Y compris mon frère.

C'était là l'une des raisons pour lesquelles je l'admirais tant ! Sydney Daniels était fidèle à elle-même et personne ne parviendrait jamais à la faire changer d'avis. Au lieu de répondre, Sydney regarda mon frère en haussant les sourcils. Leurs regards se croisèrent et il grimaça. Comme elle ne répondit pas, sûrement pour ne pas prendre parti, je poussai un soupir fatigué et retournai à la contemplation du paysage qui défilait à toute allure. Lorsque nous arrivâmes en ville, Brayden dut ralentir, ce qui fut un soulagement. Il fallait que je descende de là et que je prenne mes distances avec lui avant de l'étrangler à mort.

Un silence inconfortable s'installa à nouveau. Lorsque cela devint pratiquement insoutenable, il remua inconfortablement sur son siège et se mit à marmonner :

— Tu es au courant que j'essaie seulement de te protéger, pas vrai ?

Je soupirai.

— Je n'ai pas besoin de ta protection, mais plutôt que tu me traites comme une adulte et que tu ne te mêles pas de mes affaires, comme moi je ne me mêle pas des tiennes. Si je finis par me tromper dans une relation, eh bien, ce sera mon erreur et j'en tirerai des leçons. Tu dois trouver ça difficile à croire, mais je ne suis pas incompétente, je sais prendre soin de moi, assénai-je.

— J'ai jamais dit le contraire, rétorqua-t-il.

— Alors, pourquoi me traiter comme si je l'étais ? lançai-je en haussant les sourcils.

— Je ne fais pas du tout ça, répondit Brayden.

Je pinçai les lèvres et croisai les bras, regardant droit devant nous alors qu'apparaissaient les magasins. Ça ne valait pas la peine d'avoir cette conversation tant qu'il n'admettait pas les problèmes de son comportement. Après quelques kilomètres, il s'éclaircit la gorge.

— Après la mort de Papa, tu avais besoin que quelqu'un veille sur toi, pour s'assurer que tu sois en sécurité, que l'on prenne soin de toi. Tu ne crois pas qu'il aurait voulu que je te protège comme il l'a toujours fait ? demanda-t-il.

Mes épaules s'affaissèrent. Brayden avait tout juste dix-sept ans lorsque notre père était décédé. Cela avait forcé mon frère à prendre la relève et à remplir ses énormes chaussures. Je savais que ça n'avait probablement pas été facile pour lui.

— Oui, mais il n'aurait sûrement pas voulu que tu m'empêches de grandir et de profiter de tout ce que la vie a à offrir. Que tu le veuilles ou non, c'est ce que tu as fait.

Même si c'était pénible, il fallait qu'il entende la vérité.

Il cligna des yeux, mais son regard resta rivé sur la route dans un mélange de chagrin et de confusion.

— Tu te trompes, chuchota-t-il, la voix rauque.

— Non, insistai-je.

Je n'avais jamais été aussi heureuse d'apercevoir Sutton Hall qu'au moment où il tourna dans le parking et s'arrêta devant le bâtiment. Sans un mot, je récupérai mon sac, ouvris la portière et la claquai en descendant du véhicule. Je m'arrêtai un instant et pris une profonde inspiration. C'était triste. Parce que Brayden et moi avions toujours été proches, en particulier après la mort de notre père, mais c'était un soulagement de le quitter. Je me dis que nous avions tous les deux besoin de temps pour réfléchir à ce qui s'était passé et ce qui s'était dit. Peut-être qu'ensuite, nous pourrions nous retrouver et mettre les choses à plat.

Alors que je remontais l'allée principale, j'entendis claquer la portière du pick-up et Brayden m'interpella :

— C'est tout ? Tu vas partir sans qu'on en discute ?

Oui. C'était l'idée. Le trajet de retour avait été atroce et j'étais mentalement et émotionnellement épuisée. Je n'avais plus rien à donner.

— Elle ! m'appela Brayden.

Je me sentais un rien coupable alors je me retournai.

— J'ai assez parlé, j'en ai assez, dis-je, et sans attendre sa réponse, je repris ma route.

— Elle ! Ne pars pas comme ça, donne-moi juste quelques minutes...

Une fois arrivée à la porte, je sortis ma clef et l'enfonçai avec force dans la serrure avant d'entrer. Après ce qui s'était passé au chalet, je ne savais pas si notre relation serait à nouveau la même un jour.

CHAPITRE 41

CARSON

Je portai la bouteille d'eau à mes lèvres et en bus une gorgée. Asher et Crosby étaient perchés sur le bord de leur siège alors qu'ils s'affrontaient dans une intense partie de NHL.

— Ha ! Prends ça ! fanfaronna Asher lorsqu'il élimina le gardien de Crosby.

— Va te faire foutre ! C'était un coup de chance, tout le monde sait que tu n'es bon à rien, bougonna le brun.

— Aïe, ça fait mal de la part du gars que je viens d'écraser ! Je suis bien plus doué que toi, pas vrai, les filles ? lança-t-il en prenant à témoin les deux filles qui l'encadrait sur le canapé.

Les deux blondes s'en portèrent garantes, attestant des aptitudes au lit d'Asher. Ce qui, pour être honnête, ne m'intéressait pas du tout. Pour l'anecdote, j'avais appris peu de temps après avoir emménagé avec lui qu'il n'était pas très regardant sur les endroits où il couchait. Je le soupçonnais d'avoir baptisé toutes les pièces. Et il était certain que si je passais le salon à la lumière ultra-violette, je n'allais plus m'asseoir nulle part. Bon Dieu, ce qu'il était tentant de tout faire cramer.

— J'ai comme un goût de vomi dans la bouche, fit Crosby en

grimaçant.

— Oh bah, faut pas être jaloux, sourit Asher en passant ses bras autour des épaules des deux filles, les serrant contre lui.

— Jaloux de quoi exactement, j'aimerais bien le savoir, rétorqua Crosby.

— Que les meufs se jettent toutes sur moi et fuient, terrifiées, dès qu'elles te voient, répliqua Asher.

Crosby haussa les sourcils, mais esquissa un petit sourire.

— Oui, c'est tout à fait ça…

C'était probablement signe pour moi de partir parce que je n'avais pas besoin de me retrouver au milieu d'une guéguerre pour déterminer qui couchait avec le plus de meufs. Alors que je me levais, la porte d'entrée s'ouvrit sur Brayden, qui avait un sac à dos sur l'épaule. Lorsqu'il m'aperçut, il ralentit, se renfrogna, et sans un mot pour personne, se dirigea vers la cuisine.

Crosby et Asher me dévisagèrent avec curiosité.

— Brrr, ça c'était un accueil glacial, mec ! fit Asher.

— Oui, mes couilles viennent de geler, ajouta Crosby.

— C'est pas comme si tu t'en servais souvent, elles sont surtout décoratives en fait, rétorqua notre coéquipier avec un sourire beaucoup trop jovial.

Crosby le fusilla du regard et le gratifia d'un doigt d'honneur.

Mon coloc blond gloussa, l'ignora et tourna son attention vers les filles.

— Mes jolies, vous êtes prêtes à partir ? demanda-t-il.

Elles se levèrent précipitamment comme deux petits chiens voulant plaire à leur maître.

— Oui ! Où est-ce qu'on va ? demanda l'une.

— J'ai faim ! Est-ce qu'on peut aller manger ? gémit l'autre.

— Je me suis dit qu'on pourrait faire quelque chose pour s'ouvrir l'appétit, puis commander quelque chose. Ça vous va ?

Elles gloussèrent toutes les deux avant de se coller à lui. Il lança un clin d'œil à Crosby avant de monter l'escalier avec ses deux conquêtes. Mon autre coloc fronça les sourcils et leva les yeux au ciel.

— C'est pas croyable le nombre de meufs qu'il arrive à avoir…

Je secouai, ne comprenant pas non plus. Il buvait, fumait et s'envoyait en l'air comme si c'était sa seule mission sur Terre et ça n'empêchait pas les meufs de se jeter dans ses bras comme s'il était le dernier homme au monde. Ça dépassait l'entendement.

Il y eut quelques instants de silence avant que Crosby ne se tourne vers moi en s'éclaircissant la gorge.

— Alors, qu'est-ce qui se passe entre Bray et toi ?

Je me redressai d'un coup. Je ne voulais pas répondre aux questions sur ce sujet, et même si la tension était à couper au couteau à la maison et sur le terrain, nous avions réussi à garder le problème entre nous. Mais ça ne voulait pas dire que l'on ne nous regardait pas de travers ou avec perplexité.

— Rien, marmonnai-je, espérant qu'il allait passer à autre chose.

— Laisse-moi deviner, il s'est rendu compte que tu batifolais avec sa sœur...

Je me redressai à nouveau et grognai.

— On n'a pas batifolé ! rétorquai-je, et d'un coup, il eut l'air très intéressé.

— Oh ? Alors comment tu appelles ça, toi ?

Je pinçai les lèvres et le fusillai du regard, refusant de me laisser entraîner dans une autre conversation sur Elle. En particulier avec Crosby. De ce que j'en savais, ce gars n'avait jamais eu de copine et n'était même jamais sorti avec personne. Il ressemblait bien plus à Asher qu'il ne voudrait l'admettre.

Le mec baisait.

C'était la pure et simple vérité.

Comme je refusais de répondre, il haussa les sourcils.

— Quoi que ce soit, tu ferais mieux d'y remédier vite fait parce que ce genre de connerie, ça finit toujours par avoir un impact sur le terrain et on ne peut pas se le permettre, pas maintenant !

Je m'avachis dans le fauteuil. Crosby n'était peut-être pas le genre de gens à qui je serais venu demander conseil, mais il avait raison. Inconsciemment, je tournai la tête vers la cuisine où Brayden était parti quelques instants plus tôt. Il s'était passé plusieurs jours depuis la scène au chalet et j'espérais qu'en lui donnant assez de temps pour se calmer, nous pourrions nous asseoir et parler posément de la situation comme deux adultes. Jusqu'à présent, ça n'avait pas été le cas. Il ne me regardait même pas. Il m'avait foncé quelques fois dessus à l'entraînement lorsque je n'avais pas fait attention et je m'étais retrouvé sur le cul.

Et Elle…

Nous avions décidé de garder nos distances tant que nous n'avions pas mis les choses à plat avec Brayden. Mes sentiments étaient toujours aussi forts, mais comment pouvions-nous être ensemble quand la seule personne que j'avais toujours considérée comme mon meilleur ami ne voulait plus avoir à faire à moi ?

Et après tout ce qu'ils avaient vécu, ils avaient toujours été là l'un pour l'autre et j'avais horreur de détruire leur relation fraternelle.

Quel que fût l'angle sous lequel on regardait cette situation, rien n'allait. Lorsque je me levai avec réticence, Crosby grogna.

— Bon choix…

Je le fusillai du regard et sortis de la pièce sans un mot. En entrant dans la cuisine, je vis Brayden adossé contre le plan de travail avec une bouteille de boisson énergisante orange à la main. Son regard se posa brièvement sur moi avant qu'il se redresse et tente de repartir comme s'il ne voulait même pas respirer le même air que moi. Mais avant qu'il ne puisse partir vers la salle à manger, je l'agrippai par le bras.

Il s'arrêta et se renfrogna, son regard s'arrêtant sur mes doigts qui enserraient son biceps.

— Tu devrais enlever ta main avant de la perdre, je te garantis que tu n'iras pas loin dans les sélections pour la NFL sans ça…

Je ne le libérai pas à cause de sa menace, mais plutôt parce que la conversation commençait à déjà tourner au vinaigre et je n'avais encore rien dit. Nous étions amis depuis bien trop longtemps pour en finir ainsi.

— Allez Bray ! Est-ce qu'on ne pourrait pas discuter ?

Il se redressa.

— Mais discuter de quoi ? Je crois qu'on a dit tout ce qu'il y avait à dire au chalet…

Perdu, je passai ma main dans mes cheveux. Le peu d'espoir qu'il me restait venait de mourir. J'aurais vraiment cru qu'on pouvait passer outre, mais peut-être que je me trompais. Peut-être que c'était comme ça que notre amitié devait se terminer. Et si c'était le cas, c'était foutrement triste.

— C'est tout ? C'est fini entre nous ? À la fin du semestre, on part chacun de notre côté ? demandai-je.

Et avant qu'il ne puisse le dissimuler, je vis dans son regard qu'il avait des regrets.

— Je sais pas.

Le désespoir m'envahit jusqu'à pratiquement me suffoquer.

— Tu dois prendre conscience que je n'ai jamais voulu te blesser, insistai-je.

Il changea de position comme si cette conversation le mettait mal à l'aise.

— Oui, c'est bien ça le problème ! Y a des tas de meufs sur ce campus qui auraient été plus qu'heureuses d'écarter les cuisses pour toi. T'avais aucune raison de lorgner sur ma sœur…

Il avait raison. Et pendant des années, c'était ce que j'avais fait. J'avais gardé mes distances, j'étais resté loin d'elle, je m'étais envoyé en l'air avec des groupies pour essayer de me la sortir de la tête. Et ce n'était que lorsque j'avais fini par succomber à l'envie qui m'envahissait que j'avais réalisé que ça n'allait jamais marcher. J'avais essayé de me convaincre que toutes les filles étaient interchangeables, qu'une chatte en valait une autre, mais ce n'était pas vrai. Pas quand il était question de sentiments, pas quand il y avait autre chose dans l'équation.

Brayden, plus que quiconque, devait s'en rendre compte.

— Eh bien, elles n'étaient pas Elle ! Je l'aime depuis des années, mec, et c'était impossible pour moi de l'imaginer dans les bras d'un autre.

Je le vis commencer à s'énerver et je me crispai quand il se rapprocha de moi, envahissant mon espace personnel.

— Alors t'aurais dû avoir les couilles de venir me voir, comme un vrai mec, avant qu'il ne se passe quoique ce soit.

— Tu as raison, avec du recul, c'est ce que j'aurais dû faire, mais je peux pas revenir en arrière et changer le passé, dis-je avant de bien réfléchir aux mots qui allaient suivre. Il faut aussi que tu comprennes que ma relation avec Elle nous concerne et ne te regarde pas.

Ses narines frémirent et son regard s'assombrit.

— Oh que si ! On est en train de parler de ma sœur ! Tu merdes complètement ! Tu ne crois pas que son bien-être est ma seule préoccupation ? demanda-t-il en enfonçant un doigt accusateur dans mon torse.

Je me tendis, et même s'il était tentant de lui mettre un coup de poing pour le faire reculer, j'expirai longuement pour garder la tête froide. Me battre avec Brayden n'allait rien résoudre, ça ne ferait qu'empirer la situation. Et personne n'avait besoin de ça.

— Non ! Elle est assez grande pour prendre elle-même ses décisions et il faut que tu l'acceptes, plaidai-je.

Quoi que je puisse dire, il semblait que ça ne faisait aucune différence et qu'il n'allait pas changer d'avis. Et ça, c'était vraiment moche.

— Et si tu sais ce qui est bien pour toi, tu ferais mieux de rester loin d'elle, grogna-t-il.

Avait-il la moindre idée d'à quel point ça allait être douloureux ?

Surtout maintenant ?

Je me dandinai sur place, essayant une dernière fois de lui faire entendre raison.

— Et si on te disait que tu devais garder tes distances avec Sydney ? Tu y arriverais ? Ou tu ferais tout pour être avec elle ? demandai-je.

Il se redressa comme si on venait de l'empaler sur un madrier et il était absolument furieux. Lorsque je le vis serrer les poings, je me rendis compte que j'étais peut-être allé un peu trop loin. Avant qu'il n'ait le temps de me sauter à la gorge, je passai aux aveux.

— Parce que c'est exactement ce que j'éprouve pour Elle, je l'aime ! Tu comprends ça ? Je l'aime !

J'avais l'impression qu'on m'arrachait les entrailles, mais je poursuivis :

— Toi et moi, on est amis depuis longtemps et on a surmonté ensemble beaucoup de coups durs. S'il y a bien quelqu'un qui me connaît, qui me connaît *vraiment*, c'est toi. Mais ne crois pas un seul instant que ça change ce que j'éprouve pour elle. Et ne te fais pas d'illusions. Elle ne trouvera jamais quelqu'un qui l'aime comme je l'aime.

La tension était palpable et si j'avais eu encore un tout petit espoir que mon aveu finisse par le faire changer d'avis, il venait d'être tué dans l'œuf. Il resta stoïque et silencieux. Comme je n'avais rien d'autre à dire, je lui mis un coup dans l'épaule et sortis de la cuisine rapidement. Non seulement j'avais perdu Elle mais notre amitié aussi. Peu importe ce qui allait advenir, rien n'allait plus jamais être pareil entre nous trois.

CHAPITRE 42

ELLE

*J*e frappai d'un coup sec et poussai directement la porte du bureau, passant la tête à l'intérieur de la petite pièce.

— Bonjour monsieur Holloway.

Il leva les yeux de son ordinateur et me fit signe d'entrer.

— Bonjour, Elle. Je te l'ai déjà dit, quand nous ne sommes pas en cours ou avec d'autres étudiants, tu dois m'appeler Gabe, me réprimanda-t-il.

— Désolée, j'imagine que j'ai oublié.

C'était un mensonge. Ça me faisait bizarre de l'appeler par son prénom. Je sais que d'autres professeurs abandonnaient les formalités avec leurs étudiants, mais c'était quelque chose qui m'avait toujours mis mal à l'aise. Lorsqu'il me dévisagea patiemment, l'air d'attendre, je me forçai à ajouter son prénom à la fin de ma phrase.

Il sourit avant de se lever, contournant le bureau métallique qui occupait la majorité de la petite pièce.

— L'armoire de classement est ici, et toute la paperasse est dans ces deux boîtes-là, m'expliqua-t-il en me montrant le meuble en question.

Je hochai la tête sans dire un mot, jaugeant la situation.

—Ça devrait prendre quelques heures. Comme je te l'ai dit, tu n'es pas obligée de faire ça en une fois. Tu as le droit d'étaler et, très honnêtement, il risque d'y en avoir davantage à classer. Notre secrétaire est géniale, mais elle ne rend pas toujours les photocopies à temps alors si l'arrangement nous convient à tous les deux, nous pourrions en faire quelque chose de permanent... si ça t'intéresse, bien sûr.

Mon emploi du temps était blindé, mais tout point supplémentaire était bon à prendre. Il allait simplement falloir que je m'organise différemment pour avoir le temps libre nécessaire. Je devrais me réjouir que monsieur Holloway soit aussi généreux.

— Tout dépend de si vous avez besoin d'aide régulièrement, admis-je.

— Bien sûr, je comprends tout à fait. Voyons comment tu avances avant de te décider... En revanche, tu voudras peut-être enlever ta veste, le chauffage est allumé en permanence et il fait vite très chaud ici, m'avertit-il.

J'enlevai mon écharpe turquoise et déboutonnai ma veste en jean avant de la retirer. Comme il tendait la main, je lui donnai les deux et il les accrocha sur le porte-manteau métallique fourré dans le coin.

— Viens par ici, que je te montre le système que j'utilise et que tu puisses te mettre au travail de suite, suggéra-t-il.

Je me faufilai devant lui en hochant la tête. Il n'y avait pas beaucoup de place, et comme nous nous tenions tous les deux à côté de l'armoire à classement, il y en avait encore moins. Il ouvrit le tiroir du haut et je me rapprochai, regardant à l'intérieur pour mieux voir. La dernière chose que je voulais, c'était ficher en l'air son système de classement.

Je réalisai qu'il se tenait juste derrière moi quand il me contourna pour se saisir d'un dossier. Je me figeai sur place comme un lapin pris dans les phares d'une voiture. Mes muscles se tendirent lorsque je sentis son souffle chaud contre mon oreille.

— Tous les papiers dans la boîte devraient porter les marques appropriées te permettant de savoir facilement dans quel dossier les ranger, dit-il.

Alors qu'il poursuivait ses explications, je tentai de changer de place pour ne pas être aussi près de lui. Il n'avait jamais fait quoi que ce soit qui me mette mal à l'aise, mais à ce moment en particulier, je sentis un frisson d'angoisse.

Et c'était stupide.

J'étais stupide.

Pourquoi étais-je aussi peu adulte dans cette situation ? Il ne faisait rien de mal et se contentait de m'expliquer ce qu'il voulait que je fasse. Le bureau était petit et il n'y avait pas beaucoup de marge de manœuvre. Dès qu'il aurait fini de parler, il retournerait s'asseoir et je m'en voudrais d'avoir tiré des conclusions hâtives.

— Elle ? m'interpella mon professeur.

Mes joues s'empourprèrent et je tournai la tête pour croiser son regard bleu.

— Oui ?

Il esquissa un sourire amusé.

— Je demandais si tu avais des questions.

Je secouai la tête en me faisant encore une fois la réflexion que nous étions très près l'un de l'autre, à peine quelques centimètres, au point que je pouvais voir les nuances de vert et de bleu de ses yeux. C'était déconcertant.

— Non, aucune, dis-je sur un ton léger.

— Très bien ! Alors tu peux commencer. Si tu as une question, n'importe laquelle, n'hésite pas à demander, répondit-il, son sourire plus large.

Lorsqu'il recula d'un pas, je laissai échapper une longue expiration de soulagement.

— Je n'y manquerai pas.

Alors qu'il se réinstallait derrière son bureau, se concentrant de nouveau sur son écran d'ordinateur, je me mis au travail. Ce n'était pas bien compliqué, exactement comme il me l'avait expliqué. Toute la paperasse était clairement identifiée et il était facile de trouver le dossier correspondant dans l'armoire. Je regardai les piles de cartons en piles régulières et me rappelai que je n'avais qu'une heure avant le début de mon prochain cours. Après manger, je devais passer à l'espace culturel pour une réunion rapide. Nous avions donné dernière représentation de la pièce la semaine précédente et j'en étais attristée.

Tandis que j'avançais dans le classement, mes pensées se tournèrent vers Carson. Honnêtement, j'avais beaucoup de mal à ne pas penser à lui. J'avais l'impression que tout s'était finalement arrangé uniquement pour s'effondrer ensuite. Et même si je ne voulais en rien revenir en arrière concernant notre relation, nous avions décidé tous les deux que dans l'immédiat, c'était ce qu'il valait mieux faire. Et je pouvais remercier mon frère pour ça.

Une partie de moi comprenait le dilemme de Carson : il ne voulait pas avoir d'histoires avec Brayden. Non seulement ils étaient meilleurs amis, mais ils étaient aussi colocataires et coéquipiers. Notre relation avait créé une situation tendue à laquelle il devait faire face.

Carson pensait que si on laissait le temps à Brayden de se calmer, il allait finir par se faire à l'idée que nous étions ensemble. Cependant, je n'étais pas certaine que cela soit possible. Et je n'étais pas prête à attendre éternellement. Tout ce que je savais, c'était que Brayden voulait le meilleur pour moi. Et qu'il veuille l'admettre ou non, le meilleur pour moi, c'était Carson.

Je sortis de mes pensées et sursautai lorsque je sentis des mains fortes se poser sur mes épaules.

— Comment tu t'en sors ? Tu as des questions ?

Je m'éclaircis la gorge. Je ne voulais qu'une chose, qu'il retire ses mains de mes épaules.

— Euh... non, tout va bien, dis-je.

— Très bien, fit-il en resserrant sa prise sur mes épaules tendues, j'allais me chercher un café à la salle de conférence. Est-ce que tu veux que je te prenne quelque chose à boire ? Un café ? Du thé ? De l'eau... Il y a aussi des choses à grignoter si jamais tu as faim.

— Non, ça va, mais merci d'avoir demandé, dis-je alors que je sentais l'air rester coincé dans ma gorge, me rendant la respiration impossible.

Le silence s'installa et il se rapprocha. Lorsque je sentis son souffle chaud contre ma nuque, j'eus la chair de poule. Sa main remonta le long de mon bras jusqu'à mon coude, puis il continua de remonter.

— Tu es tellement tendue, il faut vraiment que tu te détendes, Elle, fit-il à mi-voix avec un petit rire.

Je brûlais d'envie de lui dire que c'était à cause de lui que j'étais aussi tendue, mais au lieu de ça, je gardai ça pour moi parce que j'avais peur de me faire des idées sur ce qui était en train de se passer. Il avait toujours été agréable et courtois.

Sa main se posa sur ma nuque et ses deux pouces s'enfoncèrent dans mes omoplates. Tout mon corps fut pris d'une étrange paralysie et mon cœur s'emballa douloureuseument ; je n'avais pas idée de comment échapper à cette situation inconfortable.

Je passai un coup de langue sur mes lèvres sèches.

— Monsieur Holloway…

— Gabe, me rappela-t-il dans un murmure rauque qui me noua l'estomac.

Je m'éclaircis la gorge et me forçai à poursuivre.

— Vous me mettez mal à l'aise, dis-je.

Il interrompit son massage improvisé, mais ne retira pas ses mains.

— Vraiment ? demanda-t-il.

— Oui, dis-je.

J'aurais hoché la tête, mais j'étais trop terrifiée pour bouger un seul muscle, je ne voulais pas que la situation dégénère.

— Je suis désolé, j'espère que tu sais que je n'ai jamais eu l'intention de te mettre mal à l'aise, s'excusa-t-il.

Le soulagement envahit chacune de mes cellules alors que j'attendais qu'il recule et me donne tout l'espace qui m'était nécessaire. Quelques secondes s'écoulèrent. Au point de devenir des minutes. Il ne bougeait toujours pas. J'avançai d'un pas pour m'éloigner de lui, mais il se rapprocha au point que je sente son corps dur contre mon dos tendu.

— Il me semblait pourtant que tu appréciais passer du temps avec moi, je me trompe ? demanda-t-il d'une voix rauque au creux de mon oreille.

Il me pressa contre lui jusqu'à ce que je sente son érection massive buter contre mes fesses.

— Je… couinai-je.

— Est-ce que tu es mal à l'aise parce que je suis toujours ton professeur ? Dans un mois à peine, ce ne sera plus le cas. J'apprécie ta compagnie et il semblerait que l'attirance entre nous est mutuelle.

Oh, mon dieu.

Mais comment ne l'avais-je pas vu venir ?

La mise en garde de Carson me revint immédiatement en tête. Peut-être avait-il eu raison, peut-être avais-je été naïve tout du long... Je m'étais imaginé que monsieur Holloway était sympa avec moi parce qu'il se souciait sincèrement de ma réussite dans sa matière et il ne m'était jamais venu à l'esprit qu'il puisse y avoir autre chose.

— Je suis désolée. Je... Je n'éprouve pas la même chose que vous, murmurai-je, toujours figée sur place.

Lorsque je sentis ses doigts s'enfoncer dans ma chair sous mon T-shirt, je grimaçai. Il me plaqua contre son torse, ses lèvres contre mon oreille.

— Alors si c'est le cas, j'imagine que tu as joué un jeu dangereux, Elle ! M'allumer, faire comme si tu voulais plus...

Quoi ?

Non !

J'agitai frénétiquement la tête, ne sachant pas bien comment il avait pu en arriver à une conclusion aussi absurde.

— Non, je n'ai pas fait ça... Je n'ai pas réalisé que... protestai-je.

Il ricana et ses doigts devinrent plus insistants.

— Comment est-ce possible ? Nous sommes sortis dîner et nous avons échangé nos numéros. Tu devais bien t'être rendu compte que je m'intéressais à toi autrement que seulement mon étudiante...

— Je suis désolée, non, rétorquai-je.

— Tu sais ce que je pense ? dit-il avant de poursuivre sans me laisser le temps de répondre. Je pense que tu es une petite aguicheuse qui aime venir à mes cours en mini-jupe et flirter pour améliorer tes notes.

— Quoi ? Non, ce n'est pas...

Le sol sembla se dérober sous moi, chacun de ses mots cruels résonnant dans ma tête.

— Bien sûr que si, et maintenant que je t'ai prise sur le fait, qu'est-ce que tu crois que l'université fera quand je les aurai mis au courant de ton comportement répugnant, hein ? Te virer ? Et certainement en parler à ta famille…

Les larmes me picotèrent les yeux alors que ce qu'il venait de dire me retournait l'estomac. Comme je ne répondais pas, il devint encore plus agressif.

— Vous, les filles, vous êtes toutes les mêmes, vous croyez qu'il vous suffit de battre des cils et porter des décolletés plongeants pour avoir une meilleure note, mais cette fois-ci, ça ne va pas marcher. Tu n'as pas choisi le bon gars pour jouer à ce petit jeu-là.

Il relâcha sa prise sur mon épaule et ses doigts glissèrent sur ma poitrine. Dès l'instant où il prit mes seins, je sortis de ma torpeur, me débattant dans ses bras jusqu'à lui faire face. Lorsque je relevai le genou et lui mis un coup violent au niveau de l'entrejambe, il écarquilla les yeux. J'avais fait exactement ce que Brayden m'avait appris avant d'aller à ma première fête au collège. En grognant, Holloway se plia de douleur et recula de quelques pas.

— Espèce de sale petite… commença-t-il.

— Je ne vous laisserai pas dire ça, dis-je sur un ton cassant.

J'étais furieuse, mais ce fut les mains tremblantes que je récupérais ma veste et mon écharpe. Plutôt que de prendre le temps de les enfiler, je me précipitai vers la porte fermée.

— Mais où crois-tu aller comme ça ? Nous n'en avons pas fini, lança-t-il à bout de souffle et toujours plié en deux.

Il était très tentant de lui remettre un coup dans les parties, à ce porc lubrique.

— Oh faites-moi confiance, c'est fini. C'est moi qui vais aller voir votre responsable de département pour lui parler de votre tentative d'agression sexuelle. Je n'en ai rien à faire si ça veut dire que je dois reprendre la matière l'année prochaine, je ne vous laisserai pas abuser d'autres étudiantes, dis-je alors que j'agrippais la poignée de la porte que j'ouvrai à la volée.

Je me retournai vers lui une dernière fois avant de partir.

Il eut l'air très surpris et il pâlit.

— Attends… je pense qu'il y a un malentendu. Assieds-toi et discutons.

Je secouai la tête alors que l'adrénaline bouillonnait dans mes veines.

— Non, il n'y a eu aucun malentendu, vous avez été très clair.

— Elle...

Une fois dans le couloir, je claquai la porte derrière moi. Un instant durant, je m'appuyai contre elle et pris une profonde inspiration. J'avais perdu pied, il m'était impossible de croire ce qui venait de se passer et que monsieur Holloway était en fait un pervers. Les jambes chancelantes, je m'éloignai et remontai le long couloir au bout duquel se trouvait le bureau de la secrétaire du département.

Je devais constamment me rappeler de respirer et je posai ma main sur mon ventre comme si cela pouvait calmer ce qui me retournait l'estomac. Je ne m'étais jamais sentie aussi nerveuse. Pas même lorsque je jouais sur scène devant une salle comble.

— Bonjour, est-ce que je pourrais voir monsieur Redham, s'il vous plaît ? demandai-je en regardant le nom sur la plaque derrière elle. Son regard se posa sur le planning qui était sur son bureau.

— Il est actuellement au téléphone, mais si vous voulez vous asseoir et attendre un moment, ça ne devrait pas durer longtemps.

J'acquiesçai et me forçai à m'asseoir dans un des fauteuils confortables, décidée à attendre. Ce furent les cinq plus longues minutes de mon existence, mais pas une fois je n'hésitai sur ce que j'avais à faire.

CHAPITRE 43

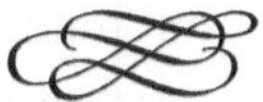

CARSON

*J*e remontai mon sac à dos sur mon épaule et me frayai un passage à travers le snack blindé. Il n'était que onze heures, mais l'endroit grouillait déjà de gens venus manger leur repas du midi ou grignoter un truc avant leur prochain cours.

Lorsque j'entendis la notification qui m'annonçait un nouveau message, je récupérai mon téléphone dans la poche arrière de mon pantalon. Même si je savais que ce n'était pas Elle, je ne pouvais pas m'empêcher d'espérer me tromper. Garder nos distances me tuait. Une fois mon téléphone en main, je lus avec déception le message de ma mère.

J'ai hâte au match de ce week-end et de te voir !

J'aurais dû me réjouir que mes parents aient réussi à se libérer malgré leur emploi du temps très chargé pour le match. Ils en avaient manqué la plupart et comme la saison allait se terminer, il n'allait pas…

Un petit grognement m'échappa lorsque je rentrai par mégarde dans quelqu'un. Ou peut-être était-ce l'inverse. Je n'étais pas vraiment très sûr, mais je tendis automatiquement les mains en avant pour rattraper la personne si jamais elle venait à basculer en arrière. Ce ne fut que lorsque mes mains se posèrent sur des bras fins que je réalisai qui je venais de rattraper.

— Salut, dis-je et il me fallut toute ma maîtrise de moi-même pour ne pas la plaquer contre moi et enfouir mon visage dans le creux délicat de son cou pour inspirer son odeur délicieuse.

— Carson… Salut ! fit-elle en clignant des yeux.

Je fronçai les sourcils, scrutant attentivement son visage. Il y avait dans son expression une tension inhabituelle, une crispation de la bouche, un regard secoué. Quoique ce fut qui la tracassait, ce n'était pas uniquement notre relation.

— Qu'est-ce qu'il se passe ?

Lorsque je la vis mordre sa pulpeuse lèvre inférieure, je sus que mon intuition était juste. J'agrippai son avant-bras et balayai du regard le snack, essayant de trouver un endroit où nous pourrions discuter sans être interrompus. Peu importe si j'arrivais en retard en cours ou si je manquais même la séance. Je n'avais pas idée de ce qui avait pu se passer pour qu'elle arbore une telle expression, mais j'allais faire mon possible pour savoir.

Les gens s'écartèrent de mon chemin lorsqu'ils me virent jouer des coudes et je cherchai une table vide. En vain. Plutôt que rester à l'intérieur, je franchis les portes vitrées où je fus accueilli par la brise fraîche de l'automne. Il y avait une table de pique-nique sur une butte à une petite vingtaine de mètres de nous, et comme il faisait plutôt frisquet, ce n'était pas étonnant de la trouver désertée. J'aurais dû sûrement relâcher ma prise sur Elle, mais je n'arrivais pas à arrêter de la toucher, c'était beaucoup trop bon et sentir sa peau sous la mienne m'avait manqué. Je n'avais pas idée de combien de temps cette conversation allait durer, mais j'allais la garder près de moi aussi longtemps que possible. Une fois arrivés à table, je m'assis et la fis s'installer si près de moi qu'elle était pratiquement assise sur mes genoux.

— Maintenant, dis-moi ce qui s'est passé ?

C'est alors que je réalisai qu'elle tremblait. Je la serrai davantage contre moi, la prenant dans mes bras.

— Est-ce que tu as froid ? demandai-je.

Son silence était déconcertant et n'eut que pour effet de m'enflammer.

— Il faut que tu me dises ce qui se passe, m'emportai-je.

Elle me regarda brièvement dans les yeux avant de regarder ses mains, se tordant les doigts.

— Tu avais raison.

Je fis la moue, je ne voyais pas où elle voulait en venir.

— De quoi tu parles ?

Lorsqu'elle continua d'éviter mon regard, je passai ma main sous son menton et lui fis relever la tête jusqu'à ce qu'elle n'ait pas d'autre choix que de me regarder dans les yeux.

— Il faut que tu me dises ce qu'il se passe, pourquoi j'avais raison ? insistai-je patiemment.

Elle humecta ses lèvres. Distrait par le mouvement, je l'entendis à peine murmurer.

— Pour Holloway.

Le connard. Je la regardai à nouveau droit dans les yeux et une vague de colère m'envahit.

— Qu'est-ce qu'il a fait ? demandai-je en lâchant un grognement qui ne me ressemblait pas du tout.

Elle ouvrit grand les yeux et je la vis se crisper. Lorsqu'elle tenta de détourner le regard une seconde fois, ma prise sur son menton se raffermit jusqu'à ce qu'elle me regarde à nouveau. Je dus alors tendre l'oreille pour l'entendre.

— Je suis passée à son bureau pour commencer à faire le classement qu'il m'avait suggéré pour avoir des points supplémentaires, et quand j'étais en train de travailler, il est venu derrière moi et a posé ses mains sur mes épaules et… il a commencé à se frotter contre moi. C'était vraiment très désagréable, avoua-t-elle.

Je vis rouge et ne fus plus capable de penser clairement.

— Est-ce que ça va aller ?

Non seulement j'allais le tuer s'il l'avait blessée, mais je n'allais pas pouvoir me pardonner de ne pas avoir assez fait pour l'empêcher de sévir. Plutôt que de passer le voir à son bureau, j'aurais sûrement mieux fait d'aller voir directement le président de l'université. Peut-être qu'ainsi, Elle ne se serait pas retrouvée dans une position pareille.

— Je vais bien, vraiment, dit-elle en posant la paume de ses mains contre mon torse et agrippant mon sweat comme si c'était une bouée de secours.

Je relâchai ma prise sur son menton jusqu'à prendre son visage dans ses mains. Un petit soupir lui échappa et elle referma les yeux, pressant sa joue contre ma paume.

— Dis-moi ce qui s'est passé, je veux tous les détails.

Il lui fallut quelques minutes pour me raconter toute l'histoire, et je parvins à sourire lorsqu'elle me raconta comment elle avait mis un coup de genou dans les couilles de ce connard.

— Tu sais, ton frère serait rudement fier de toi !

Je la vis esquisser un sourire.

— Ah oui, mais je redoute de le lui dire, il va péter un câble.

Elle avait tout à fait raison, Brayden allait péter une durite lorsqu'il allait apprendre ce qui s'était passé. Heureusement le doyen de la faculté avait pris Elle au sérieux et lui avait fait remplir un rapport d'incident avant d'en parler directement avec quelqu'un à la présidence et la police du campus. Un autre professeur allait assurer l'intérim pour le restant du semestre, elle n'allait pas devoir changer de section.

— Je suis très fier de toi, dis-je en lui caressant tendrement le visage.

— Mais pour quoi ? Pour ne pas t'avoir écouté quand tu essayais de me prévenir que le gars avait des idées derrière la tête ? Je me sens vraiment bête d'avoir pu croire qu'il n'était rien de plus qu'un gars sympa qui se souciait de ma réussite, répondit-elle, confuse.

— Non, murmurai-je, je suis fier que tu lui aies tenu tête et que tu ne te sois pas laissée intimider par ce connard. Au lieu de ça, tu es allée directement voir le doyen et tu lui as dit ce qui s'est passé.

Une partie du regret et de l'embarras dans son regard parut se dissiper et son expression se détendit.

— Je ne voulais pas qu'il abuse de qui que ce soit d'autre !

J'acquiesçai.

— Tu es plus intelligente et plus courageuse que tu le crois, tout le monde n'aurait pas géré la situation aussi bien que toi !

Elle expira avant de lever la main.

— Ça fait plus de deux heures et j'en tremble encore, ça me retourne l'estomac, admit-elle.

Je la serrai plus près de moi afin qu'elle puisse blottir sa tête contre mon torse.

— Je suis désolé que ça te soit arrivé, j'aurais voulu pouvoir faire quelque chose pour l'en empêcher.

— Tu as essayé, mais je ne voulais pas t'écouter, murmura-t-elle.

J'embrassai le sommet de son crâne.

— Tu n'as pas à t'en vouloir de t'être laissée avoir par les apparences et d'avoir cru que ses intentions étaient louables.

— J'ai l'impression d'être une idiote, protesta-t-elle.

Lorsque je reculai, elle releva la tête pour croiser mon regard.

— Tu es très loin d'être une idiote, tu m'entends ? C'est lui qui a mal agi, pas toi. Ce connard était en position d'autorité et il en a abusé, c'est impardonnable. J'imagine que si l'université effectue des recherches plus poussées, ils s'apercevront sûrement que ce n'est pas la première fois qu'il inflige ce genre de choses à une étudiante.

Un mélange de culpabilité et de remords continuait de tourbillonner dans son regard sombre. Je ne sus pas combien de temps nous restâmes là, blottis l'un contre l'autre dans le froid, mais pour la première fois depuis ce qui s'était passé au chalet, je me sentis entier à nouveau. Et c'était entièrement dû à elle.

— J'aurais voulu que les choses se passent autrement entre nous, chuchota-t-elle, blottie contre mon torse.

— Je sais, dis-je en la serrant plus fort contre moi.

Je réalisai alors qu'il fallait que je la laisse repartir. Elle ne m'appartenait plus.

CHAPITRE 44

ELLE

*D*ès que j'eus franchi le seuil de la porte, ma mère me prit dans ses bras et me serra contre elle.

— J'ai beaucoup pensé à toi, mon cœur. Je suis contente que tu aies décidé de venir dîner à la maison mais tu n'étais pas obligée d'emprunter la voiture de Madison, ça ne m'aurait pas dérangée de venir te chercher.

— Ce n'est pas un souci, ça ne dérangeait pas Maddie, dis-je en haussant les épaules.

À dire vrai, c'était un soulagement de quitter le campus. J'avais besoin de faire une coupure, même si ce n'était que pour quelques précieuses heures. Tout ce qui s'était passé pesait comme une chape de plomb sur mes épaules et il me semblait même qu'à présent, ça m'enfonçait dans le sol. Franchir la porte de la maison où j'avais grandi avait allégé un peu mon fardeau, me donnant un répit minime.

Il ne s'était passé que quelques jours depuis l'incident avec Holloway et les rumeurs allaient bon train, tout le monde se demandant pourquoi l'un des professeurs les plus appréciés de l'université venait de disparaître sans un mot. J'avais entendu pas mal d'histoires un peu dingues, mais aucune n'approchait de près ou de loin de la vérité. En dehors de Carson, mon frère, Sydney et Mike, je n'avais dit à personne ce qui s'était passé dans son bureau.

Mike était passé me voir à plusieurs reprises pour s'assurer que j'allais bien et, pour être honnête, je ne savais pas ce que j'aurais fait sans lui. Ce serait un euphémisme de dire qu'il était choqué lorsqu'il avait appris ce qui s'était passé avec notre prof, et même si je n'étais pas prête à tout raconter, il avait été là et m'avait soutenue. Dans l'immédiat, c'était tout ce dont j'avais besoin.

Maman hocha la tête avant de reculer d'un pas pour essayer de déchiffrer mon expression.

— Est-ce que tu es sûre que ça va ? Est-ce que tu veux m'en parler ? Parce que chaque fois que j'aborde le sujet, tu passes à autre chose, fit-elle remarquer, hésitante.

La culpabilité m'envahit et je détournai le regard. Elle n'avait pas tort mais même s'il ne s'était pas passé grand-chose dans son bureau, je n'étais pas certaine de ne pas être responsable de la situation et de l'avoir allumé. En y repensant, j'avais accepté de dîner avec lui, de boire du vin et je l'avais laissé entrer son numéro dans mon téléphone. Quand il s'était assis trop près de moi au café, je ne m'étais pas décalée, quand il m'avait envoyé des textos pendant les cours, je ne lui avais pas dit qu'il me mettait mal à l'aise.

Et j'aurais dû.

En rétrospective, tous ces incidents m'apparaissaient comme des signaux d'alerte évidents et comme je l'avais dit à Carson, j'étais honteuse de ma propre bêtise. Repoussant ces sombres souvenirs, j'expirai longuement.

— Je te remercie de demander, maman, mais je ne suis pas encore prête à en parler, j'ai besoin d'un peu de temps pour assimiler ce qui s'est passé.

À peine eus-je terminé ma phrase qu'elle me reprenait dans l'étau chaleureux de ses bras, me serrant fort contre elle.

— Oh Elle, j'espère que tu te rends compte que tu n'as rien fait de mal, fit-elle.

C'était ce que tout le monde me disait, mais si c'était vrai, pourquoi avais-je l'impression du contraire ?

— Je sais, répondis-je et il était plus simple d'acquiescer que de discuter.

— Tant qu'on est sur le sujet, je pense qu'il est important que tu en parles avec un spécialiste qui pourra t'aider à mettre des mots sur ce que tu ressens. Si tu ne veux pas en parler avec le psychologue de l'université, nous pourrons demander une lettre de recommandation et tu pourras en consulter un autre.

— Oui, peut-être, acquiesçai-je vaguement, mal à l'aise à l'idée de parler avec un parfait inconnu de quelque chose d'aussi personne.

Peut-être aussi qu'il était plus simple d'en parler avec quelqu'un qui, effectivement, ne me connaissait pas. J'avais beaucoup de choses auxquelles je devais penser et, dans l'immédiat, je n'étais pas prête.

Maman avait l'air de vouloir me contredire, mais elle pinça les lèvres, le regard empli d'inquiétude. J'aurais voulu pouvoir faire quelque chose pour y remédier parce que ça m'épuisait de la voir, de les voir tous, Brayden, Carson, Sydney et Mike, me regarder comme ça.

— Ce n'est vraiment pas grand-chose, d'accord ?

— Au contraire, un de tes professeurs a essayé de te forcer à avoir un rapport sexuel avec lui, dit-elle d'une voix douce.

— Tu as raison. Mais il a essayé. Il n'a pas réussi, insistai-je.

Elle serra ma main.

— Ton père serait fier de toi, de comment tu as su gérer la situation ! me dit-elle.

— Tu peux remercier Brayden de m'avoir appris à donner des coups de genou, répondis-je avec un petit sourire.

— C'est déjà fait, fit-elle en m'embrassant le front, mais ce dont ton père aurait été fier, c'est que tu es allée voir l'administration directement plutôt que de tout balayer sous le tapis et faire comme s'il ne s'était jamais rien passé.

Aussi difficile que ça eût pu être, je n'aurais pas pu m'esquiver et tout dissimuler. Aurais-je pu me regarder dans le miroir tous les matins en sachant qu'il aurait pu abuser d'une autre étudiante et que j'aurais pu l'en empêcher ?

— Je t'aime, Elle, me dit ma mère.

Sa voix douce me sortit de mes pensées confuses et fit l'impossible : m'alléger le cœur. Peu importe ce qui m'arrivait dans la vie, j'aurais toujours ma famille et ça, ça comptait beaucoup.

— Moi aussi, je t'aime, répondis-je.

Elle passa un bras autour de ma taille.

— Promets-moi seulement que si tu as besoin d'en parler, tu viendras me trouver... Et si tu n'es pas à l'aise pour le faire avec moi, tu pourras le faire avec un psychologue, dit-elle avant que je ne puisse répondre.

— Je te le promets, acquiesçai-je, mes épaules s'affaissant.

— Très bien, fit-elle.

Son bras toujours autour de ma taille, nous allâmes jusqu'à la cuisine où flottait une délicieuse odeur de bœuf Stroganoff. C'était d'ordinaire un de mes plats préférés, mais ces derniers temps, je n'avais guère d'appétit.

— Ça sent vraiment très bon, complimentai-je ma mère en grimpant sur l'un des tabourets devant le plan de travail.

Elle releva la tête avant de s'affairer devant la cuisinière, relevant le couvercle du faitout et remuant la sauce.

— Je l'ai fait juste pour toi, dit-elle.

Je la remerciai.

— Après tout ce qui s'est passé... je me suis dit que ça t'aiderait peut-être à te faire te sentir mieux, expliqua-t-elle, un peu hésitante.

— C'est le cas, rassurai-je.

Elle hocha la tête, s'affaira devant le plan de travail en marbre, et prit un paquet de pâtes aux œufs qu'elle mit dans une grande gamelle remplie d'eau bouillante.

— Je suis contente que Brayden et toi vous reparliez, je n'aime pas vous savoir en conflit.

Mon regard resta rivé sur mes mains posées sur le plan de travail.

— Je sais, dis-je.

Nous ne nous serions pas réconciliés sans Carson. C'était lui qui avait téléphoné à Brayden alors que je restais agrippé à lui et racontais ce qui s'était passé. À peine dix minutes plus tard, il était au snack avec Sydney sur ses talons. Elle m'avait pris dans ses bras, me serrant fort contre elle, et m'avait murmuré que ce n'était pas ma faute. Elle n'était peut-être pour l'instant que la copine de mon frère, mais j'espérais vraiment qu'un jour, elle allait faire partie de la famille. Ils sortaient ensemble depuis à peine plus d'un mois, mais je l'aimais déjà beaucoup.

Égal à lui-même, Brayden voulait se ruer au bâtiment du département de maths pour mettre la main sur Holloway, mais Carson l'en avait dissuadé alors qu'il était sur le point de passer à l'action. La dernière chose que je voulais, c'était que Brayden ait des ennuis ou finisse mis à pied par ma faute.

C'était bien malheureux qu'il ait fallu une situation pareille pour que je cesse d'être en colère et que je puisse lui pardonner. Peu importe à quel point il m'agaçait ou me frustrait, j'aimais toujours mon frère. Et rien n'allait changer ça. À un moment ou à un autre dans un futur proche, j'allais devoir prendre le temps de mettre les choses à plat avec Carson concernant notre relation, mais il s'était passé trop de choses pour que l'on ait le temps de le faire.

Dix minutes plus tard, ma mère déposa devant moi une assiette de bœuf et d'asperges grillées fumante. Même si cela sentait délicieusement bon, mon appétit n'était pas au rendez-vous.

— Mange pendant que c'est chaud, m'encouragea-t-elle en s'asseyant à côté de moi au plan de travail.

Je pris ma fourchette et jouai avec mes pâtes et ma viande, essayant de donner l'illusion que j'avais commencé à manger. Je n'avais pas le cœur de lui avouer que je n'avais pas faim alors qu'elle avait passé autant de temps à préparer le repas.

— Chérie, il faut que tu manges, ça t'aidera à te sentir mieux, soupira-t-elle.

— Je sais, dis-je en enfonçant ma fourchette dans les pâtes.

Je me mis ensuite à mâcher méthodiquement avant de déglutir lentement.

— Si tu continues à cette allure, tu y seras encore demain soir, fit remarquer ma mère.

— Désolée, maman, je te suis très reconnaissante d'avoir pris le temps de préparer le repas…

Elle passa un bras réconfortant autour de ma taille.

— Ça ira mieux, je te le promets.

Je hochai la tête, espérant qu'elle avait raison. Avant que l'on puisse amener la conversation vers un sujet plus agréable, j'entendis la porte d'entrée s'ouvrir et se refermer. Ma mère se redressa sur sa chaise et nous nous tournâmes toutes les deux vers le couloir qui débouchait sur la cuisine.

— Tu attendais quelqu'un ? m'enquis-je.

— Non, j'ai aussi proposé à ton frère de venir mais il n'était pas sûr d'être là à temps, dit-elle.

La seule personne qui serait rentrée dans la maison sans frapper, c'était Theo. Et même si je devais admettre que ça m'avait fait un choc de les voir ensemble la première fois, je m'y étais habituée et j'avais appris à mieux le connaître. Il était vraiment quelqu'un de bien et maman avait l'air sincèrement heureuse.

Plus heureuse qu'elle ne l'avait été depuis longtemps. Dès que je m'étais rendu compte qu'il n'essayait pas de s'imposer et de remplacer mon père, j'avais été un peu tranquillisée et j'avais accepté leur relation. Mais ce ne fut pas Theo qui entra dans la cuisine d'un pas nonchalant.

— Bonjour mon chéri, je ne pensais que tu arriverais à temps pour dîner.

Ma mère se leva et alla rapidement le retrouver. Au moment où j'allais le saluer de la main, Carson apparut derrière lui et je retins mon mouvement. Lorsque mon frère se rendit compte de ma surprise, il haussa les épaules d'un air penaud.

Alors que le silence s'installait, Brayden s'éclaircit la gorge.

— Est-ce qu'on pourrait parler un moment ?

— Oui, bien sûr, dis-je, étonnée.

Je me levai, comme mue par un automatisme.

— Tu veux qu'on aille au bureau de Papa ? demanda-t-il en se dirigeant déjà vers le hall où se trouvait la pièce.

— Pas de problème, dis-je en regardant à la dérobée Carson alors que je passais devant lui.

Nous avions été en contact ces derniers jours, mais c'étaient principalement des appels et des textos pour venir aux nouvelles et voir comment j'allais. Peu importe ce qui m'arrivait, il avait toujours été une présence constante dans ma vie et je pouvais compter sur lui.

Une fois dans le bureau, Brayden referma la porte de cette pièce où trônaient tous les trophées et souvenirs liés au football américain qui avaient appartenu à notre père et qui étaient toujours fièrement exposés. Il y avait des photos de lui à différents stades de sa carrière, depuis le lycée jusqu'aux différentes équipes pros pour lesquelles il avait joué. Où que vous regardiez, il y avait des photos, des coupures de presse encadrées et des coupes. Être dans cette pièce me serrait toujours le cœur en pensant à tout ce qui avait été perdu.

Comme à chaque fois, je me dirigeai vers la dernière photo de famille avant l'accident et pris le cadre argenté. Je ne réalisai que je passais mon doigt sur son visage qu'au moment où Brayden me rejoignit.

— Parfois, on dirait que la douleur ne se dissipera jamais, pas vrai ? murmura-t-il.

Je relevai la tête, surprise.

— Oui, il n'y a pas un jour qui passe sans que je ne pense à lui, admis-je sans parvenir à esquisser un sourire.

— Pareil.

Ses épaules s'affaissèrent et il soupira longuement avant d'aller droit au but :

— Je suis désolé, Elle, j'espère que tu te rends compte que je n'ai jamais eu l'intention de te blesser.

Je hochai la tête, la gorge nouée sous le coup de l'émotion.

— Je sais, répondis-je.

Son regard se posa sur la photo que je tenais toujours

— Tout ce que j'ai essayé de faire, c'est de te protéger comme l'aurait voulu Papa.

Ce qu'il venait de dire suffit à me faire pleurer.

— Je sais ça aussi, Bray et je comprends que tu as fait tout ça par amour, mais parfois, j'ai l'impression que tu m'étouffes, dis-je en reposant avec précaution le cadre argenté sur la bibliothèque.

La culpabilité l'envahit.

— Ç'aurait été sympa d'avoir un copain au lycée. Personne ne s'intéressait à moi parce qu'ils avaient tous peur de toi et c'est pareil à l'université. Il faut que tu lâches du lest et me laisses vivre ma vie. Je suis tout à fait capable de prendre soin de moi, Bray. Je ne viens pas de le prouver ? demandai-je même si ma conclusion m'était venue péniblement.

Il se tendit, le regard furieux, et il serra les poings.

— Je te le promets, si je... commença-t-il.

Je secouai la tête.

— Je ne veux pas parler des conséquences de ce qui s'est passé avec Holloway, mais là où je veux en venir, c'est qu'il a essayé de faire quelque chose contre mon gré et j'ai réglé ça seule. Je sais qui je suis et ce que je veux, et je ne le laisserai pas abuser de moi. Il faut que tu me croies quand je te dis que je peux me protéger et prendre les bonnes décisions, dis-je, la main sur le cœur.

La colère quitta son regard aussi rapidement qu'elle était venue et sa voix s'adoucit.

— Je te fais confiance, mais c'est avec les autres que j'ai un problème !

— Papa n'aurait pas voulu que tu m'enfermes dans une bulle, il aurait voulu que j'expérimente tout ce que la vie a à offrir et que tu aies confiance en mes capacités pour gérer tout ce qui pourrait m'arriver. Tu n'as pas à tant t'inquiéter, le rassurai-je.

Il expira longuement.

— C'est un peu difficile à faire, tu es ma petite sœur et j'ai passé toute ma vie à veiller sur toi, plaida-t-il.

— Je sais, mais à un moment il faudra que tu arrêtes. L'an prochain, tu ne seras plus dans les parages pour veiller sur moi. Prends un peu de recul et laisse-moi la chance de te prouver que je peux m'occuper de moi.

Il passa une main dans ses cheveux bruns avant de regarder par la grande fenêtre qui donnait sur l'avant de la maison.

— Ce n'est pas que je pense que tu es sans défense ou incompétente. Seulement je... je ne veux pas décevoir Papa, dit-il péniblement.

Il n'en fallut pas plus pour que je le rejoigne et le prenne dans mes bras.

— Tu ne le décevras jamais, tu as pris soin de la famille de ton mieux. N'oublie pas que tu n'avais que dix-sept ans quand il est parti, tu étais bien trop jeune pour endosser ce genre de responsabilité.

Il me serra fort contre lui.

— J'essaierai de faire mieux à l'avenir, d'accord, morveuse ?

— C'est tout ce que je demande, dis-je.

— Et pour toi et Carson… commença-t-il.

Comme il ne finissait pas sa phrase, je m'écartai pour essayer de déchiffrer son expression.

— Ça ne me pose pas de problème, lâcha Brayden en haussant les épaules.

— Vraiment ? demandai-je en levant les sourcils parce que c'était vraiment la dernière chose à laquelle je m'attendais.

— Oui, j'ai pas de problème, si… si vous voulez sortir ensemble, murmura-t-il en détournant le regard.

Je fus encore plus choquée. Je peinai à croire ce que je venais d'entendre, surtout après son opposition catégorique encore récemment. Jusqu'à ce matin fatidique au chalet, je ne les avais jamais vus autant en conflit, je pensais même que rien ne pourrait jamais se mettre en travers de leur amitié.

— Qu'est-ce qui t'a fait changer d'avis ? lui dis-je.

— C'est un bon gars… Et il tient vraiment à toi.

Mon cœur se gonfla à nouveau d'amour et je le serrai dans mes bras en le remerciant.

— Tout ce que je veux, c'est ton bonheur. Si Carson te rend heureuse, je ne veux pas vous mettre des bâtons dans les roues.

Pour la première fois depuis le matin où il avait fait irruption au chalet, j'esquissai un sourire sincère et me dressai sur la pointe des pieds pour embrasser mon frère sur la joue.

— Je t'aime, Bray, lui dis-je.

— Moi aussi, morveuse. Maintenant, je dis pas qu'il me faudra pas un peu de temps pour m'habituer à vous voir ensemble, fit-il avec un clin d'œil.

Je hochai la tête. C'était compréhensible.

— On essaiera de faire de notre mieux pour ne pas se rouler des pelles devant toi.

— Ne rigole pas avec ça… grimaça-t-il.

Un petit rire m'échappa et je le pris par la main pour sortir du bureau. Le fait d'avoir enfin tout mis à plat me faisait sentir bien mieux. Nous avions toujours été proches et ne pas lui parler tous les jours avait été difficile. Une fois de retour à la cuisine, mon regard se posa sur Carson qui était attablé devant une assiette de bœuf Stroganoff.

Dès qu'il me vit, il se leva.

— Est-ce que tu veux… demanda-t-il.

— Parler ? suppléai-je avec un sourire.

Il hocha la tête.

— Peut-être qu'on pourrait aller se promener un moment ? suggéra Carson avec un petit sourire.

— Avec plaisir, dis-je.

Maman sourit lorsque je tendis la main vers lui. Il me rejoignit et entremêla nos doigts, serrant fort.

CHAPITRE 45

CARSON

J'ouvris la portière côté passager et Elle s'installa sur le siège en cuir. Nos regards se croisèrent avant que je ne referme la porte et la rejoigne. Une fois assis à côté d'elle, je démarrai et m'engageai dans l'allée du lotissement.

Mon attention focalisée sur la route, je pris sa main dans la mienne. Après être resté loin d'elle si longtemps, j'avais besoin de contact physique. Nous étions tous les deux silencieux, simplement heureux d'être ensemble alors que je m'engageais sur la route qui menait à notre ancien lycée. C'était le seul de la ville alors il avait un petit air de campus d'université avec un grand bâtiment principal, un espace culturel et un complexe sportif. L'association des anciens élèves s'était assurée que notre stade de football américain puisse rivaliser avec n'importe quelle enceinte de division universitaire. Jouer sous les projecteurs les vendredis soir, ç'avait toujours été génial et j'avais adoré les quatre ans passés ici.

En particulier avec Brayden à mes côtés et en sachant qu'Elle était dans les gradins à nous encourager. Ça m'avait toujours amené à me dépasser ; je voulais toujours qu'elle ne voie rien d'autre que mes meilleures performances. Une fois devant le stade, je me garai et coupai le contact, serrant sa main.

— Allons-y.

Elle fronça les sourcils. Elle me regarda, puis se tourna vers le stade avant de revenir vers moi.

— Qu'est-ce qu'on fait ici ?

— Tu vas voir.

Je sortis du véhicule avant qu'elle ne puisse poser d'autres questions et à peine arrivai-je du côté passager qu'elle claquait déjà la portière. Je la pris par la main et l'entraînai vers l'entrée et le gazon vert vif. Comme on était en novembre, la saison scolaire était terminée et les équipes ne s'entraînaient plus.

Nous remontâmes le hall plongé dans l'obscurité avant d'arriver au terrain à proprement parler. Le seul éclairage provenait du ciel et je ralentis, regardant les alentours et me rappelant toutes les fois où nous avions remonté le tunnel sous les encouragements des fans. Certains de mes souvenirs étaient encore très frais dans ma mémoire, comme si ça s'était passé la veille. Surtout ceux où dès que je relevais la tête vers les gradins, je voyais Elle et ses parents.

C'était le bon temps, mais il n'y avait rien de comparable avec maintenant. À l'époque, Elle ne m'appartenait pas et je ne pensais pas que ce serait possible un jour. Et ça faisait toute la différence.

Je la pris dans mes bras et la serrai fort contre moi. Sentir son corps frêle contre le mien m'était agréable, plus agréable que tout autre chose ou personne.

— L'une des choses que je préférais quand je jouais dans ce stade, c'était que je savais toujours où tu étais assise. Je pouvais relever la tête vers la section du milieu et tu étais là, à la dixième rangée. Je m'imaginais que tu étais là pour moi, que tu me regardais tout du long. C'était tout ce qu'il me fallait pour me donner envie de me dépasser.

Elle se pressa contre moi, se moulant contre mon corps.

— Je regardais toujours Brayden, mais j'étais là pour toi aussi. Tu étais toujours au centre de mon attention et je t'encourageais.

J'appuyai mon front contre le sien, continuant de soutenir son regard.

— Aussi longtemps que je m'en souvienne, ça a toujours été toi, Elle. Personne d'autre. Même quand je ne croyais pas qu'il y avait une chance que tu m'appartiennes un jour, c'était toi. Dans mes pensées et dans mes rêves, c'était toi.

— Il faut que tu saches que j'éprouvais la même chose, il n'y a jamais eu quelqu'un d'autre dans mon cœur, dit-elle.

Mon cœur se gonfla d'émotion.

— La seule raison pour laquelle je gardais mes distances, c'était que je ne voulais rien faire qui blesserait Brayden, et c'est toujours le cas… Mais je ne peux plus rester loin de toi, j'ai besoin de toi dans ma vie et à mes côtés, dis-je en caressant sa joue.

Lorsqu'elle rejeta la tête en arrière, j'effleurai ses lèvres des miennes.

— Personne d'autre au monde ne compte autant que toi !

— Je t'appartiens, Carson, je t'ai toujours appartenu.

Mes mains se posèrent sur sa nuque.

— J'espère que tu le penses, bébé, parce que tu es à moi désormais, et je n'ai pas l'intention de t'abandonner. J'ai déjà passé trop de temps sans toi et je refuse d'en perdre davantage.

Quand je la sentis respirer plus difficilement, ma bouche s'écrasa contre la sienne. Un coup de langue contre la commissure de ses lèvres suffit pour qu'elle ouvre sa bouche sucrée, que je léchai et suçotai. C'était bon de la sentir dans mes bras. Comme si ça avait toujours été sa place. J'avais essayé si longtemps de me la sortir de la tête et du cœur, sans succès. Je refusais de le faire plus longtemps.

Lorsque je finis par m'écarter, nous étions tous deux haletants. Son regard était voilé par le désir. Avais-je déjà vu quelque chose d'aussi sexy dans mon existence ? Cette fille était faite pour moi. Et j'étais fait pour elle. Le seul dont elle aurait besoin.

ÉPILOGUE

ELLE

Deux ans plus tard...

La sangle de mon bagage reposant sur mon épaule, je me frayai un chemin à travers la foule à l'aéroport avant de sortir trouver un taxi. Je poussai les lourdes portes vitrées et, sitôt dehors, je fus assaillie par l'air frais et l'odeur des pots d'échappement. Je m'arrêtai au bord du trottoir et balayai du regard les environs avant de lever la main pour héler un taxi. Je me précipitai vers une voiture jaune vide. Quelques instants plus tard, je m'installai sur la banquette arrière et donnai l'adresse. Un soupir de soulagement m'échappa alors que le taxi démarrait et s'engageait dans la circulation. Ce ne fut qu'à ce moment-là que je laissai ma tête retomber sur l'appui-tête et fermai les yeux.

Cela faisait quatre semaines que Carson et moi ne nous étions pas retrouvés dans la même ville, et je peinais à croire combien il m'avait manqué. Les appels en visio, les coups de téléphone et les textos n'étaient en rien comparables au fait d'être dans la même pièce. Ou de tendre la main et de se toucher. Et les appels coquins tard le soir et les sessions de masturbation n'étaient en aucun cas la même chose que d'avoir la personne que vous aimiez poser ses mains ou ses lèvres sur votre corps.

Rien que d'y penser, je sentis mes cuisses se serrer avec anticipation. Nous vivions dans deux villes différentes depuis que Carson avait fini ses études et avait déménagé à New York, où il avait été sélectionné. Il louait un superbe appartement au cœur de la ville et j'aimais passer mes vacances avec lui. Main dans la main, nous nous promenions dans les rues grouillantes de monde, nous allions aux spectacles de Broadway, nous mangions dans des restaurants incroyables et nous allions à des concerts.

Je devais admettre que j'avais hésité à changer d'université après son déménagement. Personnellement, New York avait toujours été mon objectif à long terme. Je voulais jouer à Broadway, il n'y avait rien de mieux que ça. Même si j'étais sûre de nous et de la direction que nous prenions, je ne voulais pas presser les choses, je voulais donner à notre couple le temps de grandir. Et puis, j'appréciais mes professeurs et mes colocataires, alors je profitais de ma dernière année à Western avant d'emménager avec lui au printemps.

Je mis pratiquement une heure pour arriver devant son immeuble à cause de la circulation. Lorsque le taxi s'arrêta contre le trottoir, je payai et récupérai mon sac à main sur la banquette avant de sortir du véhicule. Dès que je descendis du véhicule jaune, un couple s'engouffra à l'intérieur. La femme portait une robe ravissante et lui, un costard.

L'espace d'un instant, je restai sur le trottoir et pris une grande bouffée d'air. J'aimais tout dans cette ville. Il s'en dégageait une énergie incroyable et contagieuse. Le portier me salua en se découvrant la tête, et m'ouvrit.

— C'est bon de vous revoir, mademoiselle Kendricks, fit-il.

— Merci, Frank ! C'est bon de revenir, répondis-je avec un sourire.

— Ce sera bientôt permanent.

— Oui, j'ai hâte, confirmai-je.

Je le saluai et traversai le hall richement décoré au plafond voûté, aux riches moulures et au chandelier de cristal. Mes talons claquèrent contre marbre blanc alors que je rejoignais les ascenseurs et que je saluais le concierge qui se trouvait derrière un vaste comptoir. L'immeuble était particulièrement chic et était équipé de tout un tas de choses incroyables parmi lesquelles un parking souterrain, une salle de sport réservée aux locataires, une piscine sur le toit, un pressing et un service de conciergerie.

Une fois dans l'ascenseur entièrement couvert de miroirs, j'appuyai sur le bouton du vingtième étage. La majorité des murs de son appartement consistait en de vastes baies vitrées qui offraient des vues à couper le souffle sur la ville, surtout la nuit lorsque tout brillait de mille feux dans toutes les directions possibles.

M'avait-il pressée contre les baies vitrées quelques fois et baisée si fort que j'avais crié à en perdre la voix avant de pratiquement glisser mollement le long des vitres ? Pour le coup, j'invoquais mon droit à garder le silence, parce que je n'étais pas vraiment le genre de fille à révéler des secrets d'alcôve.

Lorsque les portes de l'ascenseur s'ouvrirent, je sortis et remontai le couloir moquetté. Les murs étaient ornés d'œuvres d'art et, à intervalles réguliers, des appliques illuminaient l'espace. Il y avait toujours de nombreux vases de fleurs fraîches posés sur d'étroites tables anciennes. Je ne savais pas quel était le montant du loyer de Carson parce que quand je lui avais demandé, il avait refusé de me le dire, mais ça ne devait pas être une bagatelle. Je savais qu'il voulait que nous soyons en centre-ville, à proximité de toutes les commodités, y compris Broadway.

Je sortis la clef de mon sac à main avant de la glisser dans le verrou et baissai la poignée. Je ne pus m'empêcher de grimacer lorsque j'entendis la porte grincer et j'entrai avec précaution, refermant silencieusement derrière moi. Penchant la tête, je marquai un temps d'arrêt et tendis l'oreille, essayant d'entendre s'il y avait du mouvement à l'intérieur, mais tout était silencieux.

Parfait.

J'avais envoyé un texto à Carson avant de partir à l'aéroport pour savoir ce qu'il avait prévu aujourd'hui. Il m'avait dit qu'il devait aller à l'entraînement et qu'ensuite, il retournerait à l'appartement car nous avions prévu de nous appeler en visio en fin d'après-midi. Ma visite était une surprise et j'avais hâte de voir son expression lorsqu'il rentrerait. Nous n'étions pas censés nous voir avant deux semaines, mais j'avais réussi à convaincre l'un de mes profs de me laisser passer un examen plus tôt.

Je jetai un rapide coup d'œil au salon, mais il n'était pas là. L'appartement faisait pratiquement deux cent quatre-vingts mètres carrés, avec trois chambres, une vaste cuisine tout équipée en marbre noir et en inox brillant. Il y avait un plan de travail énorme avec beaucoup de place pour cuisiner. Quand j'étais à New York, nous passions au Whole Foods où nous faisions nos courses avant de préparer les repas ensemble. Je n'aurais jamais cru que j'appréciais cuisiner, mais avec Carson, c'était amusant. Quand il faisait beau, nous mangions sur le balcon, profitant de la vue et de notre dîner. J'avais hâte d'être là en permanence.

Je passai sur la pointe des pieds devant le bureau lambrissé, sa cheminée, ses immenses bibliothèques et le bureau élégant, mais il n'était pas là non plus. En tournant à gauche, je remontai le couloir en passant devant les deux belles chambres d'amis et une salle de bain avant d'arriver à la chambre principale. Dès que je franchis le seuil, un bruit d'eau me parvint. Sans bruit, je posai mon sac de voyage sur un fauteuil moelleux et je retirai mon sweat, mon soutien-gorge, mon legging et ma culotte. Une fois nue, j'entrai dans l'immense salle de bain en marbre gris-bleu et au mobilier ivoire. Carson se trouvait dans la vaste douche qui pouvait facilement accueillir cinq personnes.

Même si la vitre était couverte de buée, je reconnus sa silhouette alors que l'eau coulait à flots sur son corps. Je me laissai absorber quelques instants dans sa contemplation, c'était une vue dont je ne pouvais pas me lasser.

Carson avait toujours été bien foutu, mais maintenant qu'il jouait pour la NFL, il était plus massif, plus musclé, ses courbes étaient mieux définies. Il n'en était que plus canon.

Il avait tout pour lui. Il était sexy, jeune et talentueux. Grâce à son physique, il avait fait une entrée fracassante au niveau national et il avait déjà eu quelques partenariats avec de grandes marques, y compris une campagne de pub pour des sous-vêtements avec Calvin Klein. Les filles avaient toujours été folles de lui, mais maintenant qu'on le voyait même sur les panneaux d'affichage, des femmes apparaissaient de nulle part pour se jeter à ses pieds. Et ce même lorsque je me tenais juste à côté de lui et qu'il avait passé son bras autour de mes épaules.

Si je n'avais pas été aussi confiante dans notre relation, ça m'aurait vraiment embêtée et ça aurait sûrement été source de problèmes. Mais ce n'était pas le cas. Je savais où il couchait à la fin de la journée. Il aurait pu passer à autre chose à l'université, mais ne l'avait jamais fait et ce n'était pas parce que plus de femmes se battaient pour avoir son attention qu'il allait le faire.

Incapable de me retenir plus longtemps, j'ouvris la porte vitrée et entrai. Sa main agrippait son érection ferme et il se retourna, les yeux écarquillés.

— Elle ? C'est toi ?

— Tu attendais quelqu'un d'autre ? demandai-je en riant.

Lorsque la surprise se dissipa, il me sourit en retour et me serra contre son corps ferme.

— Je croyais qu'on n'allait pas se voir avant deux semaines, expliqua-t-il.

Je me dressai sur la pointe des pieds et l'embrassai, il m'avait manqué bien plus que je ne l'avais cru possible.

— J'étais trop frustrée pour attendre aussi longtemps et on dirait bien que toi aussi, remarquai-je en effleurant son corps ferme et posant ma main sur son membre.

Il haussa les épaules, pas l'air honteux le moins du monde d'avoir été pris la main dans le sac.

— Faut ce qu'il faut pour tenir le coup, pas vrai ?

Je resserrai ma prise sur son sexe et commençai un mouvement de va-et-vient sur sa longueur ferme. Bon Dieu, ce que j'aimais le sentir sous mes doigts.

— Tant que ce n'est que ta main, je n'ai pas de problème avec ça, dis-je.

L'eau ruisselait sur nous alors qu'il m'embrassait.

— Tu sais très bien que c'est le cas, il n'y a jamais eu personne d'autre que toi. Comment pourrait-il en être autrement quand tu es la seule fille dont j'ai jamais rêvé ? fit-il en croisant mon regard.

Intérieurement, je fondis et je me redressai pour lui mordre la lèvre inférieure.

— Je t'aime.

— Moi aussi, je t'aime, répondit-il.

— Maintenant que c'est dit, pourquoi tu ne me baiserais pas bien fort avant que je brûle sur place ? exigeai-je.

— Si tu insistes, répliqua Carson avec un sourire machiavélique.

— J'insiste.

Le reste se passa de mots et il fit exactement ce que j'avais demandé. Plusieurs fois, en fait. Et chacune d'entre elles fut, d'une manière ou d'une autre, meilleure que la précédente. Mais c'était comme ça avec Carson, ça ne cessait jamais de s'améliorer.

Si vous souhaitez un épilogue bonus gratuit, veuillez vous inscrire à ma newsletter.

Le Dieu du campus

Crosby Rhodes est un véritable dieu pour l'équipe de football des Western Wildcats.

Et, allez savoir…

C'en est peut-être réellement un. Clairement, toutes les filles du campus semblent de cet avis. Elles tombent comme des mouches devant son beau visage, ses cheveux foncés ébouriffés et son corps ferme sculpté par des années de musculation et ses entraînements quotidiens. Ses atouts font de lui une drogue dont elles sont toutes accros.

Ajoutez à cela un piercing à la lèvre et un air taciturne et vous comprendrez aisément la raison de son succès.

Est-ce que j'éprouve la même chose que les autres ?

Eh bien non, pas du tout.

Pour moi, Crosby peut bien aller se faire voir. Ce type est un abruti de première. Il me tape royalement sur les nerfs. Et encore, je suis gentille. Pour des raisons que je n'ai jamais comprises, il fait son possible pour m'humilier et me blesser. Ses commentaires désobligeants visent toujours en plein dans le mille avec moi.

J'aimerais savoir ce que j'ai fait pour susciter une telle haine, mais pour ça, il faudrait que je lui adresse la parole et c'est hors de question.

Il ne reste plus qu'un semestre avant la remise de diplômes. On

devrait pouvoir survivre aux six prochains mois sans en venir aux
mains.

En tout cas, je l'espère.

Voilà pourquoi je tombe des nues quand mon ennemi juré me prend à
l'écart pour me proposer une trêve. Si je lui fais confiance après tout
ce qu'il m'a infligé ?

Non. Pour le moment, je compte uniquement accepter pour retrouver
un semblant de paix tout en gardant résolument mes distances.

L'ennui, c'est que ça s'avère impossible. Où que j'aille, il est là. On
dirait que je n'arriverai jamais à m'en dépêtrer. Le plus dingue, c'est
qu'il est vraiment sympa avec moi.

Si j'avais déjà du mal à chasser cette attirance constante qui ne cesse
de s'enflammer entre nous, maintenant c'est carrément impossible.
Pourtant, c'est exactement ce que je continue à faire, parce que je
refuse que la situation échappe à mon contrôle.

Le Dieu du campus

NOTES

3. CHAPITRE 3

1. Candidat qui a été accepté dans la fraternité à titre probatoire.
2. Veronica Sawyer est lycéenne à Westerberg, petite banlieue américaine où règne une bande, les « Heathers », composée de trois filles riches et cruelles mais profondément malheureuses avec le même prénom : Heather. Elles règlent tout par la cruauté, le mépris et la manipulation. Un jour, après être venue en aide aux « Heathers », Veronica est invitée à rejoindre leur bande. Mais après quelque temps, elle commence à regretter et voudrait retourner à son ancienne vie où elle était heureuse avec sa meilleure amie Martha. Les choses vont alors prendre une tournure plus sombre et violente quand Veronica va faire la rencontre du mystérieux « J.D. ».

9. CHAPITRE 9

1. Un *tight end*, receveur rapproché, est un joueur évoluant dans l'équipe offensive. Joueur hybride, son rôle est à la fois de bloquer les adversaires et de recevoir les passes du *quarterback*. Le *quarterback* est un poste offensif qui est placé derrière sa ligne offensive et dirige l'attaque.

11. CHAPITRE 11

1. Le repêchage est un événement annuel comparable à une bourse aux joueurs, où les équipes sélectionnent des sportifs issus de l'université, de l'école secondaire ou d'une autre ligue.

12. CHAPITRE 12

1. La Division I (DI) est le plus haut niveau de sport universitaire de la National Collegiate Athletic Association (ou NCAA) aux États-Unis.

13. CHAPITRE 13

1. Le *quarterback* est un poste offensif, placé derrière sa ligne offensive, il dirige l'attaque.

18. CHAPITRE 18

1. Aux États-Unis, l'âge légal pour consommer de l'alcool est de 21 ans.